P(

CW00866858

Se

Peter Heilmann

Seine Heiligen

Roman

Peter Heilmann
Seine Heiligen
Roman

2. Auflage
© 2014 Copyright by Peter Heilmann
Mülheim a.d.R.

Herstellung und Verlag: BoD - Books on Demand, Norderstedt

www.peterheilmann.de

ISBN 9783735792518

Die beiden jungen Männer in ihren schwarzen Anzügen und den auffällig kurz und adrett geschnittenen Haaren, stehen vor dem Aushang auf dem Bahnsteig im Hauptbahnhof Essen. Einer fährt mit dem Zeigefinger über die vielen nebeneinander angeordneten Spalten, in denen ersichtlich ist, wann die Züge in Richtung Oberhausen fahren.

Nun hat der junge Mann gefunden wonach er suchte. Er nimmt seinen Rucksack auf, den er neben sich auf den Boden gestellt hatte. Dann wendet er sich dem anderen zu. „Elder wir sind hier richtig. Unser Zug wird in fünf Minuten kommen."

Sein Partner nickt. „Schön, dann sind wir ja früh genug zur Distriktsversammlung im Gemeindehaus."

Wie auf Kommando wenden beide den Blick zur Treppe, von wo lautes Singen erschallt. Wenige Augenblicke später sehen sie eine Gruppe betrunkener Jugendlicher auf den Bahnsteig kommen. Einige grölen laut und schwenken dabei eine Bierflasche in der Hand. Der Blick des Rudelführers fällt auf die zwei in dunkle Anzüge gekleideten Männer, die im gleichen Alter zu sein scheinen. Zielstrebig geht er auf sie zu. Alle anderen folgen ihm und umringen wenig später die Beiden.

„He, wen haben wir denn da? Hat die Mutti euch so fein gemacht?"

Alle lachen laut. Die Beiden reagieren gar nicht auf diese Anrede. Der Anführer hält ihnen seine Bierflasche hin. „Kommt, trinkt mit uns."

Einer der Beiden übernimmt das Reden. „Nein danke. Das ist gut gemeint, aber wir trinken keinen Alkohol."

„Was, ihr wollt nicht mit mir trinken. Das könnte ich als Beleidigung auffassen." Er tippt mit dem Finger auf das Namensschild seines Gegenübers, welches jener am Revers trägt. „Habt ihr beiden den gleichen Vornamen? Heißt ihr beide Elder?"

„Nein, wir sind Mitglieder der Kirche Jesu Christi der Heiligen der Letzten Tage und Elder ist die englische Bezeichnung für Ältester und sagt etwas über das Priestertum aus, welches wir tragen."

Ein erstauntes „Oh" ertönt im Kreis der Betrunkenen. Der Anführer ergreift wieder das Wort. „Was ist das denn für eine Kirche? Das habe ich ja noch nie gehört?"

„Wir sind auch unter dem Namen *Mormonen* bekannt."

„Die kenne ich. Das sind doch die mit den vielen Weibern. Wer so viele Weiber haben darf, der kann auch mit uns trinken."

Er hält wieder die Flasche hin. „Hier, nun trink endlich!"

„Nein danke, ich möchte nicht."

„Ich will aber, dass du trinkst!" Er wendet sich an seine Saufkumpane: „Haltet ihn fest, wir wollen doch mal sehen, ob er trinkt. Schütten wir ihm einfach was in den Hals!"

Sofort ergreifen zwei Raufbolde den einen jungen Mann und halten ihn fest. Der andere versucht seinem Partner zu helfen und greift den Arm des Anführers, um ihn wegzuhalten. Der reagiert sofort und drückt seine brennende Zigarette auf den Handrücken des Mannes. Dann dreht er sich wieder dem zu, der festgehalten wird und schlägt ihm mit voller Wucht die Faust in das Gesicht. „Wenn ihr nicht mit uns trinken wollt, dann sollt ihr wenigstens noch lange an uns denken."

Der Geschlagene richtet sich zu voller Größe auf. Sein Blick trifft den Schläger. Aus seinen Augen scheint eine Kraft zu entspringen, die den zu einem neuen Schlag erhobenen Arm in der Luft festnagelt. Er sagt kein Wort. Der Anführer lässt den Arm sinken, schüttelt verständnislos den Kopf, als könne er nicht richtig begreifen was er soeben erlebt. Dann wendet er sich seinen Kumpanen zu: „Kommt, wir gehen. Es reicht."

Der Geschlagene sieht seinen Mitarbeiter an. „Elder, der Herr hat eingegriffen und uns beschützt."

*

Über den Bildschirm flimmert eine Folge von „Familie Hesselmann". Den Tag über hat Monika Krause alle

6

Hände voll zu tun, um die Familie zu versorgen und den Haushalt in Ordnung zu halten. Abends gönnt sie sich etwas Ruhe, um die Serie anzusehen.

Die siebzehnjährige Tochter Susanne und ihr Bruder Gerd sind noch einmal zu Freunden gegangen. Freitags und samstags isst die Familie gemeinsam zu Abend. Danach macht jeder wozu er Lust hat.

Gerd ist neunzehn Jahre alt und besitzt seit einem Jahr sowohl einen Führerschein als auch ein Auto, was unter seinen Altersgenossen zu dieser Zeit, eine Seltenheit ist. Er hat monatelang nebenbei an einer Tankstelle gearbeitet und jeden Pfennig gespart, um den alten Wagen kaufen zu können.

Seit einigen Wochen sind die Geschwister öfter gemeinsam unterwegs, worüber sich die Eltern wundern. In vergangenen Zeiten waren die Beiden oft „wie Hund und Katze". Dann haben sie eine Symbiose gebildet. Susanne profitiert von der Verbindung, da sie nun nicht mehr alle Wege zu Fuß erledigen muss. Gerd, der dem weiblichen Geschlecht sehr zugetan ist, hat unter den zahlreichen Freundinnen seiner Schwester sozusagen immer „freie Auswahl".

Walter Krause sitzt gemütlich auf dem Sofa. Das Hemd spannt über dem imposanten Bauch. Bei einer Größe von Einmetersiebenundsiebzig sind einhundertsechzehn Kilo in der Tat ein bisschen zu viel. Sein Wahlspruch lautet: „Ein großer Geist braucht auch einen großen Körper, damit er Platz hat, sich zu entfalten."

Er hat die Füße auf den Tisch gelegt. In den ersten Ehejahren hatte Monika sich darüber aufgeregt. Nun macht sie es sich auf die gleiche Weise gemütlich.

Im Vergleich zu ihrem Mann ist sie zierlich. Würde man sie jedoch mit anderen Frauen vergleichen, so müsste man sie als kräftig und *robust* bezeichnen. Mit ihren vierzig Jahren sieht sie noch sehr jugendlich aus.

Walter ist ein Jahr älter. Seine Körperfülle lässt ihn deutlich älter als einundvierzig wirken. Er ist immer zu Späßen aufgelegt. Schaut man dann in seine Augen, so wirkt er keineswegs so alt sondern eher wie ein Lausejunge, der gerade in der Schule einen Streich gemacht hat.

Die Eheleute verstehen sich sehr gut. Sie haben einen zuweilen rauen, aber dennoch sehr herzlichen Ton, wenn sie miteinander reden.

Auf dem Beistelltisch neben dem Sofa hat Walter eine Flasche Bier und einen Aschenbecher stehen. Genüsslich pafft er an einer Zigarre Marke *Schwarze Weisheit*. Er wirft einen kurzen Blick auf den Fernseher und brummt: „Immer läuft dieser Mist."

Wie von einer Hummel gestochen zuckt Monika zusammen. Ein vernichtender Blick trifft den geliebten Ehegatten: „Das war klar, dass du wieder eine dumme Bemerkung machen musst!"

„Du willst mir doch nicht sagen, dass *Familie Hesselmann* kulturell wertvoll ist."

„Immer musst du übertreiben. Ich meckere doch auch nicht an deinen Sendungen rum! Willst du behaupten, die Reklame-Sendungen wären gescheiter?"

„Davon kann man wenigstens was lernen."

„Jaaa klar, was denn bitte? Wir sind froh, dass wir unseren alten Wagen noch fahren können, weil wir kein Geld für einen anderen haben und unsere Haushaltsgeräte sind auch noch in Ordnung. Du hast nichts anderes im Kopf, als dir ständig Berichte über neue Sachen anzusehen. Ha, beinahe hätte ich noch vergessen, die Sendungen über Tiere, die darfst du natürlich auch nicht versäumen!"

„Dabei kann man zumindest etwas lernen. Was du dir ansiehst ist in der Regel doch nur Müll!"

Monika steht auf und schaltet den Fernseher aus. „Hast du es wieder mal geschafft, mir den Abend zu vermiesen! Ich gehe duschen und dann ins Bett. Gute Nacht!!"

Als seine Frau den Raum verlassen hat steht Walter Krause auf und schaltet das Gerät wieder an.

Es schellt an der Wohnungstür. Er öffnet. Vor der Tür stehen zwei junge Männer. Sie tragen dunkle Anzüge, an deren Revers ein Namensschild befestigt ist.

„Guten Tag. Wir kommen von der *Kirche Jesu Christi der Heiligen der Letzten Tage*. Glauben Sie an Gott?"

„Ich brauche nichts. Ich will meine Ruhe haben!"

Mit den Worten drückt Walter Krause die Tür zu. Zu dem Zorn über den Streit mit seiner Frau kommt jetzt noch hinzu, dass er den Beginn seiner Sendung über die Imkerei verpasst hat. Es handelt sich zwar nur um wenige Minuten, aber er ärgert sich jedes Mal, wenn er den Anfang einer Sendung nicht mitbekommt.

Der Fernseher läuft noch. Der Bericht zeigt gerade das Innere eines Bienenstocks in Großaufnahme, seine Zigarre brennt wieder und frisches Bier ist im Glas. Da schellt es erneut an der Wohnungstür.

Sein Gesicht verzieht sich ungehalten. Er öffnet die Tür. Abermals stehen die beiden jungen Männer vor ihm. Sofort brüllt er los: „Ich habe doch gerade schon gesagt, dass ich mit Kirche nichts am Hut habe! Lasst mich in Ruhe! Schleicht euch!" Dann knallt er die Tür vor ihnen zu.

Gerade hat er auf dem Sofa Platz genommen, kommt Monika in den Raum. „Was hat denn hier so geknallt?"

„Kann man denn in seiner eigenen Wohnung nicht mal in Ruhe fernsehen!!" Krause springt vom Sofa auf. „Jetzt gehe ich in die Kneipe, da habe ich wenigstens meine Ruhe und werde nicht ständig blöd angequatscht!"

Wenige Minuten später verlässt er angezogen mit Mantel und Hut die Wohnung.

Monika schaut ihm kopfschüttelnd nach.

*

Sachte bremst Gerd den alten VW Käfer ab und hält dann genau vor der Haustür Gartenstraße 17 an. Hier wohnt Evelyn, eine von Susannes Freundinnen. Sie sind beide zusammen im *Salon Krusenbaum* als Frisörrinnen in der Lehre. Susanne ist im zweiten und Evelyn im dritten Lehrjahr. Vom Alter her passt Evelyn auch gut zu Gerd. Er ist begeistert von ihr, da sie so wunderbar küssen kann. Es läuft ihm immer heiß über den ganzen Körper wenn sie im Auto schmusen. Evelyn will auch nicht unbedingt eine feste Bindung. Sie freut sich einfach wenn Gerd kommt und sie die gemeinsame Zeit genießen können. Für Gerd, der viele Mädchen kennt, die gut küssen können, ist das eine recht gute Basis. Er kann viel Freude haben und ist dennoch frei für neue Bekanntschaften.

Susanne hat einen festen Freund. Seit über einem Jahr geht sie mit Ralf. Er ist aus gutem Hause und hat eine Lehre als Bankkaufmann absolviert. Seine Eltern sind von seiner Wahl nicht begeistert. Sie hätten lieber gesehen, wenn er eine Tochter aus gutem Hause zur Freundin hätte. Susannes Eltern hingegen sind von Ralf begeistert.

Susanne hat an der Haustür geschellt und nach wenigen Minuten ist Evelyn schon da. „Hallo zusammen. Wo soll es denn hingehen?"

Sie begrüßt Gerd mit einem längeren Kuss und flüstert ihm ins Ohr: „Ich wüsste schon wo wir hingehen könnten. Meine Eltern sind nicht da."

Sofort spürt Gerd wieder dieses angenehme Prickeln über den ganzen Körper.

„Hallo ihr beiden!" Susanne stupst Gerd von hinten auf die Schulter. „Wollt ihr mir was vorknutschen? Ralf wartet bestimmt schon. Wir wollten ihn doch um acht abholen und es ist schon fünf nach acht."

Gerd fährt an und schnell gewinnt der Wagen an Fahrt. „Der wird schon nicht gleich sterben wenn wir ein paar Minuten später kommen."

Ralf steht schon vor der Haustür, als sie in der Luisenstraße ankommen. Evelyn steigt aus und klappt den Beifahrersitz nach vorne, damit Ralf nach hinten zu Susanne einsteigen kann. Mit einem zarten Kuss auf die Wange begrüßt er sie. „Hallo mein Engel."

Susanne strahlt ihn an. „Hast du eine gute Idee, was wir machen können?"

Evelyn wendet sich um. „Wir können zu mir fahren und ein bisschen Musik hören und tanzen. Meine Eltern sind nicht zu Hause. Die sind übers Wochenende weggefahren."

Susanne und Ralf sehen sich an. Er zuckt mit den Schultern. „Entscheide du."

„Ich würde gerne ins Kino gehen. Im Atrium zeigen sie einen Film mit Elvis."

„Wenn du gerne möchtest, ist das für mich in Ordnung."

„Kino habe ich keine Lust", lässt sich Gerd hören. Evelyn stimmt ihm zu. „Ich würde auch lieber Musik hören, tanzen und ein bisschen kuscheln."

Gerd hält den Wagen an und setzt sich seitwärts, so dass er alle Drei sehen kann. „Ich mache euch einen Vorschlag. Ich fahre euch zum Kino und setze euch dort ab. Wenn der Film aus ist, hole ich euch wieder ab. Evelyn und ich fahren ein Stück durch die Gegend."

Vielversprechend blinzelt Evelyn ihm zu. Ralf und Susanne sind einverstanden. Als Gerd vor dem Kino anhält, schaut er auf seine Uhr. „Wann soll ich wieder hier sein?"

Inzwischen sind die Beiden ausgestiegen. Ralf geht zum Eingang, um zu fragen wann der Film zu Ende ist. Er kommt mit den Karten zurück. „Es reicht, wenn ihr um kurz vor elf hier seid."

„Ist in Ordnung." Gerd startet den Motor und fährt mit Evelyn davon. Sie streichelt seine Hand, die den Schaltknüppel bedient.

Er sieht sie kurz an. „Also fahren wir zu dir. Wir haben fast drei Stunden Zeit."

Evelyn wirft ihm einen Blick zu, der jetzt schon das erste Prickeln auf seiner Haut hervorruft.

*

Frühzeitig treffen Elder Smith und Elder McGregor im Gemeindehaus in Oberhausen ein. Die Räume liegen in der ersten Etage eines alten Mehrfamilienhauses direkt am Altmarkt. Die Kirche hat die ganze Etage gemietet. Zwischen dem ehemaligen Schlafzimmer und dem

Wohnzimmer wurde die Wand entfernt, sodass zum Marktplatz hin ein Saal entstand. Außerdem gibt es noch die Küche und ein kleineres Zimmer, welches früher als Kinderzimmer gedient hat. In diesem Zimmer und im Saal gibt es einen Ölofen. Auf dem sehr breiten Flur, der hin und wieder als Klassenraum dient, ist eine Garderobe angebracht. Der vordere Teil des Saales, genau gegenüber dem Ofen, ist durch eine Balkenkonstruktion vierzig Zentimeter erhöht worden, so dass ein Podium entstand. Ein kleines Rednerpult und ein kleiner Tisch sind neben sieben Stühlen die einzigen Möbel auf dem Podium. Im Saal sind alte Holzstühle, die ehemals in einer Gastwirtschaft genutzt wurden, in ordentlichen Reihen aufgestellt.

Vom Podium zum kleinen Zimmer führt eine schmale Tür.

Die beiden Elders steigen die steilen, ausgetretenen und knarrend ächzenden Treppen zur ersten Etage empor. Oben wird ihnen geöffnet. Man hat sie schon über den Marktplatz kommen sehen.

Im Saal sitzen oder stehen vierzehn „Mormonenmissionare" und unterhalten sich. Die beiden Neuankömmlinge werden freudig begrüßt. Nun nehmen alle einen Sitzplatz ein. Auf dem Podium sitzen drei der jungen Männer. Einer erhebt sich, tritt hinter das Rednerpult.

„Liebe Brüder, ich freue mich, dass ich Sie heute hier zu der Versammlung des *Oberhausen-Mülheim-Distrikts* begrüßen darf. Besonders freue ich mich auch, dass wir unseren Zonenleiter Elder Smith und seinen Assistenten Elder McGregor unter uns begrüßen dürfen. Ich bin sehr sicher, dass wir eine gute und aufbauende Versammlung haben werden. Lassen sie uns nun gemeinsam das Lied Nummer 199 singen. Im Anschluss daran wird Elder Hunter das Anfangsgebet sprechen."

Er nimmt Platz und alle Anwesenden stimmen ein:

„Ihr Söhne Gottes, die zum Priestertum erwählet, kommt alle, die ihr seid zum ewgen Bund gezählet, das Werk der letzten Zeit ist da, drum

predigt es in Fern und Nah, und führet hin zur
Wahrheit das Volk des Herrn."

Das Lied schallt durch den Morgen. Ein Zuhörer könnte den Eindruck gewinnen, der Saal sei bis auf den letzten Platz gefüllt.

Als das Lied beendet ist, erhebt sich Elder Hunter und geht zum Rednerpult.

„Lieber himmlischer Vater, wir als deine Missionare haben uns heute hier zu einer Distriktsversammlung zusammengefunden. Bitte sei mit deinem Geist bei uns. Hilf uns herauszufinden, wohin wir gehen sollen, um die Menschen zu finden, die du zu deiner Kirche haben möchtest. Wir danken dir, dass du uns mit Gesundheit segnest, so dass wir mit aller Kraft hier in diesem Land in deinem Werk arbeiten können. Schenke uns nun eine aufbauende Zeit. In Namen Jesu Christi, Amen."

„Amen", schallt es zurück.

Der Zonenleiter erhebt sich. „Liebe Brüder, bevor wir über einzelne Untersucher reden, lassen Sie uns gemeinsam laut unseren Wahlspruch aus *Lehre und Bündnisse* sagen. Stellen wir uns dazu im Kreis auf."

Sprechen wir gemeinsam die Verse aus *Lehre und Bündnisse* vier, eins bis sieben."

Nun siehe, ein wunderbares Werk ist im Begriff, unter den Menschenkindern hervorzukommen.

Darum, o ihr, die ihr euch in den Dienst Gottes begebt, seht zu, dass ihr ihm mit ganzem Herzen, aller Macht, ganzem Sinn und aller Kraft dient, damit ihr am letzten Tag schuldlos vor Gott stehen mögt.

Darum, wenn ihr den Wunsch habt, Gott zu dienen, seid ihr zu dem Werk berufen;

denn siehe, das Feld ist schon weiß, zur Ernte bereit; und wer also seine Sichel mit Macht einschlägt, der trifft Vorsorge, dass er nicht zugrunde geht, sondern seiner Seele die Errettung bringt;

und Glaube, Hoffnung, Nächstenliebe und Liebe - das Auge nur auf die Herrlichkeit Gottes gerichtet - befähigen ihn für das Werk.

13

Behaltet in euch Glauben, Tugend, Erkenntnis, Mäßigung, Geduld, brüderliches Wohlwollen, Frömmigkeit, Nächstenliebe, Demut, Eifer.

Bittet, und ihr werdet empfangen; klopfet an, und es wird euch aufgetan werden. Amen.

Alle setzen sich, nur der Zonenleiter bleibt vor der Gruppe stehen. „Brüder, lassen sie uns jetzt der Reihe nach alle Untersucher besprechen und herausfinden, was wir tun können, um diesen Menschen zu helfen, die Wahrheit zu erkennen."

Nacheinander berichten die Mitarbeiterpaare von ihren Erfahrungen. Dann ist die Mitarbeiterschaft Hunter und Stevens an der Reihe. Elder Hunter, der Seniormitarbeiter berichtet. „Wir haben einige gute Untersucher, die wir zurzeit belehren. Vorgestern haben wir zusammen gefastet und gebetet, damit wir eine ganz besondere Familie finden können. In der Sandstraße haben wir bei einer Familie Krause angeschellt. Der Mann kam an die Tür und hat gesagt, dass er kein Interesse habe. Wir sind bis unten in das Treppenhaus gegangen und haben gebetet, ob wir wirklich richtig sind. Wir haben beide gefühlt, dass Krause die richtige Familie ist. Also sind wir wieder nach oben in die dritte Etage gegangen und haben noch einmal geschellt. Wir waren sehr sicher, dass der Herr diesmal dafür sorgen würde, dass wir eingelassen werden. Der Mann kam an die Tür und wurde direkt wütend. Er hat gesagt, dass er mit uns nichts zu tun haben will und dann hat er die Tür zugeknallt. Wir waren schon enttäuscht, weil wir keinen Erfolg bei der Familie hatten. Heute in der Frühe beim Schriftstudium haben wir wieder über Familie Krause gesprochen und darüber gebetet, was wir machen sollen. Elder Stevens und ich sind immer noch der Meinung, dass wir wieder hingehen sollen. Wir haben das feste Gefühl, dass der Herr die Familie haben möchte. Wenn die Versammlung zu Ende ist werden wir wieder hingehen. Wir berichten dann später, was daraus geworden ist."

Nachdem alle berichtet haben singen sie gemeinsam ein Lied und Elder McGregor betet zum Schluss.

*

Am anderen Morgen sitzen sich die Eheleute schweigend am Frühstückstisch gegenüber. Monika hat schon vor mehr als drei Stunden gefrühstückt. Nun bedient sie nur noch ihren *Göttergatten* und gönnt sich eine zweite Tasse Kaffee. Walter ist erst in den frühen Morgenstunden nach Hause gekommen und hat entsprechend lange geschlafen. Sie vermeidet jedes laute Geräusch. Am Gesicht ihres Gatten kann sie unschwer erkennen, dass unter seiner Schädeldecke tausend kleine Teufelchen auf Töpfen und Eimern ein höllisches Lied trommeln. Wenn er sich in diesem Zustand befindet, ist es besser, man redet ihn nicht an.

Es klingelt an der Wohnungstür. Krause zuckt zusammen. Seine Frau tut, als habe sie nichts gehört. Das Gemaule vom gestrigen Abend ist ihr noch zu frisch im Gedächtnis. „Soll er sich ruhig bewegen und zur Tür gehen."

Wieder klingelt es, diesmal jedoch aufdringlicher. Monika hat wieder nichts gehört. Sie steht auf und geht ins Bad.

Als es erneut klingelt erhebt sich Walter Krause und schlurft schwerfällig zur Tür.

Wieder stehen die Mormonenmissionare Hunter und Stevens vor der Tür. Bevor Krause etwas sagen kann fragt Elder Hunter: „Wussten Sie, das Christus in Amerika war?"

Völlig verblüfft steht Walter den beiden gegenüber. Sein Gehirn scheint plötzlich leer zu sein. Nach einer scheinbar endlosen Zeit bringt er ein „Nein" heraus.

„Wollen Sie mehr darüber erfahren? Dürfen wir einen Augenblick reinkommen und Ihnen davon erzählen?"

Walter Krause, immer noch sprachlos, nickt nur und deutet mit der Hand, sie mögen eintreten. Er bittet sie, im Wohnzimmer Platz zu nehmen. Aus der Küche holt er seine Tasse Kaffee. Dann setzt er sich auf seinen *Stammplatz* in der Sofaecke und steckt sich eine Zigarre an.

Monika betritt das Zimmer und sieht erstaunt den Besuch an. „Ich habe gar nicht gehört, dass jemand gekommen ist." Sie begrüßt die beiden Missionare freundlich und bietet ihnen etwas zu trinken an. Sie nehmen ein Glas Wasser. Monika holt ebenfalls ihren Kaffee und setzt sich dann zu den drei Männern. Die beiden Krauses sehen erwartungsvoll die Missionare an.

Elder Hunter beginnt: „Der Vater im Himmel hat uns zu Ihnen geschickt, um Ihnen zu sagen, dass er Sie lieb hat und damit Sie die Wahrheit kennen lernen."

Die Eheleute werfen sich einen verständnislosen Blick zu, schweigen aber.

Hunter fährt fort: „Nach seiner Auferstehung war Christus in Amerika, um die Völker zu besuchen, die dort lebten. Herr Krause, stellen Sie sich vor, Ihr Vater hätte mehrere Söhne. Würden Sie das gerecht finden, wenn er nur mit einem sprechen würde und mit den anderen nicht?"

Immer noch an der Grenze der Sprachlosigkeit und des Erstaunens antwortet Krause: „Nee."

„Sehen Sie", fährt der Elder fort, „das findet unser Vater im Himmel auch nicht gerecht, weshalb sein Sohn, Jesus Christus auch zu den anderen Völkern gegangen ist. In der Bibel wurde aufgezeichnet, was in der Gegend von Jerusalem geschehen ist. Was er bei dem Volk in Amerika gemacht hat, finden wir im Buch Mormon. Möchten Sie mehr darüber wissen?"

Wieder trifft sich der Blick der Eheleute. Beide nicken.

„Um Ihnen alles ganz genau erklären zu können, muss ich ganz von vorne anfangen. Wir lesen am besten zusammen die Einführung im *Buch Mormon*."

Elder Stevens hat inzwischen zwei Bücher aus seinem Rucksack geholt und reicht jedem der Eheleute ein Exemplar. Alle schlagen die Einführung auf und Elder

Hunter bittet Herrn Krause, den ersten Absatz vorzulesen.

„Das Buch Mormon ist heilige Schrift wie die Bibel; es wird darin vom Umgang Gottes mit den früheren Bewohnern Nord- und Südamerikas berichtet, und es enthält ebenso wie die Bibel die Fülle des immerwährenden Evangelium."

Im dritten Absatz lesen sie:

„Der Höhepunkt der im Buch Mormon geschilderten Ereignisse ist das persönliche Wirken des Herrn Jesus Christus bei den Nephiten kurze Zeit nach seiner Auferstehung. . . . ."

Elder Hunter legt sein Buch vor sich auf den Tisch. „Herr Krause, glauben Sie, was wir gerade zusammen gelesen haben?"

„Tja, ich weiß nicht so recht. Ich denke, es gibt heutzutage so viele verschiedene Kirchen, die alle von sich behaupten, sie hätten Recht. Wem soll man eigentlich glauben?"

„Herr Krause erinnern Sie sich noch, dass Sie vorhin gesagt haben, es wäre ungerecht, wenn Gott nur zu den Menschen damals gesprochen hätte und heute zu den Menschen nicht mehr reden würde?"

„Ja."

„Ich stimme Ihnen zu, dass jeder etwas behaupten oder schreiben kann. Weil das so ist hat der Herr uns gesagt, dass wir ihn selber fragen können, wenn wir etwas genau wissen wollen. Schlagen wir mal zusammen Moroni, Kapitel 10 auf. Das ist das letzte Kapitel im Buch Mormon. Frau Krause würden Sie bitte den dritten Vers vorlesen und Herr Krause dann die Verse vier und fünf."

„Siehe, ich möchte euch auffordern, wenn ihr dieses hier lesen werdet - sofern es nach Gottes Weisheit ist, dass ihr es lest -, dass ihr daran denkt, wie barmherzig der Herr zu den Menschenkindern gewesen ist, von der Erschaffung Adams an bis herab zu der Zeit, da ihr dieses hier empfangen

werdet, und dass ihr im Herzen darüber nach-
denkt."

Herr Krause liest weiter.

„Und ich möchte euch auffordern: Wenn ihr die-
ses hier empfangt, so fragt Gott, den ewigen Vater,
im Namen Christi, ob es wahr ist; und wenn ihr mit
aufrichtigem Herzen, mit wirklichem Vorsatz fragt
und Glauben an Christus habt, wird er euch durch
die Macht des Heiligen Geistes kundtun, dass es
wahr ist.

Und durch die Macht des Heiligen Geistes könnt
ihr von allem wissen, ob es wahr ist."

Walter Krause lässt sein Buch sinken und schaut
nachdenklich seine Frau an. „Schatz, weißt du, was das
bedeuten würde? Wenn das stimmt, dann könnte man
mit jeder Frage zu Gott gehen und der würde einem
sagen, ob es richtig ist."

Monika Krause nickt zustimmend.

Elder Hunter bestätigt. „Das ist wirklich wahr. Sie
können es ausprobieren. Sie können den Vater im Himmel fragen, ob das Buch Mormon wirklich wahr ist. Ich
bezeuge Ihnen, dass Sie eine Antwort bekommen werden. Tausende und Hunderttausende Menschen haben
auf diese Weise ein Zeugnis von der Wahrheit des Evangeliums bekommen und davon, dass Joseph Smith wirklich ein Prophet Gottes war."

Krause nimmt seine Zigarre auf, zündet sie neu an
und pafft kräftig daran. Für seine Frau ist das ein Zeichen, dass er innerlich sehr aufgewühlt ist.

„Sollen wir weiter machen?" fragt Elder Stevens.

„Das muss ich erst mal *verdauen*", pafft Krause.

„Monika holst du mal bitte ein Bier für mich. Jetzt
muss ich was trinken. Wollen Sie auch ein Bier?"

Die Missionare schütteln den Kopf und antworten
wie aus einem Munde: „Nein danke, wir trinken keinen
Alkohol."

„Da nimm dir mal ein Beispiel dran", bemerkt Monika.

Bevor Walter darauf antworten kann, öffnet sich die Tür und Tochter Susanne kommt in das Zimmer. Erstaunt sieht sie den Besuch an und begrüßt ihn dann. Sie ist es gar nicht gewöhnt, dass ihre Eltern Besuch haben. Aus der Küche holt sie sich eine Tasse Kaffe. Danach setzt sie sich zu der Gruppe.

„Wie steht das eigentlich mit der Vielweiberei bei euch?" Fragt Walter Krause.

Die zwei *Krause-Frauen* sehen den Familienvorstand erstaunt an.

Elder Stevens erklärt: „Zur damaligen Zeit war es so, dass die Heiligen der Letzten Tage verfolgt und vertrieben wurden. Auf den Trecks sind viele Männer umgekommen und es herrschte ein großer Frauenüberschuss. Dann gab es eine Offenbarung, dass die würdigen Männer mehrere Frauen heiraten sollten. Die Männer mussten nachweisen, dass sie auch in der Lage waren, für die Frauen und die Kinder zu sorgen."

Krause schüttelt den Kopf. „Das kann doch nicht richtig sein, denn in der Bibel steht, dass ein Mann nur eine Frau haben soll. Wenn er eine andere ansieht, sie zu begehren, dann ist das Ehebruch."

„Da haben Sie völlig Recht. Das steht in der Bibel. Aber, meinen Sie nicht auch, Herr Krause, dass derjenige, der das Recht hatte, so ein Gesetz zu erlassen, auch ein anderes geben konnte? Wenn wir die Bibel ernsthaft lesen, werden wir feststellen, dass es eine Reihe von Gesetzen gab, die jeweils nur für einen ganz bestimmten Zeitraum Gültigkeit hatten, nämlich so lange, bis Gottes Absichten in der Angelegenheit erfüllt worden waren. Außerdem wird auch in der Bibel von Männern berichtet, die gemäß Gottes Willen mehrere Frauen hatten."

„Mmmmh, da könnten Sie Recht haben."

Elder Hunter holt seinen Terminplaner hervor. „Herr Krause, wir müssen jetzt gehen, da wir noch einen anderen Termin haben. Wir würden uns gerne noch einmal mit Ihnen und Ihrer Familie unterhalten. Wenn es Ihnen Recht ist, kommen wir Dienstag um siebzehn Uhr."

„Das ist mir zu früh. Eine Stunde später wäre besser. Was meinst du, Monika?"

„Ja, ich würde auch gerne noch mehr hören. Achtzehn Uhr passt mir auch besser."

„Könnt Ihr das nicht um neunzehn Uhr machen? Dann kann ich auch dabei sein", meldet sich Susanne.

Elder Hunter trägt den Termin ein.

*

Mülheim, 21. September 1963

Liebes Tagebuch. Heute war ein Tag mit ganz komischen Gefühlen. Die Arbeitszeit war normal und der Tag bis zum Abend verlief auch wie viele andere Tage.

Heute Abend waren die Missionare der Mormonen bei uns. Sie haben uns etwas über Joseph Smith erzählt und darüber, dass ihm ein Engel erschienen ist. Mein Verstand hat mir gesagt, dass es nicht möglich ist, dass Engel auf die Erde kommen. Als aber Elder Stevens sagte, er weiß ganz genau, dass Joseph Smith einen Engel gesehen und von ihm die goldenen Platten *bekommen hat, da hatte ich so ein komisches, warmes Gefühl in mir, das ich gar nicht so richtig beschreiben kann. Es war fast so wie an dem Tag, wo Ralf mich zum Erstenmal geküsst hat und trotzdem war es nicht genau so. Es war wärmer, tiefer gehend. Es war, als wäre ich total geborgen und in Liebe eingehüllt.*

Dann hatte ich noch ein ganz besonderes Erlebnis. Einmal hat Elder Stevens mir das Buch Mormon rübergegeben, damit ich ein paar Verse vorlesen sollte. Als ich es angenommen habe, haben sich für einen ganz kurzen Moment unsere Fingerspitzen berührt. Es war ein Gefühl, als wäre mein ganzer Körper für einen Augenblick in heißes Wasser getaucht worden. Alles prickelte und krabbelte. Ein irres Gefühl. Ich finde den Elder Stevens richtig süß. Er ist so ganz anders als Ralf, so richtig reif und männlich.

Wenn ich ganz ehrlich bin, wenn ich ihn manchmal so heimlich von der Seite ansehe, dann stelle ich mir vor, wie es wohl sein würde, wenn er mich küsst.

Gerd kam auch kurz dazu. Er hat die Missionare begrüßt, eine Zigarette geraucht und ist dann wieder gegangen.

Mir ist aufgefallen, dass Papa gar nicht mehr raucht, wenn die Missionare da sind. Sie haben vor ein paar Tagen erzählt, dass es ein „Wort der Weisheit" gibt. Die Mormonen rauchen alle nicht. Sie trinken auch keinen Alkohol, keinen Bohnenkaffee und keinen schwarzen Tee.

Die Missionare haben sich gewünscht, dass Gerd auch mit dabei ist. Er hat aber keine Lust dazu.

Jetzt werde ich mich in mein Bett kuscheln und ein bisschen von Elder Stevens träumen.

Gute Nacht.

*

Es ist schon ein bisschen eng in der BMW Isetta, in der Jürgen, Gerd und Werner nach Essen unterwegs sind. Die drei jungen Männer sitzen eingequetscht auf der einzigen Sitzbank. Da die Fronttür beim Öffnen auch den Lenker mit nach vorne klappt, war das Einsteigen ähnlich als hätten sie sich auf eine Parkbank gesetzt. Auf der linken Seite des Fahrzeugs, in der Karosserie eingelassen, befindet sich der winzig kleine Schaltknüppel.

Jürgen fährt. Er hat aus drei alten Isettas diese eine zusammengebaut. Stolz führt er sie nun seinen beiden Freunden vor. Mit 81 km/h *rasen* sie über den Ruhrschnellweg.

Gerd schaut auf seine Uhr. „Du denkst daran, dass ich um sieben zu Hause sein will?"

Jürgen, der sich angesprochen fühlt und der auch gemeint war, weil er ja fährt, antwortet: „Ist in Ordnung, ich fahre die nächste Ausfahrt raus und dann zurück. Ist sowieso ein bisschen eng für drei Personen. Warum willst du eigentlich so früh schon zu Hause sein?"

„Ich habe euch doch erzählt, dass seit einigen Wochen Mormonenmissionare zu meinen Eltern kommen. Bis jetzt bin ich immer abgehauen wenn die kamen. Heute wollen ein paar junge Mädchen dabei sein, die etwas älter als Susanne sein sollen. Die Bräute will ich mir mal ansehen. Vielleicht ist ja was in meiner Kragenweite dabei. Wenn ihr wollt könnt ihr ja mitkommen."

Werner stimmt sofort zu. „Für nette Mädchen bin ich immer zu haben."

„Heute kann ich nicht", wirft Jürgen ein. „Ihr könnt mir ja erzählen wie es war. Vielleicht komme ich dann beim nächsten Mal mit."

Fünfzehn Minuten später lässt Jürgen seine beiden Freunde an der Sandstraße vor der Haustür aussteigen.

Im Wohnzimmer sitzen neben den Missionaren nur die Eltern von Gerd und Susanne.

Die Missionare erheben sich, um die Neuankömmlinge zu begrüßen. Die Jungen bleiben stehen und Gerd fragt: „Wolltet ihr mich nur nach Hause locken oder was ist los? Ihr habt mir doch erzählt heute kämen ein paar nette junge Mädchen zu uns."

Elder Hunter erklärt: „Wir haben in der Gemeinde Oberhausen einen *Jugendmissionarsausschuss.* Zu dem gehören ein paar Mädchen im Alter von Susanne. Drei von den Mädchen wollten heute Abend hierhin kommen, um euch kennen zu lernen. Auf diese Weise könnt ihr mal sehen, dass die Jugend in der Kirche genau die gleichen Interessen hat wie ihr."

Werner grinst seinen Freund Gerd an. „Da bin ich ja mal gespannt, ob das stimmt."

Noch ehe einer der Anwesenden darauf etwas sagen kann schellt es an der Tür. Susanne springt sofort auf und öffnet. Sie kommt in Begleitung zweier Mädchen zurück.

„Guten Abend zusammen. Ich bin die Marion. Das ist Gudrun. Wir wollten eigentlich zu dritt gekommen sein, aber Elvira musste dringend einen anderen Termin wahrnehmen."

Mit Handschlag begrüßen sich alle. Gerd stupst Werner kurz mit dem Ellenbogen an und deutet so, dass es niemand anders sehen kann, mit dem Daumen kurz auf Marion und dann auf sich. Werner nickt zustimmend. Schon ist geklärt, welche wem gefällt und wer sich an dem Abend um sie bemühen kann.

Die Neuankömmlinge stehen noch als es erneut klingelt. Susanne springt wieder auf: „Das wird Ralf sein. Wir wollten zusammen ins Kino gehen."

Als die Beiden ins Wohnzimmer kommen fragt Gudrun: „Welchen Film wollt ihr euch denn ansehen? Gerade auf dem Weg hierher haben wir uns darüber unterhalten, dass wir schon lange nicht mehr im Kino waren."

„Ich habe schon Karten besorgt für *Freddy, die Gitarre und das Meer*", antwortet Ralf.

Marion ist begeistert: „Den finde ich auch toll. Gudrun, was denkst du, wollen wir mitgehen?"

„Natürlich nur, wenn ihr nicht alleine sein wollt", richtet sie sich an Susanne und Ralf.

Ralf gibt Susanne die Karten. „Mir ist das egal. Entscheide du."

„Natürlich freue ich mich wenn ihr mitkommt", antwortet Susanne.

Während des Gespräches haben Gerd und Werner Blicke ausgetauscht. Werner zuckt entschuldigend mit den Schultern und Gerds Blick sagt: „Besser mit denen in *Freddy* als alleine durch die Gegend ziehen."

„Hallo Schwesterchen", erinnert Gerd an seine und Werners Anwesenheit. „Wollt ihr uns hier stehen lassen oder dürfen wir mitkommen?"

Bevor Susanne etwas sagen kann übernimmt Ralf das Wort. „Ihr müsst sogar mitkommen. Ihr wollt mich doch nicht mit drei Mädchen alleine gehen lassen, oder?"

Gerd grinst ihn an: „Du hast uns überredet."

*

„Bruder Krause würden Sie bitte die angestrichene Passage vorlesen." Mit den Worten reicht Elder Hunter die Bibel weiter.

Walter Krause liest: *„Maleachi 3:10 Bringt den ganzen Zehnten ins Vorratshaus, damit in meinem Haus Nahrung vorhanden ist. Ja, stellt mich auf die Probe damit, spricht der Herr der Heere, und wartet, ob ich euch dann nicht die Schleusen des Himmels öffne und Segen im Übermaß auf euch herabschütte."*

„Was denken Sie darüber, Bruder Krause", fragt Elder Stevens.

„Was soll ich denn denken? Hört sich gut an, ist aber ein paar Jahrtausende überholt. Das galt früher mal."

Elder Hunter wendet sich an ihn. „Erinnern Sie sich noch an unser erstes Gespräch? Sie selber haben gesagt, dass Sie es für ungerecht halten würden, wenn Gott heute mit den Menschen anders umgehen würde als damals. Wäre es dann nicht völlig logisch, wenn heute das Gesetz des Zehnten noch genau so gelten würde wie damals?"

„Ja schon. Aber wie soll das denn gehen? Es gibt doch heute keinen König mehr an den wir zahlen können."

„Sehen Sie, Bruder Krause, da kommen wir wieder zu dem Punkt, den wir schon kurz angesprochen haben. Es stellt sich die Frage, wer denn heute auf der Erde die Vollmacht hat, für Gott den Zehnten einzunehmen. Wir werden bei unserem nächsten Besuch über die Vollmacht des Priestertums reden. Halten wir jetzt nur fest, dass der Herr von uns erwartet, dass wir von unserem Einkommen den Zehnten zahlen und dass er uns dafür reichlich segnen wird. Er sagte ja in *Maleachi*, dass er Segen im Übermaß auf uns herabschütten würde."

„Bruder Krause, ich bezeuge Ihnen, dass Gott uns segnet, wenn wir einen ehrlichen Zehnten zahlen. Ich weiß, dass dies wahr ist, weil ich selber schon viele Segnungen bekommen habe, weil ich den Zehnten zahle."

Elder Stevens bezeugt auch, dass er für das Zahlen des Zehnten schon oft gesegnet wurde. Dann fügt er hinzu: „Familie Krause, würden Sie auch den Herrn prüfen wollen, um zu sehen, ob diese Schriftstelle wirklich eine Verheißung an alle Menschen ist?"

Die Krauses sehen sich an. Monika schüttelt den Kopf: „Wie soll das denn gehen? Wir kommen so schon kaum mit unseren paar Mark über die Runden. Wenn wir jetzt auch noch den zehnten Teil davon abgeben sollen, dann haben wir ja gar nichts mehr zum Leben übrig."

Walter Krause nickt zustimmend. „Da hat meine Frau Recht, das könnten wir gar nicht machen."

Elder Hunter beugt sich im Sessel nach vorne. „Bruder Krause, wir sind ja jetzt schon öfter zu Ihnen gekommen und wir glauben, das wir ganz offen miteinander umgehen können. Darf ich Ihnen mal ganz ehrlich etwas sagen?"

„Nur zu. Raus damit. Ich bin immer für ein ganz offenes Wort. Das ist mir lieber als die schleimige Art, so drum herum zu reden. Schießen Sie los."

„Wie viele Zigaretten und Zigarren rauchen Sie im Monat?"

„Keine Ahnung, die habe ich nicht gezählt."

„Kommt ja jetzt nicht auf eine Packung an. Schätzen Sie einfach mal."

„Du rauchst am Tag mindestens eine Packung Zigaretten und abends mindestens eine Zigarre", hilft ihm seine Frau.

Er stimmt zu: „Könnte passen. Na und?"

Elder Hunter fährt fort: „Das wären also bei dreißig Tagen im Monat mindestens dreißig Päckchen Zigaretten und dreißig Zigarren. Richtig?"

Krause nickt: „Stimmt."

„Weiter. Wie viel Bier trinken Sie im Monat?"

Jetzt wird Monika Krause lebhaft. „Viel zu viel trinkt er. Davon hast du auch deinen dicken Bauch. Du trinkst doch fast jeden Abend zwei Flaschen. Wenn du in die Kneipe gehst wird es noch mehr. Ich schätze mal, dass da im Monat einige Kisten zusammen kommen."

Elder Hunter nickt zufrieden. „Sehen Sie, wenn Sie jetzt mal zusammenrechnen, was das alles kostet, dann haben Sie eine ganz schöne Summe. Gehen wir einmal davon aus, Sie würden das Evangelium annehmen, dann würden Sie auch das Wort der Weisheit halten wollen. Sie würden also alleine dadurch eine ganze Menge Geld einsparen. Ich bin sicher, dass Sie mehr sparen, als Sie an Zehnten zahlen würden. Das wäre schon eine große Segnung, mal ganz davon abgesehen, dass Sie erheblich gesünder leben würden."

Krause grinst seine Frau an: „Schatz, der Kerl macht mich fertig."

Dann lacht er: „Ich hätte euch nicht rein lassen sollen. Ihr habt zu allem was ich sage immer sehr gute Argumente. Da muss ich mal ganz in Ruhe drüber nachdenken. Ihr habt doch nichts dagegen, wenn ich mir jetzt eine anstecke. Ich kann ja meinen Vorrat nicht wegwerfen."

Der strafende Blick seiner Frau trifft ihn und er lenkt sofort ein. „War nur ein Scherz. Ich will euch ja nicht vollqualmen."

Elder Stevens schaut auf seine Uhr. „Elder Hunter, wir müssen wieder gehen. Familie Steinbrecher wartet noch auf uns."

Die Elders packen ihre Bücher ein und Elder Hunter fragt: „Bruder Krause, dürfen wir noch zusammen ein Gebet sprechen?"

„Natürlich."

„Bruder Krause, würden Sie heute für uns beten?"

„Nee, nee, das macht mal noch einer von euch. So weit sind wir noch nicht. Ihr müsst mich nicht überfahren. Immer langsam mit den jungen Pferden."

Wieder holt ihn Monika auf den Teppich. „Du bist doch sonst immer so mutig, du kannst alles. Was ist los? Traust du dich nicht?"

Krause grinst wieder wie ein Schulbube: „Brüder, gibt es da nicht eine Stelle in der Bibel, wo es heißt, dass die Frauen den Männern untertan sein sollen?"

Die Missionare heben abwehrend die Hände: „Dazu sagen wir jetzt lieber nichts. Das können Sie beide nachher untereinander ausmachen."

Alle lachen.

Elder Stevens blickt wieder zur Uhr. „Wer darf denn jetzt beten?"

Krause antwortet: „Immer der, der fragt."

Nach dem gemeinsamen Gebet verabschieden sich die Elders. Monika Krause räumt das Zimmer auf. Walter nimmt das Buch Mormon, um darin zu lesen.

*

Mülheim, den 11. Oktober 1963

Heute istr wieder so ein Tag, an dem ich nicht so recht weiß, ob ich mich für meinen Bruder schämen oder ob ich ihn bewundern soll.

Die Missionare hatten zwei Mädchen aus der Kirche zu uns eingeladen, damit wir mal ein paar Jugendliche aus der Gemeinde kennen lernen konnten. Ich habe mit Ralf darüber gesprochen. Er fand die Idee auch gut. Da wir nicht zu Hause bei den Eltern und den Missionaren sitzen wollten, hat er vorgeschlagen, ins Kino zu gehen. Er hat auch Karten für „Freddy" besorgt. Den Film wollte ich mir gerne ansehen. Manchmal ist Ralf so süß und erfüllt mir jeden Wunsch. Ich freue mich ja darüber, aber auf der anderen Seite ist es hin und wieder auch fast langweilig, wenn er immer alles gut findet, was ich machen will. Von ihm kommt nie eine Idee. Er sagt immer, dass ich entscheiden soll.

Manchmal habe ich Momente, da frage ich mich, ob Ralf der richtige Mann zum Heiraten ist. Ich möchte mich auch mal mit ihm auseinandersetzen oder diskutieren. Das geht aber nicht, weil er immer der gleichen Meinung ist wie ich. Wenn das möglich wäre würde ich gerne mal seine Gedanken lesen und feststellen, ob er wirklich immer mit mir einer Meinung ist oder ob er das nur sagt, damit er nicht diskutieren muss.

Ich werde es schon noch herausfinden.

Die zwei Mädchen aus der Kirche kamen früh genug, so dass wir zusammen ins Kino gehen konnten. Sie heißen Marion und Gudrun. Marion ist so eine quirlige, feurige. Gudrun ist ein bisschen stabiler und eher der ruhige Typ. Man könnte sagen, obwohl sie noch so jung ist, ist sie ein bisschen mütterlich. Natürlich wollten mein Bruder und sein Freund direkt mit ins Kino gehen. Wenn Gerd irgendwo einen neuen Rock sieht, ist er immer sofort mit dabei.

Die Marion hat ihm gut gefallen, denn im Kino hat er sich sofort neben sie gesetzt. Ralf saß neben mir, wie immer. Werner saß neben Gudrun.

Ich dachte, ich seh nicht richtig. Als der Hauptfilm gerade mal zehn Minuten dran war, da hat Gerd schon mit der Marion geknutscht. Die haben sich noch nie vorher gesehen und kannten sich noch keine Stunde und schon knutschen die und nicht zu knapp. Mit Sicherheit haben beide nichts von dem Film gesehen.

Das ist mir schon öfter aufgefallen, wenn ich mit Gerd zusammen raus war und eine Freundin mit hatte. Das geht immer ganz schnell, bis die knutschen und sich absondern. Ich hätte bloß nicht gedacht, dass ein Mädchen aus der Kirche ganz genau so reagieren würde. So wie die Missionare von den Mitgliedern erzählt haben, hatte ich eine ganz andere Vorstellung.

Der Werner hat sich heute was geleistet, da haben um uns herum im Kino alle laut gelacht. Erst hat er die Gudrun laut gefragt: „Darf ich deine Hand halten?“

Später dann, so gegen Ende des Films war es dann, ich konnte zwar nicht sehen, was vorher zwischen den beiden gelaufen war weil ich ganz außen gesessen habe und Ralf, Gerd und Marion zwischen mir und Werner, aber er muss sie wohl geküsst haben. Auf jeden Fall rief er ganz laut und erstaunt: „Watt is datt denn, du küsst ja mit Zungenschlag!“

Am liebsten wäre ich aufgestanden und hätte gesagt, dass ich nicht zu denen gehöre. Das war vielleicht peinlich. Ich habe jetzt noch das Lachen der Leute in den Ohren.

Nach dem Film sind wir alle zusammen noch ein Stück in die Ruhranlagen gegangen und haben uns unterhalten. Was man halt so unterhalten nennt. Mein lieber Bruder ist mit der Marion weg gewesen. Der hat seinen langweiligen Freund Werner bei uns gelassen. Interessant war Gudrun. Als Marion nicht mehr dabei war, wurde sie richtig lebhaft und hat mir viel über die Kirche erzählt. Die haben dort öfter Tanzveranstaltungen. Ralf und ich werden zum nächsten Tanzabend mal in die Gemeinde fahren.

Dann hat sie noch von einer GFV gesprochen. Das ist wohl so ein Verein, wo alle Mitglieder hinkommen und wo jede Woche andere Sachen gemacht werden. Zum Beispiel hat sie gesagt, das „freie Rede" geübt wird oder das Vorträge über verschiedene Berufe gehalten werden. So lernen sich die Mitglieder immer besser kennen. Das finde ich gut, denn wer weiß so schon, welchen Beruf sein Freund oder Nachbar hat. Zumindest kann sich kaum einer richtig vorstellen was genau in dem anderen Beruf gemacht wird. Nächsten Dienstag werde ich mit Ralf zur Gemeinde fahren.

Wir sind dann wieder zu uns gegangen. Da es schon spät war, sind die Mädchen nicht mehr mit rauf gegangen. Gerd hat sie zusammen mit Werner nach Hause gefahren. Jetzt ist es gleich Mitternacht und er ist noch nicht wieder da. Ich möchte wissen, was an dem dran ist, dass die Mädchen so auf den abfahren. Wahrscheinlich ist er nicht so langweilig wie Ralf. Mir geht das immer mehr auf die Nerven, dass er zu allem ja und amen sagt, was ich möchte. Vielleicht lerne ich ja auch mal jemand kennen, der ständig neue Ideen hat.

So, jetzt muss ich aber schlafen, denn morgen muss ich wieder früh raus und zur Arbeit gehen.

Es war ein schöner Tag. Gute Nacht.

*

Walter Krause lässt das *Buch Mormon* sinken. Nachdenklich schaut er vor sich hin. Monika, die gerade im

Fernsehen eine Musiksendung anschaut, fragt: „Was ist los? Du guckst so nachdenklich."

„Mir geht immer wieder durch den Kopf, was wir beim ersten Besuch der Missionare zusammen gelesen haben."

„Was meinst du denn genau?"

„Die Passage mit dem Beten und dass man dann wissen kann, ob alles wahr ist, was die uns erzählt haben und ob das Buch Mormon wahr ist."

„Na und?"

„Ich habe gerade so gedacht, dass wir jetzt schon über zwanzig Jahre verheiratet sind und ich kann mich gar nicht erinnern, dass wir mal zusammen gebetet haben."

„Natürlich haben wir immer zusammen mit den Kindern gebetet, als die noch klein waren."

„Das meine ich nicht. Ich meine, wir zwei alleine, nur wir beide, ganz für uns."

„Darüber haben wir ja auch nie gesprochen. Seit der Pfarrer uns in der katholischen Kirche nicht verheiraten wollte, weil ich katholisch bin und du evangelisch, hast du ja von Kirche nichts mehr hören wollen."

„Was hat denn die Kirche mit dem Beten zu tun? Das ist doch eine Sache, ob man an Gott glaubt oder nicht."

„Du hast vielleicht komische Ideen. Seit wann hat denn Kirche nichts mehr mit beten zu tun?"

„So meine ich das nicht. Ich wollte damit sagen, dass es in erster Linie darauf ankommt, ob man an Gott glaubt oder nicht. Wenn man daran glaubt, dann sollte man sich auch bemühen, nach seinen Geboten zu leben."

„Ich verstehe immer noch nicht ganz den Zusammenhang mit dem Beten."

„Du wirst es nicht glauben, aber irgendwie fühle ich mich komisch, wenn ich mit dir über solche Sachen rede."

Monika schaltet den Fernseher aus und wendet sich ihrem Gatten zu. „Willst du damit sagen, dass du mit mir nicht reden kannst?"

„Nein, das meine ich nicht. Wir haben bisher über alles reden können, aber irgendwie ist das mit dem Beten anders. Ob du es glaubst oder nicht, ich habe Hemmungen, das zu sagen, was ich fühle."

„Schatz, das ist wahrscheinlich nur ungewohnt für dich. Du warst ja noch nie ein Typ, der offen über seine Gefühle redet. Viele Dinge hast du ja immer mit dir alleine ausgemacht. Du sagst zwar, dass wir immer über alles geredet haben, aber meistens war es doch so, dass du mir was erzählt hast oder dass du versucht hast, mir deine Meinung verständlich zu machen."

„Das mag ja sein, aber . . . ."

„Weißt du was mir aufgefallen ist? Du wirst liebevoller in deinem Umgang mit mir, nicht mehr so lustig polterig, ernster als früher. Das macht bestimmt, dass die Missionare uns jetzt regelmäßig besuchen"

„Quatsch, ich war auch früher schon ernsthaft und polterig bin ich noch nie im Leben gewesen."

„Ist ja schon gut, versteck dich ruhig weiter hinter deiner Polterigkeit. Ich werde niemand sagen, was für ein guter Kern wirklich in dir steckt", grinst seine Frau ihn an.

Krause fährt hoch. In seinen Augen blitzt der Schalk. „Weißt du, was du mich kannst?!! . . . Gut leiden."

Er steht auf, um in die Küche zu gehen. „Schatz, soll ich dir auch ein Glas Sprudel mitbringen?"

Monika Krause bemüht sich, ihren Mann nicht all zu erstaunt anzusehen. „Ja gerne."

Walter hantiert eine Weile in der Küche und kommt dann mit einem Tablett zurück, auf dem neben einer Flasche und zwei Gläsern auch noch ein Päckchen Salzgebäck liegt. Er stellt seiner Frau das Glas hin und gießt ihr ein. Selbst wenn Monika jetzt etwas sagen wollte, könnte sie nicht, weil sie sprachlos ist. Ihre Gedanken kreisen: „Was ist denn heute los? Ist das eine einmalige Sache oder verändert er sich? Was will er, weil er so höflich ist?"

Krause setzt sich und füllt sein Glas. „Schatz, was hältst du davon, wenn wir heute mal . . . ."

31

Monika hebt ihr Glas. „Dachte ich mir doch, dass er mit mir ins Bett will." Laut sagt sie: „Lass uns erst mal was trinken, ich habe Durst."

Krause beginnt erneut: Was hältst du davon, wenn wir heute mal zusammen beten?"

Seiner Frau fällt fast das Glas aus der Hand. Mit allem hätte sie jetzt gerechnet, nur nicht damit. Um Zeit zu gewinnen und ihre Gedanken zu ordnen, stellt sie langsam und bedächtig ihr Glas ab und zupft die Tischdecke zurecht. „Wie kommst du gerade heute darauf?"

„Als ich vorhin gelesen und darüber nachgedacht habe, ist mir der Gedanke gekommen, ob es nicht schön wäre, wenn wir auch in der Religion eine Gemeinsamkeit hätten. Die Missionare haben doch auch darüber gesprochen, dass es eine Möglichkeit gibt, dass wir für immer als Familie zusammen bleiben können. Ich bin sehr gerne mit dir und den Kindern zusammen und ich möchte ewig mit euch zusammen bleiben und da dachte ich mir, dass es sich schon lohnt, etwas dafür zu tun. Besser kann ich es dir heute nicht erklären."

Seiner Frau stehen die Tränen in den Augen. „Das ist die schönste Liebeserklärung, die du mir in all den Jahren gemacht hast."

Walter steht auf und nimmt seine Frau liebevoll in die Arme. Als sie später zu Bett gehen knien sie zum ersten Mal in ihrem Eheleben nebeneinander vor einem Bett und Walter Krause spricht stockend ein Gebet, in dem er Gott unter anderem dafür dankt, dass er die Missionare zu ihnen geschickt hat.

*

„Hallo, ich freue mich, dass ihr gekommen seid." Marion begrüßt Susanne, Jürgen und Werner per Handschlag. Dann umarmt sie Gerd und küsst ihn. Sie flüstert ihm ins Ohr: „Schatz, ich freue mich unwahrscheinlich, dass du hier bist."

Sie betreten gemeinsam den Raum, in dem die GFV stattfinden soll.

Susanne stellt die Anwesenden vor: „Gudrun kennt ihr ja schon."

Nacheinander begrüßen die Freunde die anwesenden Mitglieder. Susanne erklärt: „Schwester Mertens, Bruder Mertens, Schwester Wehrenbrecht, Schwester Waldheimer, Bruder Gerber, unser GFV-Leiter."

Achtzehn Personen werden auf diese Weise einander vorgestellt. Dann geht Bruder Gerber nach vorne und eröffnet die Versammlung.

„Liebe Geschwister und Freunde, ich freue mich, dass wir heute so zahlreich hier versammelt sind und dass heute so viele Besucher unter uns sind. Wir singen gemeinsam das Lied Nummer sechsundsechzig, ‚Sehet, ihr Völker'. Im Anschluss daran wird Schwester Berghofer mit uns beten."

Nach dem Gebet erhebt sich Bruder Gerber und macht die Anwesenden mit dem weiteren Verlauf des Abends bekannt. „Zuerst werden wir von Bruder Mertens einen Vortrag hören, wie endlose Rohre gemacht werden. Bruder Mertens arbeitet bei Phönix-Rheinrohr in der Freetz-Moon-Anlage, wo solche Rohre hergestellt werden. Im Anschluss daran werden wir mit Schwester Waldheimer *freie Rede* üben."

Bruder Mertens geht an die Tafel und beginnt seinen Vortrag. Gespannt hören alle zu, denn jeder interessiert sich sehr für die Arbeit der anderen Geschwister. Selbst die Besucher staunen, als sie hören, auf welche Weise aus aufgerollten schmalen Blechen Rohre gemacht werden.

Als er seinen Vortrag beendet hat, übernimmt Schwester Waldheimer die Zeit. Sie gibt jedem der Anwesenden einen Zettel. „Auf Ihrem Blatt finden Sie einen Begriff, den Sie uns in einer Minute erklären sollen. Wir stehen nacheinander auf, kommen hier vorne an die Tafel und reden, was uns zu dem Begriff eingefallen ist. Hat jemand noch eine Frage dazu? Ich sehe, das ist nicht der Fall. Dann fangen wir in der hinteren Reihe rechts an und so weiter bis nach hier vorne. Bruder Westermeier, würden Sie bitte nach vorne kommen und beginnen."

Nacheinander erklären die Anwesenden, was auf ihrem Zettel steht und was genau sie sich darunter vorstellen. Dann kommt die Reihe an Werner. Er wird ganz rot. „Ich möchte nicht."

Schwester Waldheimer ermuntert ihn: „Wir sind hier ganz unter uns, Sie brauchen sich nicht zu genieren. Kommen Sie doch erst mal zu mir nach vorne."

Werner zögert.

„Na, kommen Sie, es passiert Ihnen ja nichts."

Gerd knufft ihn in die Seite: „Nun mach schon du Pfeife oder willst du uns hier blamieren?"

Immer noch zögernd erhebt sich Werner und geht nach vorne und sieht alle an. Er schaut auf seinen Zettel, danach wieder die Anwesenden an. Dann sieht er hilfesuchend auf Gerd. Der steht auf, geht zu ihm und wirft einen Blick auf Werners Zettel. Er lacht laut los. „Das ist doch wohl gar kein Problem, darüber kann man ja stundenlang reden."

Werner bekommt ganz rote Ohren. Am Hals sieht man seinen Puls schlagen. Dann stößt er hervor: „Hier steht *Küssmündchen*. Das ist genau das, was Gudrun hat."

Unter dem schallenden Gelächter aller Anwesenden setzt er sich schnell wieder auf seinen Stuhl. Nun hat auch Gudrun die Farbe gewechselt. Beide sehen aus, als wären sie zu lange in der Sonne gewesen.

Als Susanne vorne steht öffnet sich die Tür und ein junger, schwarzhaariger Mann im Anzug betritt den Raum. Für einen Augenblick bleibt er stehen und sieht sich nach einem freien Platz um. Dann fällt sein Blick auf Susanne, die ihre *freie Rede* noch nicht begonnen hat. Er setzt sich und sie steht wie erstarrt vorne. Dann erzählt sie wie in Trance über ihren Beruf, denn auf ihrem Zettel stand *Frisörin*.

Nach einer Weile unterbricht Schwester Waldheimer: „Das genügt. Sie haben schon sieben Minuten gesprochen. Wenn sie am kommenden Dienstag wieder hier sind, dann kann ich Ihnen ein anderes Thema geben. So hatten Sie offensichtlich einen Vorteil gegenüber allen anderen."

Susanne wird rot und setzt sich auf ihren Stuhl. Der Neuankömmling hatte sich genau auf den freien Platz daneben gesetzt.

Marion stellt sie kurz einander vor. Sie geben sich die Hand und hören dann Bruder Gerber zu, der die Versammlung beendet.

*

Gemütlich sitzt Walter Krause auf seinem Sofa. Er ist alleine zu Hause. Die Kinder sind zur GFV gefahren. Monika ist zu ihrer Mutter gefahren, weil es der gesundheitlich nicht so gut geht.

Gerade hat Walter die Passage im *Buch Mormon*, im *Moroni* gelesen, die er beim ersten Besuch der Missionare angestrichen hatte. Wieder hat ihn der vierte Vers ganz besonders bewegt.

Und ich möchte euch auffordern: Wenn ihr dieses hier empfangt, so fragt Gott, den ewigen Vater, im Namen Christi, ob es wahr ist; und wenn ihr mit aufrichtigem Herzen, mit wirklichem Vorsatz fragt und Glauben an Christus habt, wird er euch durch die Macht des Heiligen Geistes kundtun, dass es wahr ist.

Er schaut auf das Lesezeichen, welches ihm die Missionare geschenkt haben.

1. Mein Vater im Himmel,
2. Ich danke dir für . . .
3. Ich bitte dich um . . .
4. Im Namen Jesu Christi, Amen.

Nachdenklich betrachtet er die *Anleitung zum Beten*. Dann liest er noch einmal langsam den vierten Vers im *Buch Moroni* durch.

Er atmet tief durch, legt das Buch zur Seite und steht auf. Dann geht er nachdenklich einige Schritte im Zimmer auf und ab. Noch einmal nimmt er das *Buch Mormon* zur Hand und liest die Passage und dann das

Lesezeichen. Wieder seufzt er. Dann geht ein Ruck durch seinen Körper. Er schiebt einen Sessel zurecht und kniet sich dann davor, so dass er die Unterarme aufstützen kann. Er neigt den Kopf und beginnt stockend laut zu beten:

„Mein Vater im Himmel, ich danke dir für die Missionare, die zu uns gekommen sind. Sie haben mir gesagt, wie man richtig zu dir beten sollte. Heute will ich es mal so machen, weil du mich dazu aufgefordert hast."

Seine Stimme wird fester: „Ich danke dir für meine liebe Frau und für meine Kinder. Ich bin auch dankbar dafür, dass wir alle gesund sind, denn ich weiß, dass dies keine Selbstverständlichkeit ist. Ebenso dankbar bin ich, dass ich einen guten Beruf habe und genügend Geld verdiene, um meine Familie ernähren zu können. Wir haben eine schöne, warme und gemütliche Wohnung und auch ein gutes Auto. Es ist zwar alt, aber für uns reicht es allemal aus. Ich bin auch dankbar, dass wir hier in Frieden leben können. Man sieht im Fernsehen so oft, dass es irgendwo auf der Welt Krieg gibt. Ich kann gar nicht dankbar genug sein, dass wir hier davon verschont geblieben sind. Die Missionare haben uns gesagt, dass du sie zu uns geschickt hast. Sie haben uns gesagt, dass das *Buch Mormon* wahr ist und dass Jesus Christus für uns gestorben ist, damit wir zu dir zurückgehen können. Sie haben von dem Sühnopfer gesprochen und davon, dass uns unsere Sünden vergeben werden können. Du kennst mich und weißt, dass ich in meiner Jugend nichts *anbrennen* lassen habe. Als ich dann Monika kennen lernte war aber Schluss damit. Natürlich habe ich hin und wieder *auf den Putz gehauen*, aber das war es dann auch schon. Mag sein, dass das falsch war, aber du musst zugeben, dass ich es vorher nicht besser wusste. Das soll keine Entschuldigung sein . . . oder, ja, vielleicht doch. Wenn ich heute noch mal zu tun hätte, nachdem ich einige Dinge aus dem Evangeliumsplan gelernt habe, dann würde ich einige Sachen nicht mehr machen. Was mache ich denn hier? Ich stelle gerade fest, dass ich anfange, herumzureden. Ich will lieber auf den Punkt kommen, warum ich überhaupt bete."

Wieder holt Walter Krause tief Luft.

„Mein Vater im Himmel, gedankt habe ich ja schon. Jetzt will ich auf den Punkt kommen, der mich seit Wochen bewegt. Ich möchte ganz klar wissen, ob das, was die Missionare mir gesagt haben, wahr ist. Ich muss wissen, ob das Buch Mormon wahr ist und ob Joseph Smith ein Prophet war, der tatsächlich in deinem Auftrag gewirkt hat. Das beschäftigt mich. Wenn das stimmt, dann ergeben sich alle anderen Antworten von selber. Wenn das wahr ist, dann ist alles andere auch wahr, denn ein Prophet kann nicht lügen sondern sagt uns Menschen das, was du ihm gesagt hast. So ist also meine Bitte. Lass mich spüren, ob das *Buch Mormon* wahr ist und ob Joseph Smith ein Prophet war. Das bitte ich im Namen Jesu Christi, Amen."

Krause bleibt erwartungsvoll knien. Eine Minute, zwei Minuten, drei Minuten lauscht er in sich hinein. Er schüttelt den Kopf und steht auf.

Es klingelt an der Wohnungstür. Er öffnet. Seine Frau begrüßt ihn: „Schatz, ich habe den Schlüssel vergessen."

„Ist schon in Ordnung. Ich freue mich, dass du wieder da bist. Wie geht es Mutter?"

„Danke, es geht ihr schon wieder besser. Du machst so einen nachdenklichen Eindruck. Ist irgendetwas?"

Nein, es ist alles in Ordnung, ich habe nur gerade gelesen und bin dabei wohl ein bisschen eingenickt."

*

Mülheim, den 3. November 1963
Heute hat mich der Blitz getroffen.
Abends bin ich mit Gerd und seinen Freunden zu den Mormonen in die GFV gefahren. Ralf hatte wieder mal keine Lust, in eine Kirche zu gehen. Das ist mir aber inzwischen auch egal, denn seit wir mit den Missionaren

näheren Kontakt haben und uns die Belehrungen anhören, ist er sowieso komisch geworden.

Es war ganz interessant. Wir haben einen Vortrag gehört, wie endlose Rohre gemacht werden. Bis jetzt habe ich mir nie Gedanken darüber gemacht, wie man Rohre aneinander macht, die zum Beispiel für eine Fußbodenheizung sein sollen.

Dann haben wir „freie Rede" geübt. Es war interessant. Jeder bekam einen Zettel, auf dem etwas stand. Dann musste einer nach dem anderen aufstehen und über das reden, was auf seinem Zettel stand.

Werner hat sich wieder ein Ding geleistet. Entweder ist der blöd oder einfach nur total naiv. Er hatte auf seinem Zettel „Küssmündchen" stehen. Er hat puterrote Ohren bekommen und dann gesagt: „Das ist genau das, was Gudrun hat".

Alle haben herzhaft gelacht.

Ich hatte Glück. Auf meinem Zettel stand „Frisörin". Das war natürlich total einfach für mich, weil ich nur über meinen Beruf zu reden brauchte. Ich weiß gar nicht mehr, was ich gesagt habe. Ich hatte noch nicht angefangen, da ging die Tür auf und ein junger Mann kam rein. Mir war, als würde mein Herz stehen bleiben. So hatte ich mir immer meinen Traummann vorgestellt. Er hat mich ganz kurz angesehen, das war, als hätte mich der Blitz getroffen. Plötzlich war alles weg und ich wusste gar nicht mehr was ich sagen wollte. Ich hörte mich reden, aber konnte selber nicht mehr verstehen was ich alles sagte. Irgendwann hat Schwester Waldheimer gesagt, dass es lang genug war.

Mir zitterten richtig die Knie als ich zu meinem Platz ging, denn er saß direkt neben mir. Marion hat uns einander vorgestellt.

Er heißt Wolfgang Schmidt. Als er mir die Hand gab, war es, als würde ich in Feuer packen. Das war ein Gefühl, welches mir durch und durch ging.

Ich glaube, ich habe mich total verliebt. Das ist wieder ganz anders gewesen als bei Ralf und Elder Stevens. Er lächelte mich den Abend über öfter an. Seine Augen *sind so strahlend blau leuchtend, wie das schönste Himmelsblau, aus dem die Sonne hervorbricht. Ich hätte nicht gedacht, dass ich mal solche Gefühle haben könnte.*

Wir Jugendlichen haben noch lange zusammen in der Gemeinde gesessen und über alles Mögliche geredet.

Jürgen hat auch ein nettes Mädchen kennen gelernt. Sie heißt Steffi. Sie passt sehr gut zu Jürgen, denn sie ist auch ziemlich groß.

Es war ein schöner Abend. Langsam gewöhne ich mich an die Leutchen in der Gemeinde.

Gerd will in Zukunft auch bei den Belehrungen durch die Missionare zu Hause sein und sich alles anhören. Ich bin mal gespannt, ob er es wirklich macht. Ich staune sowieso, dass er schon länger nur mit Marion zufrieden ist. Bisher hatte er mehrfach in der Woche eine andere, mit der er ausgegangen ist.

Diese Nacht werde ich ganz bestimmt von Wolfgang träumen.

Gute Nacht.

*

Die Familie Krause ist vollzählig im Wohnzimmer versammelt, als es an der Wohnungstür klingelt. Susanne springt auf und öffnet. Die Missionare, Wolfgang und Marion kommen wie verabredet, um gemeinsam an der Belehrung der Geschwister Krause teilzunehmen.

Nachdem sich alle begrüßt haben und Monika Getränke serviert hat, sitzen sie gemütlich und warten darauf, dass die Belehrungszeit eröffnet wird.

Elder Hunter fragt: „Bruder Krause, wer darf das Anfangsgebet sprechen? Sie sind hier der Hausherr."

Krause grinst seine Frau an: „Hast du das gehört. Er weiß immer noch nicht, wer hier das Sagen hat."

„Haben wir wieder mal einen albernen Tag? Nun mach hin, damit wir anfangen können."

Krause schaut in die Runde. „Wolfgang würdest du bitte für uns beten."

„Ja. Danke, gerne."

Alle neigen den Kopf. Wolfgang dankt dem Vater im Himmel, dass sie alle in Frieden und Gesundheit zusammen sein und über das Evangelium sprechen können. Dann bittet er um seinen Segen für die gemeinsame Zeit.

Mit einem kräftigen „Amen", stimmen die Anwesenden zu. Elder Hunter sieht auf Elder Stevens und der beginnt: „Wir wollen heute über drei verschiedene Themen reden, die aber eng miteinander verbunden sind. In diesen Themen wird uns gezeigt, wo die wichtigsten Arbeitsbereiche für uns sind.

1. Die Heiligen vervollkommnen.
2. Das Evangelium verkündigen
3. Die Toten erlösen.

Wenn wir uns den ersten Punkt betrachten, dann müssen wir feststellen, wer mit „Heiligen" gemeint ist. Susanne würden Sie bitte Epheser 1:1 vorlesen und Wolfgang, Sie bitte danach Epheser 2:19."

Susanne beginnt: *„Epheser 1:,1 Paulus, durch den Willen Gottes Apostel Christi Jesu, an die Heiligen in Ephesus, die an Christus Jesus glauben."*

Wolfgang liest den nächsten Vers: *„Epheser 2:19, Ihr seid also jetzt nicht mehr Fremde ohne Bürgerrecht, sondern Mitbürger der Heiligen und Hausgenossen Gottes."*

Elder Hunter legt die Bibel zur Seite, in der er mitgelesen hatte. „Wenn wir also in den heiligen Schriften von „Heiligen" lesen, dann ist eigentlich nichts anders gemeint, als die Anrede „Mitglieder". Im ersten Vers würde dann also stehen: An die Mitglieder in Ephesus.

Da die Kirche Jesu Christi heute wieder genau so hergestellt wurde wie sie zur Zeit Christi auf der Erde existiert hat, sprechen wir heutzutage auch von „Heiligen", wie wir es im Namen der Kirche finden: **KIRCHE JESU CHRISTI DER HEILIGEN DER LETZTEN TAGE.** Damals lebten die Menschen in den ersten Tagen und wir leben heute in den letzten Tagen."

Elder Stevens übernimmt wieder: „Schwester Krause, würden Sie bitte Matthäus 5:48 vorlesen."

40

Monika Krause setzt ihre Lesebrille auf und beginnt: *„Matthäus 5:48, Ihr sollt also vollkommen sein, wie es auch euer himmlischer Vater ist."*

„Dankeschön. Wir haben also jetzt erfahren, dass wir gemeint sind, wenn Gott von den „Heiligen" spricht. Gerade haben wir gehört, dass wir vollkommen sein sollen wie unser Vater im Himmel. Bruder Krause, was stellen Sie sich darunter vor?"

Noch bevor Walter Krause etwas sagen kann, redet Gerd: „Das geht doch gar nicht. Kein Mensch kann vollkommen werden wie Gott. Das ist sicherlich eine falsche Übersetzung in der Bibel."

Sein Vater nickt zustimmend: „So ähnlich wollte ich das auch sagen."

Elder Hunter schlägt das *Buch Mormon* auf. „Bruder Krause können wir uns darauf einigen, dass die vorgelesene Anforderung an uns wörtlich gemeint ist?"

„Ich weiß nicht so recht."

„Können wir davon ausgehen, dass die *Bibel* allgemein anerkannt wird?"

„Ja, schon. Aber . . ."

„Ja, das Aber, darum geht es jetzt. Sicherlich stellt sich jetzt die Frage, ob es für uns Menschen möglich ist, vollkommen zu werden. Lesen wir einmal gemeinsam den 1. Nephi 3:7."

Schwester Krause würden Sie das bitte tun."

„Und es begab sich: Ich, Nephi, sprach zu meinem Vater: Ich will hingehen und das tun, was der Herr geboten hat; denn ich weiß, der Herr gibt den Menschenkindern keine Gebote, ohne ihnen einen Weg zu bereiten, wie sie das vollbringen können, was er ihnen geboten hat."

Monika Krause reicht Elder Hunter das Buch zurück. Er hält seinen Zeigefinger in das Buch und klappt es zu. „Bruder Krause. Eigentlich muss ich ja beide Brüder Krause ansprechen. Denken Sie beide, dass Nephi mit seiner Aussage Recht hat?"

Walter Krause brummt: „Mmmh, wenn man es genau betrachtet, dann kann man ja gar nicht anders antworten.

Wenn ich daran glaube, dass das Buch Mormon wahr ist, dann muss auch die Aussage wahr sein. Wenn die Aussage wahr ist, dann hat Gott auch in der *Bibel* nichts gefordert, was wir nicht vollbringen könnten. Er hat ja gesagt, dass er einen Weg bereitet hat, damit wir dieses Gebot halten können. Wenn ich es richtig verstanden habe, dann geht es nicht mehr darum, ob es möglich ist, sondern nur noch darum, wie ich den Weg finden kann, dieses Gebot zu halten. Sehe ich das richtig?"

Die Elders strahlen und Elder Hunter antwortet: „Besser hätte das keiner von uns erklären können. Das war wunderbar. Wenn wir jetzt gemeinsam davon ausgehen, dass die Kirche die göttliche Aufgabe gestellt bekommen hat, die Mitglieder zu vervollkommnen, dann besteht doch die Aufgabe allgemein und insbesondere in der Gemeinde darin, den Mitgliedern zu helfen, dass jeder seinen ganz eigenen, individuellen Weg gehen kann. Also wird von uns erwartet, dass wir unseren Teil dazu beitragen, dass unser Nächster Fortschritt im Sinne Gottes machen kann. Sind wir uns einig?"

Vater und Sohn sehen sich an und nicken dann.

Elder Stevens übernimmt wieder: „Kommen wir zum zweiten Punkt. Sie haben vom Evangelium gehört und haben den Weg erkannt, den Sie gehen können, um zum Vater im Himmel zurück kommen zu können. Der Herr hat gesagt, dass wir unseren Nächsten lieben sollen wie uns selbst. Wie können wir die Menschen besser lieben als dadurch, dass wir ihnen von dem kostbaren Besitz des Evangeliums abgeben, so dass sie auch zu Gott kommen können."

Einträchtig nicken die Krauses. Vater spricht für alle: „Darüber müssen wir nicht reden, das versteht sich von selbst."

Inzwischen hat Elder Hunter in der *Bibel* ein Passage gefunden. „Als dritten Punkt hätten wir noch die Erlösung der Toten. Schlagen wir einmal die Schriftstelle im 1 Korinther 15:29 auf. Susanne, würden Sie bitte vorlesen."

„Wie kämen sonst einige dazu, sich für die Toten taufen zu lassen? Wenn Tote gar nicht auferweckt werden, warum lässt man sich dann taufen für sie?"

Elder Hunter nimmt seine *Bibel* zurück. „Dankeschön. Hier wird davon gesprochen, dass sich in alter Zeit Menschen für Verstorbene haben taufen lassen. Wir haben auch heutzutage noch diese stellvertretende Taufe für die Verstorbenen in der Kirche. Will jemand etwas dazu sagen?"

Er schaut fragend in die Runde. „Keiner?"

Walter Krause seufzt: „Das muss ich erst alles mal in Ruhe sacken lassen."

Elder Stevens holt seinen Terminplaner hervor. „Was denken Sie darüber, am nächsten Sonntag die Abendmahlsversammlung in der Gemeinde zu besuchen?"

Walter und Monika sehen sich an. Gerd und Susanne sprechen wie aus einem Munde. „Natürlich kommen wir." Sie werden mit liebevollen Blicken von Marion und Wolfgang bedacht.

Inzwischen haben sich die Eltern per Blickkontakt verständigt. Walter stimmt zu. „Um wie viel Uhr sollen wir denn da sein?"

„Um sechzehn Uhr beginnt die Versammlung. Wenn Sie etwas früher kommen, dann können Sie vorher noch einige Mitglieder kennen lernen. Ist das in Ordnung?," fragt Bruder Hunter.

Die Krauses stimmen zu.

*

Der flüssige Stahl ergießt sich goldgelb aus der Kokille in die Gussform. Die beiden Arbeiter in ihren feuerfesten und hitzeabweisenden Anzügen dirigieren sie an langen Stangen in die jeweils richtige Richtung. Eine „mörderische" Hitze umgibt sie. Diese Arbeit wird zwar weit über dem Durchschnitt bezahlt, aber sie ist auch kräfteraubend.

Nun ist die Kokille leer. Der Kran hebt sie höher und fährt damit zum Ende der Halle, wo sie auf einem speziellen Lagerplatz zum Abkühlen abgestellt wird.

Die beiden Männer nehmen ihre Helme ab, wischen sich fast wie auf Kommando den Schweiß von der Stirne und gehen in den Pausenraum.

„Nein danke, ich rauche nicht mehr."

Erstaunt sieht Erich Jablonski seinen Kollegen an. „Walter, jetzt willst du mich aber Vernatzen. Du und nicht mehr rauchen, das wäre genau so, als wenn der Rhein in Richtung Schweiz fließen würde. Nun komm, nimm schon."

„Nee, Erich, ich will nicht. Ich habe aufgehört mit der Qualmerei."

„Das fasse ich nicht. Seit wann denn?"

„Jetzt bin ich in der vierten Woche."

„So lange hältst du schon durch, wie hast du das denn geschafft?"

„Ich habe gesagt: Ich will nicht mehr rauchen. Dann habe ich die restlichen Zigaretten weggeworfen und das war's dann."

„Hör doch auf, mich zu verkohlen. Bei der Menge, die du geraucht hast, hört man doch nicht von einer auf die andere Minute auf. Da steckt doch mehr dahinter. Jetzt war ich gerade mal drei Wochen krank und habe dich alleine gelassen und schon hast du Geheimnisse vor mir", grient Erich.

„Da gibt es eigentlich gar kein Geheimnis. Vor ein paar Wochen kamen Mormonenmissionare zu uns nach Hause. Wir haben uns über Gott und den Sinn unseres Lebens unterhalten. An einem Tag . . ."

Erich Jablonski unterbricht seinen Kollegen: „Was heißt an einem Tag, sind die öfter bei euch gewesen?"

„Ja natürlich. Ich fand das sehr interessant, was die zu sagen hatten. Auf jeden Fall haben die an einem Tag davon gesprochen, dass Gott wünscht, dass wir unseren Körper frei von Schadstoffen halten sollen. Den Gedanken fand ich sehr gut. Deshalb habe ich aufgehört zu rauchen. Alkohol, Bohnenkaffee und schwarzen Tee trinke ich auch nicht mehr."

Erich tippt sich gegen die Stirne: „Jetzt hat es dich wohl total erwischt. Du bist doch durchgeknallt. Seit wann interessiert es dich, ob es einen Gott gibt und erst Recht, was er dir sagen will. Nee, mein Freund", er tippt wieder an die Stirne. „Bei aller Freundschaft. Wir kennen uns jetzt schon zwanzig Jahre, aber jetzt kann ich nur sagen, dass du spinnst. Was sagt eigentlich Monika dazu?"

„Sie findet das auch gut. Wir freuen uns immer darauf, dass wir uns mit den Missionaren unterhalten können. Das sind prima Jungens und vor allen Dingen ist das, was sie lehren nachvollziehbar, nicht so ein geheimnisvolles Zeug wie in anderen Religionen. Wir finden die Lehren gut."

„Du willst mir also ernsthaft sagen, dass du nicht mehr trinkst? Erinnerst du dich nicht mehr, wie oft wir zusammen einen gehoben haben und wie oft wir toffte Abende zusammen verbracht haben? Wie willst du das denn jetzt machen, so ohne Alkohol? Sei mal ganz ehrlich, du veräppelst mich doch?"

„Nein, mein Lieber, ich will dich nicht auf den Arm nehmen. Wir sind wirklich froh, dass wir die Religion gefunden haben. Besser wäre gesagt, dass die Missionare uns gefunden haben."

"Pass mal auf, du Schlaumeier. Wenn du jetzt so einen guten Draht zur Religion hast, dann frag doch mal, wieso Gott Kriege zulässt und warum es so viel Elend auf der Erde gibt. Du musst doch einsehen, dass es keinen Gott geben kann, denn wenn es einen gäbe, dann würde er doch nicht zulassen, dass sich seine Kinder gegenseitig umbringen, oder?"

„Darüber haben wir uns auch schon unterhalten. Das hängt mit der Entscheidungsfreiheit zusammen. Eines der höchsten Gesetze ist das Gesetz der Entscheidungsfreiheit. Wenn Gott eingreifen würde, dann würde er dem Menschen die Entscheidungsfreiheit nehmen und das kann er nicht, weil er dann gegen eines seiner Gesetze verstoßen würde."

„Das ist doch doof. Wenn die Kirchen behaupten, dass Gott allmächtig ist, dann müsste er das doch können?"

„Natürlich könnte er das. Aber, wenn er gegen ein Gesetz verstoßen würde, dann würde er aufhören, Gott zu sein."

„Das ist mir zu hoch."

„Wenn du Lust hast, dann kannst du ja heute Abend zu uns kommen. Die Missionare sind wieder da. Wir können die ja mal fragen, was die dazu sagen."

„Nee mein Lieber, das lassen wir mal lieber. Mit Kirche und Religion will ich nichts zu tun haben. Werde du mal schön alleine fromm, ich gehe lieber mit den Kollegen einen schlucken. Nee, mit Religion bleib mir mal vom Leibe." Mit den Worten dreht sich Erich Jablonski um und lässt Walter Krause stehen. Dieser sieht ihm erstaunt nach. Bis vorhin hatte er geglaubt, dass Erich und er sich sehr gut verstehen und über alles reden könnten.

*

Mülheim, den 10. Dezember 1963

Es ist kaum zu glauben, aber jetzt bin ich schon seit vier Wochen fest mit Wolfgang zusammen. Er hat mir zwei Tage nach unserem ersten Treffen in der GFV gesagt, dass er sich auf den ersten Blick in mich verliebt hatte. Wir sind dann alle zusammen aus gewesen und an dem Abend haben wir uns zum ersten Mal ganz zärtlich geküsst. Es war ein wunderschönes Gefühl. Es war ähnlich, als wenn im Frühling die blütengeschwängerte Luft sanft über die Haut streichelt. Ein irres Gefühl!!!

Du wirst es kaum glauben, Gerd und Marion sind noch immer zusammen. Ich hätte nie gedacht, dass Gerd mal eine feste Freundin haben würde.

Werner ist mit Gudrun zusammen und Jürgen und Steffi laufen nur Händchen haltend durch die Gegend.

Das ist toll. Wir sind jetzt vier Pärchen. Wir sind oft zusammen und unternehmen viel. Zurzeit planen die Jungen mit dem GFV-Leiter, Bruder Gerber, eine Zielwanderung nach Kirchhellen. Sobald das Wetter wieder besser ist, soll es losgehen. Die machen das ganz feierlich. Mit Karte und Kompass soll der Weg gesucht werden. Da bin ich nur froh, dass in jeder Gruppe Jungen sind, die sich damit auskennen.

Dann gibt es noch eine Neuigkeit. Mama und Papa wollen Sonntag mit uns in die Gemeinde gehen. Sie hatten es schon länger vor, aber irgendetwas muss bei Papa auf der Arbeit passiert sein, denn er hat den geplanten Besuch verschoben. Er hat gesagt, er wolle noch mal ganz in Ruhe über alles nachdenken. Die letzten Tage war er wieder lustig, ganz wie früher. Ich glaube schon, dass sie am Sonntag mitkommen. Wolfgang hat auch gesagt, dass er fest daran glaubt, dass sie Sonntag kommen werden. Er versteht sich mit meinen Eltern gut. Mama und Papa mögen ihn auch.

Gestern hat Wolfgang mich gefragt, wann wir uns taufen lassen. Erst war ich überrascht, denn daran hatte ich noch gar nicht gedacht. Wolfgang sagte aber, wenn man im Herzen ein gutes Gefühl hat, wenn man vom Evangelium hört oder liest, dann hat man ein Zeugnis und kann sich taufen lassen. Eigentlich hat er Recht.

Von Ralf habe ich schon länger nichts mehr gehört. Ich bin auch froh darüber, dass er von alleine nicht mehr gekommen ist, denn sonst hätte ich mit ihm Schluss machen müssen. Da ist es so schon besser gewesen.

Ich bin mal gespannt, wie es Mama und Papa in der Gemeinde gefallen wird. Hoffentlich gibt es gute Sprecher und nicht wieder den langweiligen Bruder Denkmann, der vor drei Wochen gesprochen hat. Beinahe wäre ich eingeschlafen, so „mitreißend" hat der gesprochen. Wolfgang hat gemerkt, dass ich müde war und mir ein kleines Liebesbriefchen zugesteckt. Ich habe ihm zurück geschrieben und so haben wir während der gesamten Ansprache Briefchen getauscht. Wenn man es so betrachtet, war es doch eine schöne Versammlung.

47

Montag oder eventuell am Sonntagabend werde ich meine Eltern fragen, ob sie was dagegen hätten, wenn ich mich taufen lassen würde. Ich bin zwar erst mit einundzwanzig Jahren volljährig, aber ich glaube, bei Religionssachen darf man früher entscheiden. Ich weiß es nicht so genau. Ich denke aber, dass Mama und Papa nichts dagegen haben werden, denn schließlich glauben sie ja inzwischen auch an das Evangelium. Das hat Mama mir mal erzählt. Sie ist total begeistert davon, dass Papa nicht mehr raucht und trinkt.

So, jetzt aber ab ins Bett.

Gute Nacht.

*

Gerd Krause steht vor einem Kleiderrondell, auf dem Regenjacken hängen. Im KAUFHOF gibt es sie heute im Sonderangebot. Er nimmt eine vom Ständer und sucht nach dem Schildchen, welches die Größe angibt. Plötzlich halten ihm von hinten zwei zarte Mädchenhände die Augen zu und eine stimme flüstert: „Wer bin ich?"

Mit der freien Hand tastet er über die Finger in seinem Gesicht. Sein Gehirn arbeitet auf Hochtouren. „Diese Stimme, die Hände, wer könnte das sein?"

Ganz sanft streichelt er noch einmal über die beiden Hände: „Du bist die wundervolle Fee, die am besten küssen kann und die so sagenhaft sanft prickelnde Hände hat."

„Richtig."

Die Hände sinken herunter. Er dreht sich um. Evelyn steht vor ihm. Mit allem hätte er gerechnet, aber nicht mit ihr. Ein Blick zur Armbanduhr zeigt ihm, dass sie eigentlich im Frisörladen sein müsste. So ist auch seine erste Frage verständlich: „Was machst du denn hier? Wieso bist du nicht im Laden?"

„Das ist aber eine *nette* Begrüßung. Ich dachte, du freust dich wenn du mich siehst."

„Natürlich freue ich mich. Ich staune nur, dass du um diese Zeit hier bist."

„Ich habe mir für heute frei genommen. Meine Eltern sind weggefahren. Sie kommen heute irgendwann am Nachmittag wieder, da wollte ich in Ruhe die Wohnung auf Vordermann bringen und etwas Schönes für sie kochen."

„Deine Eltern sind wohl dauernd verreist?"

„Ja. Mein Vater muss oft zu Kongressen, da fährt meine Mutter mit, sieht sich die Stadt oder die Umgebung an. Wenn er keine Sitzung hat, dann genießen sie zusammen die Freizeit. Ich gönne das meinen Eltern und besonders meiner Mutter. Was soll sie auch hier zu Hause alleine rumsitzen. Ich bin den ganzen Tag zur Arbeit. Mein Vater ist weg und im Haushalt ist nicht viel zu tun, wenn fast den ganzen Tag keiner zu Hause ist. Ist schon in Ordnung, die sollen sich nur ihr Leben schön gestalten. Wenn ich könnte, würde ich auch viel reisen."

„Sollte ja kein Angriff auf deine Eltern sein. Ich habe mich nur gewundert, weil wir ja erst vor ein paar Wochen bei euch waren als deine Eltern verreist waren."

„Bist du in Eile oder hast du Sinn auf einen Kaffee?"

Wieder schaut Gerd zur Uhr. „In Eile bin ich nicht. Ich wollte mir nur eine neue Regenjacke kaufen. Die hier sind zwar billig, aber die taugen wohl nicht so viel."

„Wir können ja bei uns einen Kaffee trinken und dann zusammen nach ‚C&A' fahren. Vielleicht findest du ja dort eine gute."

Gerd denkt an Marion und zögert einen Moment. Evelyn strahlt ihn verführerisch an.

„Die sieht wieder zum Anbeißen aus. Was soll's, ein Tässchen Kaffee kann nicht schaden." Er nickt zustimmend und sagt dann laut: „Ist in Ordnung, aber nur eine Stunde."

Sie hakt sich bei ihm unter. Kurze Zeit später sitzen sie in Evelyns Zimmer auf dem Sofa. Auf dem Tisch stehen zwei Tassen Kaffee. Evelyn beugt sich nach vorne, um ein Stückchen Gebäck aus der Schale zu nehmen, die auf dem Tisch steht. Unbeabsichtigt streift sie mit der Hand das rechte Bein von Gerd. Ein wohl bekanntes Prickeln durchrieselt ihn.

Der Kaffee wird kalt.

*

Sonntagnachmittag.

Gerd und Susanne sind schon zur Gemeinde gefahren. Walter fummelt vor dem Garderobenspiegel an seiner Krawatte herum. Das Ding will einfach nicht richtig sitzen.

Monika sitzt fertig angezogen im Wohnzimmer und wartet auf ihren Gatten und blättert dabei in einer Illustrierten. Sie hat sich im Laufe der Jahre schon daran gewöhnt, dass er immer alles „auf den letzten Drücker" macht.

„Schatz, Schahatz! Kannst du mir mal kurz helfen, der blöde Schlips will nicht sitzen!"

Monika hilft ihrem Gatten und küsst ihn dann zärtlich auf die Wange. „Bist du nervös?"

„Warum sollte ich nervös sein. Es gibt keinen Grund dafür."

„Gib es ja nicht zu, dass du nervös bist, weil du zum ersten Mal seit unserer Hochzeit wieder in eine Kirche gehst."

„Blödsinn, zur Taufe unserer Kinder war ich auch mit in der Kirche."

„Ach, schau an, ich wusste gar nicht, dass unsere Kinder getauft worden sind. War da nicht damals so ein netter junger Mann, der gesagt hat, dass er seine Kinder nicht taufen lassen will? Wollte der besagte Mann nicht, dass seine Kinder selber frei entscheiden können zu welcher Religion sie gehören wollen, wenn sie alt genug sind?"

Sie küsst ihren Gatten wieder. „Willst du immer noch behaupten, du bist nicht nervös?"

„Quatsch, nur ein bisschen vergesslich. Das ist ja auch schon so viele Jahre her."

Walter Krause zupft noch einmal an seiner Krawatte und zieht dann die Anzugjacke über. „Na, wie sehe ich aus?"

Monika lacht: „Ein strammer Kerl dank Schappi!"

Sie holt ihren Mantel. Walter hilft ihr hinein, zieht dann ebenfalls einen an und wenig später gehen sie zu ihrem Auto.

Die Versammlung ist heute sehr gut besucht. Außer den Krauses sind noch einige Gäste aus dem Distrikt, der überregionalen Einheit, in der mehrere Gemeinden zusammengefasst sind, anwesend.

Der Gemeindepräsident, Bruder Eduard Wollenweber, begrüßt die Anwesenden. Nach dem Anfangslied spricht Bruder Gerber das Anfangsgebet. Als er wieder Platz genommen hat, erhebt sich Bruder Wollenweber. „Zuerst spricht Schwester Tanja Düppenbäcker zu uns. Im Anschluss daran spricht Tobias Hansen und danach werden wir gemeinsam das Zwischenlied ‚Wir danken dir, Herr, für Propheten', auf Seite zweiundachtzig im Gesangbuch singen.

Aufmerksam verfolgt das Ehepaar Krause die Ansprachen der beiden jungen Geschwister, von denen ihrer Meinung nach wahrscheinlich keiner älter als fünfzehn Jahre ist.

Zum Zwischenlied erheben sich alle. Interessiert achtet Walter Krause auf den Text. Er erinnert sich an die Lektion, während der die Missionare über den Propheten Joseph Smith gesprochen haben.

Als das Lied beendet ist, gibt der Gemeindepräsident bekannt: „Zum Schluss singen wir das Lied Nummer fünfundachtzig, ‚Herr gib uns deinen Segen' und Schwester Fischer wird mit uns beten. Jetzt hören wir die Schlussansprache von unserem Distriktspräsidenten, Präsident Dahlmann."

„Liebe Geschwister, werte Freunde der Kirche, die Sie uns heute mit Ihrer Anwesenheit beehren, aus der riesigen Fülle des Evangeliums habe ich heute den Mittelpunkt herausgesucht. Ich möchte mit Ihnen über Jesus Christus sprechen. Er ist unser Fürsprecher beim Vater. Durch sein Sühnopfer hat er es ermöglicht, dass auch wir, gleich ihm, wieder zu Gott zurückkehren können.

Ich sagte ganz bewusst ‚können', denn es muss nicht so sein, dass wir zu Gott zurück gehen. Wir können auch an einen anderen Ort gehen. Es liegt einzig und allein bei uns. Wir müssen unsere Entscheidungsfreiheit nutzen und dabei bedenken, welches unsere Ziele sind. Richten wir unsere Sinne auf den Erwerb weltlicher Dinge oder richten wir ihn auf den Erwerb geistiger Dinge, die uns erhöhen? Die Entscheidung liegt bei jedem Einzelnen. Wir können wählen zwischen Gut und Böse. Wir werden weder von Satan noch von Gott in eine Richtung gezwungen. Beide Seiten laden uns ein. Sie zeigen uns auf, was wir erreichen können. Wir müssen nur richtig hinsehen und hinhören, dann erkennen wir sehr gut, was hinter den Angeboten steckt. Der Herr lädt uns zur ewigen Erhöhung ein. Die verlockenden Angebote der Gegenseite können wir schnell durchleuchten, indem wir uns fragen, ob es uns erbaut und ob es gut ist. In den heiligen Schriften lesen wir, dass alles, was uns einlädt, Gutes zu tun, von Gott ist und was uns einlädt, Böses zu tun, vom Satan kommt. Es ist also relativ einfach. Niemand kann uns wirklich glaubhaft machen, dass wir nicht in der Lage wären zwischen Gut und Böse zu unterscheiden. Die Stimme des Gewissens, welche wir auch ‚das Licht Christi nennen', sagt uns ganz deutlich, was wir tun sollen."

Gespannt lauschen die Eheleute Krause. Der Distriktspräsident spricht noch ausführlich darüber, wie man eine Linie in sein Leben bekommen kann. Er empfiehlt, vor jeder Entscheidung im Herzen zu fragen: Was würde Christus tun?

Nach zwanzig Minuten beendet er seine Ansprache: „Ich bezeuge Ihnen von ganzem Herzen, dass ich weiß, dass Jesus Christus lebt und dass Joseph Smith ein Prophet Gottes ist. Ich weiß dies, genau wie ich weiß, dass Sie alle vor mir sitzen. Ich bezeuge Ihnen, dass diese Kirche wahr ist. Sie wird direkt von Jesus Christus geführt, der auch heute noch zu seinen Dienern, den Propheten spricht. Dieses Zeugnis lasse ich Ihnen im Namen Jesu Christi, Amen."

Walter Krause stimmt mit einem kräftigen „Amen", zu. Seine Frau sieht ihn erstaunt von der Seite an.

Nach der Versammlung stellen die Missionare dem Ehepaar Krause noch zahlreichen Mitglieder vor. Alle sind sehr freundlich.

Beim Kaffeetrinken, zu dem Monika auch die Elders eingeladen hat, klopft Walter Krause mit dem Löffel an seinen Teller. „Ich möchte gerne, dass ihr alle heute Abend hier seid."

Gerd mault: „Wofür soll das denn gut sein? Ich bin mit Marion verabredet."

Susanne stimmt zu: „Wolfgang wollte mit mir zu seinen Eltern fahren."

„Ich möchte gerne, dass die Familie heute Abend vollzählig versammelt ist. Wenn ihr möchtet, könnt ihr eure Freunde mitbringen. Ich meine natürlich nur Marion und Wolfgang, die Mitglieder der Kirche sind. Ich möchte mit euch etwas besprechen, was erst mal nur innerhalb dieses Kreises bleiben soll."

Dann wendet er sich an die Elders: „Wenn es Ihnen möglich ist, möchte ich Sie heute Abend auch gerne hier haben."

Elder Hunter schaut in den Terminplaner: „Ja, wir könnten um zwanzig Uhr hier sein. Ist das früh genug?"

„Ja, das ist in Ordnung."

Den Rest des Nachmittags gehen alle ihren Wünschen nach. Die Kinder sind mit ihren Freunden unterwegs. Monika schaut sich in Ruhe einen Film an und sorgt später für ein reichhaltiges Abendbrot. Walter macht einen ausgiebigen Nachmittagsschlaf und sitzt dann auf dem Sofa und liest im *Buch Mormon*.

Pünktlich um zwanzig Uhr kommen die Kinder gemeinsam mit den Missionaren. Gerd hat sie am Bahnhof abgeholt.

Monika bittet alle in die Küche. Walter winkt ab: „Bevor wir essen, möchte ich euch etwas sagen. Setzen wir uns doch für einen Augenblick ins Wohnzimmer."

Nachdem alle sitzen sehen sie erwartungsvoll Walter Krause an.

53

Er räuspert sich: „Ich habe schon mit Mama darüber gesprochen. Heute in der Gemeinde, als der Distriktspräsident sprach hatte ich auf einmal ein warmes, brennendes Gefühl im Herzen und ich wusste ganz genau, dass das Evangelium und die Kirche wahr sind. Ich habe tatsächlich dieses Gefühl verspürt, von dem immer die Rede war. Mama und ich haben beschlossen, dass wir uns taufen lassen."

Susanne laufen die Tränen über die Wange: „Ich hatte mir vorgenommen, euch heute Abend zu fragen, ob ich mich taufen lassen darf."

Gerd sieht Marion an: „Wir haben gestern Abend darüber gesprochen, dass ich euch heute sagen wollte, dass ich mich taufen lassen will."

Die Elders strahlen: „Dann können wir ja direkt einen Termin ausmachen. Wie wäre es mit dem dritten Januar?"

*

Mülheim, den 3. Januar 1964

Meine Güte, war das ein Tag. Heute ist unsere ganze Familie getauft worden.

Wir sollten morgens um zehn Uhr in Oberhausen sein. Auf der Havensteinstraße gibt es eine Schule, in der ein kleines Schwimmbad ist. Dort sollte die Taufe stattfinden.

Gerd ist schon früher gefahren, weil er Marion abholen wollte. Ich bin mit Mama und Papa gefahren.

So etwas habe ich noch nie erlebt. Papa war so gereizt, dass er fast über jeden Autofahrer gemeckert hat, der vor uns fuhr. Dann hat Mama gefragt, warum er so aufgeregt sei und warum er so rasen würde. Meine Güte, hat er sie angemault. „Ach, jetzt bin ich auf einmal Schuld daran, dass die alle wie die Idioten fahren! Wenn ich dir zu schnell fahre, dann nimm doch die Straßenbahn oder geh zu Fuß!"

Mama hat geweint und gesagt, dass es wohl besser wäre, wenn sie beide sich nicht taufen lassen würden.

Früher hätten sie sich nie gestritten und jetzt auf einmal hätten sie Krach. Papa hat dann nichts mehr gesagt.

Als wir an der Schule ankamen haben die Elders schon auf dem Schulhof auf uns gewartet. Papa hat zu Elder Hunter gesagt, dass er sich nicht mehr taufen lassen kann, weil sie sich so gestritten hatten. Mama hat dazu nur geweint.

Da hat Elder Hunter uns alle zur Seite genommen und erklärt: „Darüber brauchen Sie sich keine Sorgen zu machen. Das ist normal, das haben wir schon öfter erlebt."

Ganz erstaunt haben wir ihn angesehen. Er hat dann weiter erklärt: „Denken Sie mal nach, worüber wir alles während der letzten Wochen gesprochen haben. Wir haben doch festgestellt, dass Satan die Menschen davon abhalten will, zu Gott zu gehen. Welche Mittel stehen ihm denn zur Verfügung? Eines der Mittel ist, dass er Streit stiftet. Bestimmt war es nur ein ganz kleiner Anlass, warum Sie vorhin gestritten haben."

Papa hat nur genickt.

„Sehen Sie, er hat sich bemüht, Sie zu beeinflussen, so dass daraus ein großes Ding werden sollte. Der Zweck der ganzen Sache ist, dass er nicht will, dass Sie sich taufen lassen. Jeder Mensch, der sich taufen lässt, ist erst mal für Satan verloren. Er möchte alle Menschen von Gott wegbringen, so wie auch er nie wieder zu Gott zurückkehren kann."

Als Elder Hunter fertig war, hat Papa Mama in den Arm genommen und gedrückt. „Das sehe ich ein. Entschuldige bitte, dass ich dich so angemault habe."

Sie hat nur gesagt, dass wieder alles in Ordnung ist.

Dann sind wir in die Schule gegangen. Ich hatte den Eindruck, als wäre die ganze Gemeinde dort versammelt gewesen. Im Umkleideraum haben wir uns umgezogen. Wir hatten ganz weiße Sachen an. Das sah richtig feierlich aus, die ganze Familie so zu sehen.

Wir gingen dann zum Taufbecken. Es wurde ein Lied gesungen und ein Gebet gesprochen. Ich war so aufge-

regt, dass ich nicht mehr weiß, was wir gesungen haben, und wer gebetet hat, weiß ich auch nicht mehr.

Zuerst wurde Gerd getauft. Elder Stevens sollte ihn und mich taufen. Elder Hunter sollte dann Papa und Mama taufen.

Die zwei sind zusammen ins Wasser gegangen. Elder Stevens hat hinter Gerd gestanden und den rechten Arm rechtwinklig hochgehoben und dabei die Hand flach ausgestreckt gehalten. Sein linker Arm war vor Gerd, damit der sich beim Untertauchen daran festhalten konnte. Mit der rechten Hand hat Elder Stevens Gerd später im Rücken gehalten, als er nach hinten ins Wasser getaucht wurde.

Dann hat er etwas gesagt, was ich mir nicht genau merken konnte. Ich habe nachher noch mal gefragt und es aus Lehre und Bündnisse 20 abgeschrieben.

Elder Stevens hat Gerd bei seinem vollen Namen genannt und dann einen Teil des dreiundsiebzigsten Verses gesagt:

„Beauftragt von Jesus Christus, taufe ich dich im Namen des Vaters und des Sohnes und des Heiligen Geistes. Amen."

Dann hat er ihn untergetaucht.

Am Beckenrand standen zwei Brüder und haben als Zeugen aufgepasst, ob er und seine weiße Kleidung vollständig untergetaucht wurden. Als sie genickt haben, war alles in Ordnung.

Dann wurde ich getauft. Papas und Mamas Taufe konnte ich nicht sehen, weil ich mich in der Zeit wieder umziehen musste.

Als wir alle getauft und umgezogen waren, haben wir uns wieder in dem Raum versammelt, in dem wir zuerst waren. Der Gemeindepräsident hat eine Ansprache über den Heiligen Geist gehalten und dann bekamen wir der Reihe nach zur Konfirmation von den Brüdern die Hände auf den Kopf gelegt. Zuerst Papa, dann Mama, dann Gerd und zum Schluss ich.

Als ich die Hände auf dem Kopf spürte und der Segen gesprochen wurde, da liefen mir die Tränen runter. Es war ein wunderbarer Segen. Jetzt weiß ich ganz genau, dass der Vater im Himmel mich liebt.

Nach der Taufe sind wir zum Gemeindehaus gefahren. Dort war etwas zu essen vorbereitet. Es war eine schöne Zeit.

Abends haben wir nur als Familie noch mal zusammen gesessen und uns unterhalten. Alles war so feierlich, noch feierlicher als Weihnachten.

Einerseits fand ich es schade, dass Wolfgang und Marion nicht dabei sein konnten, andrerseits kann ich es gut verstehen, dass Mama und Papa heute nur mit ihren Kindern zusammen sein wollten.

Unser ganzes Leben hat sich verändert. Wir gehen jetzt sonntags zweimal zur Kirche. Morgens haben wir die Sonntagsschule und nachmittags gibt es die Abendmahlsversammlung. Dienstags ist GFV. Mama und Papa wollen in Zukunft auch mitgehen. Am Donnerstag findet die Frauenhilfsvereinigung, kurz FHV genannt, statt und gleichzeitig die Priestertumsversammlung. Die Woche ist also voll ausgebucht.

Ich bin froh, dass ich jetzt einen Freund innerhalb der Kirche habe und dass ich ihn dort oft sehen kann.

Es war ein wunderschöner Tag.
Gute Nacht.

*

Familie Krause hat es sich zu Hause gemütlich gemacht. Susanne und Wolfgang sitzen neben Marion und Gerd händchenhaltend auf dem Sofa. Walter Krause hat seinen *Stammplatz* geräumt, damit die Kinder zusammen sitzen können. Er hat sich neben Monika auf den Zweisitzer gesetzt. Auf dem Tisch stehen Getränke und Süßigkeiten.

Heute wollen sie vor dem Fernseher einen *Kuschelabend* machen. Es wird *My Fair Lady* gezeigt. Alle Krauses hören und sehen gerne Musicals.

Sie leiden und freuen sich gemeinsam mit Eliza Doolittle. Monika schimpft lauthals weil Professor Higgins das Blumenmädchen so schlecht behandelt.

Als die erste Probe des Könnens auf der Rennbahn eskalierte, weil Eliza schrie: „Gleich streu ick dir Pfeffa innen Arsch!", füllt sich das Zimmer mit lautem Gelächter, so dass die nächsten Szenen im Fernsehen nicht mehr verstanden werden können.

Die Stimmung ist bedrückt als Eliza mit einem Taxi zu dem Stadtteil zurückkehrt, aus dem sie gekommen ist. Selbst Walter hat Tränen in den Augenwinkeln weil Eliza *nicht mehr dazu gehört*.

Sie freuen sich, als Professor Higgins von Eliza Doolittle endlich Paroli geboten wird und bekommen sich vor Lachen kaum noch in den Griff, als er am Ende mit seiner Weisheit laut „Mama! Mama!" ruft.

Die Rührung übermannt sie, als Eliza leise das Zimmer betritt, in dem Professor Higgins in Erinnerung versunken sitzt und die Tonaufzeichnungen abhört.

Das Musical ist beendet.

Monika erhebt sich und schaltet die Deckenbeleuchtung an. „Möchte jemand einen Tee? Ich habe auch noch ein paar Plätzchen."

„Schatz, bleib mal sitzen. Du musst nicht immer sofort aufstehen und uns verwöhnen", deutet Walter auf den Platz neben sich.

„Richtig", stimmt Susanne ein. „Wir haben gerade so eine schöne Stimmung. Lass uns noch ein bisschen über den Film reden. Ich finde, die Audrey Hepburn hat wieder richtig süß ausgesehen."

„Dafür war der Rex Harrison ein Kotzbrocken", ergänzt Monika.

„Wie Papa früher", wirft Susanne ein.

Bis auf Walter Krause lachen alle.

Susanne steht auf, geht zu ihm und gibt ihm einen Kuss auf die Wange: „Bist du jetzt sauer, weil ich das gesagt habe?"

Er nimmt seine Tochter auf den Schoss. „Nein, ich bin nicht sauer. Ich habe zur Kenntnis genommen, dass du gesagt hast *früher*. Nein, ich bin nicht sauer. Mir ist nur etwas durch den Kopf gegangen. Stellt euch noch mal die Szene vor, als Eliza Doolittle vom Professor weggegangen ist. Sie ist doch mit diesem Freddy zu ihrer alten Heimat gefahren und wurde dort von niemanden mehr erkannt, weil sie sich äußerlich verändert hatte und weil sie eine andere Sprache angenommen hatte.

Wir gehen jetzt seit einem Jahr in die Kirche. Wir haben sozusagen eine andere Sprache angenommen und uns auch äußerlich verändert, weil wir nicht mehr rauchen und auch sonst nach dem *Wort der Weisheit* und den Empfehlungen des Evangeliums leben.

Ich habe festgestellt, dass ich auch von einigen meiner Kollegen gemieden werde. Vorhin dachte ich, dass es mir fast so geht wie Eliza, ich gehöre nicht mehr dazu."

„Die Erfahrung habe ich nicht gemacht. Jürgen und Werner sind immer noch meine Freunde und wir unternehmen genau wie früher noch viel zusammen", sagt Gerd.

Wolfgang räuspert sich. „Ich gehöre ja nun schon ein bisschen länger zur Kirche als ihr. Mir ist damals aufgefallen, dass es ganz unterschiedlich ist. Es hat einige Menschen gegeben, die mit mir nichts mehr zu tun haben wollten. Dann gab es aber auch einige, die sich sehr dafür interessiert haben, zu welcher Religion ich jetzt gehöre. Die haben sich zwar nicht taufen lassen, sind aber weiterhin sehr freundlich im Umgang mit mir. Ja, es gibt sogar welche, die mich bewundern, weil sie sagen, dass sie es nicht geschafft hätten, diesem Druck standzuhalten und trotzdem weiter nicht zu rauchen oder zu trinken und zur Kirche zu gehen. Es gibt also solche und solche."

Susanne küsst ihn zart auf die Wange. „Manchmal gewinnt man auch mehr als man verloren hat."

Monika stimmt ihrer Tochter zu: „Da hast du Recht. Auf die zwei Nachbarinnen, die jetzt nicht mehr mit mir reden kann ich gerne verzichten. Ich denke oft darüber nach, wie schön das in der FHV ist und welch gute Themen wir da oft besprechen."

„Man darf aber nicht vergessen, dass andere Frauen nur so komisch reagieren, weil sie gar nicht wissen, was es in der FHV gibt. Wer außer uns weiß denn schon, was die *Frauenhilfsvereinigung* für Ziele hat und was wir da alles lernen. Ich bin ganz sicher, wenn die einmal mitkommen würden, dann würden die auch ganz anders darüber und auch über die Kirche reden."

„Tun sie aber nicht", sagt Walter Krause. „Und weil sie es nicht tun, deshalb bleiben sie bei ihrer Meinung. Das Problem liegt darin, dass man niemandem genau verständlich machen kann, was man selber fühlt. Ich habe mal gelesen, dass man es nicht schafft, jemandem zu erklären, wie Salz schmeckt. Manche Dinge muss man selber erleben, um zu wissen, wie sie sind."

„Richtig", stimmt Wolfgang zu. „Deshalb bemühen wir uns ja auch, so viele Menschen wie nur möglich einzuladen, damit sie das Evangelium kennen lernen können. Wenn sie es kennen gelernt haben, dann können sie sich frei entscheiden. Wer aber nichts davon weiß, der kann sich auch nicht frei entscheiden."

„Das kann ich so nicht im Raum stehen lassen", wirft Walter Krause ein. „Die können sich auch so entscheiden, ob sie das Evangelium annehmen wollen oder nicht."

„Wissen Sie, Bruder Krause, ich widerspreche Ihnen ja nicht gerne, weil ich mich hier wohl fühle und Susanne liebe, aber diesmal muss ich Ihnen widersprechen."

„Blödsinn, was hat denn das Eine mit dem Anderen zu tun? Hier bei uns kann jeder offen seine Meinung sagen. Das wäre ja noch schöner, wenn mir hier jemand nach dem Mund reden müsste. Mal raus damit. Was denkst du?"

„Na gut. Ich habe mal eine schöne Ansprache im *Stern*, unserer Kirchenzeitschrift, gelesen. Da wurde ein Beispiel erzählt. Ein Mann hatte von Jugend auf Klavierspielen gelernt. Ein anderer hatte kein Instrument gelernt. Während einer Veranstaltung wurden beide gefragt, ob sie bitte ein Stück auf dem Klavier spielen würden. Derjenige, der spielen konnte, konnte jetzt wählen, ob er spielen wollte oder auch nicht.

Der Andere hatte keine andere Möglichkeit als abzulehnen, da er ja nicht spielen konnte. Er konnte sich also gar nicht anders entscheiden, selbst wenn er es gewollt hätte. Ähnlich ist es auch bei unseren Bekannten. Was man nicht kennt kann man weder ablehnen noch annehmen, also haben die meisten Leute gar keine Wahl."

„Mmmh, so habe ich das noch gar nicht gesehen. Da hast du eigentlich Recht. Jetzt verstehe ich auch besser, warum wir mit allen Menschen über das Evangelium reden sollen. Erst wenn wir mit ihnen gesprochen haben, haben sie die Möglichkeit der freien Entscheidung in vollem Umfang."

„Genau so", stimmt Wolfgang zu.

Marion trinkt ihr Glas leer. „Jetzt muss ich aber nach Hause. Es ist schon spät. Es war ein wunderschöner Abend."

Gerd steht sofort auf. „Ich fahre dich nach Hause."

Dann zu Wolfgang: „Soll ich dich auch mitnehmen? Dann musst du nicht mit der Bahn fahren."

„Das wäre prima. Es ist wirklich schon spät."

Als die Eheleute Krause später im Bett liegen kuschelt sich Monika bei Walter ein. „Schatz, ich bin richtig glücklich, dass wir die Kirche kennen gelernt haben und dass unsere Kinder mit uns zusammen dort hingehen. Sie haben auch nette Freunde dort gefunden. Bei Gerd hätte ich es nicht für möglich gehalten, dass der mal beständig wird."

„Der kommt halt auf seinen Vater", brummt Krause schlaftrunken.

„Hoffentlich nicht", kann sich Monika nicht verkneifen.

Jetzt ist Walter wieder hell wach. „Was soll das denn heißen?"

„Na ja, ein Engel warst du früher auch nicht gerade."

Er beugt sich über sie und küsst sie. „Aber du warst doch immer zufrieden mit mir ODER?"

„Na ja, manchmal hätte ich dir schon gerne ein bisschen Rizinusöl in dein Bier geschüttet, damit du weniger trinkst. Jetzt kann ich aber nicht mehr klagen. Ich bin glücklich mit dir."

Er küsst sie erneut. „Das wollte ich dir auch geraten haben", lacht er.

Empört schnellt Monika hoch, schnappt ihr Kopfkissen und schlägt es ihrem Mann an den Kopf. Einige Minuten später ist die schönste Kissenschlacht im Gange.

Plötzlich öffnet sich die Tür und ihre Kinder kommen in das Zimmer. „Was ist denn hier los!" ruft Gerd, der gerade wieder nach Hause gekommen war.

„Wenn ihr nicht sofort leise seid bekommt ihr eine Woche Hausarrest", fügt Susanne hinzu.

Alle lachen herzhaft. Eine glückliche Familie.

*

„Hast du schon wieder geraucht!?"

Mit einem Blick, der sagen könnte, „geh mir nicht schon wieder auf die Nerven", sieht Gerd Krause seine Mutter an.

„Ich habe dich was gefragt!"

„Mama, sei mir nicht böse, aber du nervst."

„Kannst du mir keine vernünftige Antwort geben!?"

„Doch, kann ich. Will ich aber nicht."

„Das ist ja wohl der Gipfel! Ich bin deine Mutter und wenn ich dich was frage, dann hast du gefälligst zu antworten!"

Gerd deutet neben sich auf das Sofa. „Komm, Muttchen . . ."

„In welchem Ton redest du denn mit mir!?"

Nun erhebt Gerd etwas die Stimme: „Na gut, Mutter oder Mama, ganz wie du willst. Jetzt hör mal mit der Schreierei auf. Ich bin nicht mehr fünf oder sechs Jahre alt, dass du mich so anschreien kannst. Ich werde in ein paar Tagen volljährig und ich habe ein Recht darauf, dass du anständig mit mir redest. Außerdem, ob ich rauche oder nicht rauche ist ja wohl meine Angelegenheit."

„Das ist nicht nur deine Angelegenheit. Immerhin wohnst du noch bei uns und außerdem hast du ja wohl auch gesagt, dass du nach dem *Wort der Weisheit* leben willst. Willst du denn ins Verderben gehen?"

„Wo steht denn was von *Verderben*, wenn man raucht? manchmal glaube ich, du hast viele deiner Ansichten aus der katholischen Kirche mitgenommen. Du hast früher, als wir noch in die Schule gegangen sind, schon immer gesagt, dass wir ins Verderben gehen, wenn wir nicht am Religionsunterricht, am Katechismusunterricht oder an der Beichte teilnehmen würden. Immer hast du Druck auf uns ausgeübt. Willst du jetzt in der gleichen Art weiter machen?"

„Jetzt hört sich aber alles auf, willst du mir jetzt sagen, ich hätte euch falsch erzogen, nur weil ich euch angehalten habe, zur Kirche zu gehen oder weil ich jetzt sage, dass du nicht rauchen sollst? Hast du nicht einen Bund mit dem Herrn gemacht?"

„Was ist denn hier für eine Stimmung?" Walter Krause war unbemerkt von seiner Frau und seinem Sohn nach Hause und ins Wohnzimmer gekommen.

Monika umarmt ihn. „Gut, dass du da bist. Ich versuche gerade mit Gerd zu reden. Ich habe den Eindruck, als würde er wieder rauchen. In den letzten Zeit stinkt der immer so nach Rauch."

„Versuche zu reden, puh", wirft Gerd ein. „Gemeckert hast du die ganze Zeit. Du bist sofort über mich hergefallen."

„Hör dir das an, wie frech der ist!"

Walter nimmt seine Frau in den Arm. „Nun beruhige dich mal. Setz dich. Gerd, holst du bitte eine Flasche Sprudel und drei Gläser, dann trinken wir etwas und reden in Ruhe."

„Ist in Ordnung, Papa."

Gerd stellt die Gläser auf den Tisch, als Susanne den Raum betritt. „Wird hier was gefeiert? Kann ich mitmachen?"

„Eigentlich wollten Mama und ich mit Gerd reden."

Susanne dreht sich um, um das Zimmer zu verlassen. „Wenn ihr mich nicht dabei haben wollt, bitteschön."

„Von mir aus kannst du ruhig bleiben, ich habe keine Geheimnisse", bemerkt Gerd.

„Dann hol dir schnell ein Glas und setz dich zu uns", stimmt Walter Krause zu.

Als Susanne Platz genommen hat, lehnt Walter sich gemütlich zurück und faltet die Hände über dem Bauch. „Dann erzählt mal der Reihe nach, was los war. Schatz, fängst du bitte an."

„Ich habe Gerd gefragt, ob er wieder geraucht hat. Das war alles. Er hat mir keine Antwort gegeben und da bin ich ein bisschen lauter geworden."

Krause sieht seinen Sprössling an. „Was sagst du dazu?"

„Ich habe gemütlich auf dem Sofa gesessen, da ist Mama ins Zimmer gekommen und hat mich direkt angeschrieen, ob ich wieder geraucht hätte. Erstens hat sie nur vermutet, dass ich geraucht habe, denn sie kann es gar nicht wissen. Wenn ich rauchen würde, dann bestimmt nicht hier im Wohnzimmer. Zweitens denke ich, wenn es so wäre, dann wäre es meine Sache und nicht ihre."

„Siehst du, wie bockig er ist."

Walter legt beruhigend die Hand auf den Arm seiner Frau. „Wenn wir uns unterhalten wollen, dann sollten wir sachlich bleiben. Betrachten wir die ganze Sache doch mal objektiv. Ihr habt euch gegenseitig hochgeschaukelt. Versuchen wir jetzt mal, einen gemeinsamen Nenner zu finden. Ich will das mal von unterschiedlichen Gesichtspunkten aus betrachten.

Also, ich habe Verständnis dafür, dass Mama sich aufgeregt hat, denn sie liebt dich und möchte nur das Beste für ihre Kinder."

„Dachte ich mir doch gleich, dass es so läuft", brummt Gerd.

„Du solltest mich auch ausreden lassen", rügt ihn sein Vater.

„Na gut, mach weiter. Ich höre zu."

Wir haben also verschiedene Möglichkeiten, die Sache zu sehen. Ich wiederhole. Als deine Mutter kann Mama natürlich Sorge um dich haben. Sie hat sicherlich auch Recht, wenn sie sagt, dass du versprochen hast, nach dem *Wort der Weisheit* zu leben.

Sehe ich jetzt mal alles aus der Warte des Evangeliums, so hast du einerseits ein Versprechen gebrochen, auf der anderen Seite aber hast du die Entscheidungsfreiheit und kannst tun und lassen, was immer du für richtig hältst."

Er nimmt die Hand seiner Frau. „Schatz, wir müssen einsehen, dass jeder Mensch, also auch unser Sohn, seine Entscheidungsfreiheit hat. Er kann sie ausüben, so wie er das für richtig hält, selbst wenn es uns weh tut. Kannst du dir vorstellen, dass der Vater im Himmel sich jedes Mal aufregen und schimpfen würde, wenn wir uns anders entschieden haben, als er es für richtig hält? Ganz bestimmt würde er das nicht tun und er tut es ja auch nicht, sondern er sieht nur zu und gibt uns Zeit, die Dinge, die wir tun, zu überdenken. Damals im Vorherdasein hat es den großen Kampf gegeben, der hauptsächlich darum ging, dass wir unsere Entscheidungsfreiheit behalten sollten. Damals haben wir dafür gekämpft, dass es so ist, wie es jetzt ist. Nun sollten wir auch öfter daran denken und allen Menschen die gleichen Rechte zugestehen. Wo können wir am besten lernen, mit dem Evangelium im Alltag umzugehen? In der Familie. Hier sind wir von Menschen umgeben, die wir lieben. Gerade wenn Menschen, die man sehr lieb hat, Dinge tun, die einem nicht gefallen, kann man am Besten Langmut, Sanftmut und Liebe üben."

Er tätschelt die Hand seiner Frau. „Stell dir vor, Schwester X oder Bruder Y würden rauchen, das würde dich bei Weitem nicht so tief treffen, wie es dich jetzt trifft, wo du glaubst, dass unser Sohn raucht. Dabei ist es, wie ich gehört habe, noch nicht einmal klar, dass er wirklich raucht."

„Ist ja gut, du brauchst mir nicht zureden wie einem kranken Huhn. Ich habe mich vorhin nur geärgert."

Sie wendet sich an ihren Sohn. „Tut mir leid, dass ich dich so angeschrien habe. Wahrscheinlich habe ich in dem Moment nur einen Traum zerbrechen sehen. Wir wollten doch alle zusammen in den Tempel fahren, um uns aneinander siegeln zu lassen. Wenn jetzt einer von uns nicht würdig ist, dann geht das nicht."

„Ist schon in Ordnung, Mama. Du hast auch Recht mit deiner Vermutung. Ich rauche wieder. Mir war einfach in den letzten Wochen so danach. Alle meine Freunde rauchen und wenn wir abends mal zusammen ausgehen, dann bekommt man hier und da eine angeboten. So hat sich das einfach ergeben. In den Tempel wollte ich sowieso noch nicht. Da gibt es noch ein paar Gedanken, die ich erst mal für mich klären muss."

Vater Krause zieht seinen Sohn an sich und drückt ihn. „Wie auch immer du dich entscheidest, du sollst wissen, dass wir dich lieb haben. Wir sind immer für dich da. Ich finde es gut, dass wir so offen über alles reden können. Das sollten wir immer beibehalten, dann können wir gemeinsam jedes Problem bewältigen."

Mutter und Tochter Krause weinen und auch Gerd kann sich eine Träne nicht verkneifen.

„Danke, Papa."

*

Hand in Hand schlendern Susanne und Wolfgang neben Marion und Gerd über die Schlossstraße. Werner hat sich von Gudrun getrennt, weil sie ihm zu brav ist. Aus dem gleichen Grund ist Jürgen auch nicht mehr mit Steffi zusammen.

Hin und wieder bleiben sie vor den Auslagen der Geschäfte stehen. Wolfgang nimmt an der Begeisterung der Mädchen teil, Gerd jedoch langweilt sich.

Im Stadtzentrum von Mülheim gibt es mehrere Juweliere. Vor jedem einzelnen dieser Geschäfte drücken sich die Mädchen die Nasen platt, während sie Verlobungsringe aussuchen, die ihnen gefallen und die vom Preis her erschwinglich erscheinen.

Wolfgang hat offensichtlich auch genug Ringe gesehen. „Was hältst du eigentlich vom Opel Kadett?", fragt er Gerd.

„Schönes Auto. Ein Kollege von mir hat sich jetzt einen alten gekauft. Da ist mehr Platz drin als im Käfer. Dann hat er einen wassergekühlten Motor, der heizt besser als der luftgekühlte im Käfer. Wenn ich das richtig verstanden habe, hat der auch Frontantrieb. Das soll angeblich besser sein als der Heckantrieb. Wie dem auch sei, ich liebe meinen Käfer. Der hat einen richtig kernigen Klang. Schnell genug ist er auch. Vorige Tage war ich auf der Autobahn, der bringt glatte 110 km/h."

„Ganz schön schnell", stimmt Wolfgang zu. „Wie viel PS hat der Käfer?"

„Satte 34. Der zieht richtig was weg. Am liebsten würden unsere Mädels in den Laden reinklettern", fügt er mit Blick auf Susanne und Marion hinzu.

Wolfgang nickt und zuckt die Schultern. „Wenn es ihnen doch Spaß macht, lass sie doch."

„Frauen sind wie Brieftauben. Die fühlen sich erst richtig wohl, wenn sie einen Ring um haben und ganz genau wissen, wo ihr Zuhause ist."

Marion dreht sich zu Gerd herum. „Das habe ich gehört. Was soll das denn bedeuten?"

„Ich meine ja nur. Ihr tut, als würden wir nächste Woche heiraten, dabei haben wir nur mal ganz nebenbei davon gesprochen, dass wir uns *irgendwann* verloben wollen."

„Ach schau her. *Irgendwann* und ganz *nebenbei* haben wir darüber gesprochen. Ich will ja nicht aus der Schule plaudern, aber wer hat denn in bestimmten Situationen immer gesagt, dass wir bald heiraten?"

„Du hast das anders verstanden, als ich es meinte", nimmt Gerd seine Freundin in den Arm. „Ich wollte doch nur darauf hinweisen, dass ihr nicht unbedingt heute Abend Ringe aussuchen müsst. Meint ihr nicht, wir hätten jetzt genug Schaufenster mit Schmuck und Ringen gesehen?"

Wolfgang unterstützt ihn. „Ich denke auch, dass es für heute ausreichend ist. Wir wollten doch noch ins Kino gehen oder habt ihr keine Lust mehr?"

Gerd sieht auf die große Uhr, die direkt über dem Eingang des Juweliergeschäftes hängt. „Jau, jetzt wird es aber Zeit."

Marion stimmt zu und hakt sich bei Gerd ein: „Nachher habe ich aber mit dir noch ein Hühnchen zu rupfen, mein lieber Freund. Dann werden wir mal ganz in Ruhe die Begriffe *irgendwann* und *nebenbei* klären."

Gerd grinst: „Lass uns erst mal ins Kino gehen, dann sehen wir weiter."

Es wird für alle noch ein schöner Abend. Von *irgendwann* und *nebenbei* reden Marion und Gerd doch nicht mehr. Sie sind zu beschäftigt.

*

„Schatz, könntest du mal bitte kommen!"

Walter Krause erhebt sich vom Sofa und geht zu seiner Frau in die Küche. „Ja."

„Kannst du mal bitte die Kartoffeln abschütten, ich habe wieder Probleme mit dem linken Arm und den Nackenwirbeln."

„Dann lass mich mal dahin."

Er hebt den Topf vom Herd, legt den Deckel auf, so dass nur eine kleine Spalte offen bleibt. Monika hat das kalte Wasser angestellt, damit die Plastikrohre im Ausguss nicht zu heiß werden. Walter gießt das Kartoffelwasser in den Ausguss. Der Dampf steigt auf und Walter pustet. „Man ist das heiß."

„Wenn man euch Männer schon mal in die Küche lässt. Du musst auch nicht das Gesicht direkt über den Topf halten."

„Bah, bah, bah, das hättest du auch vorher sagen können."

„Konnte ich denn wissen, dass du deinen Schnüffel so nah darüber halten würdest."

„Ist ja schon gut. Wohin jetzt mit dem Topf?"

„Ins Schlafzimmer."

„Wie, ins Schlafzimmer?"

„Wer dumm fragt, der bekommt auch eine dumme Antwort. Wo soll der Topf denn schon hin. Auf den Herd natürlich."

„Dann verbrennen die Kartoffeln doch."

„Du verbrennst auch. Man stellt den Topf kurz auf die Platte, nimmt ihn wieder hoch, schüttelt ihn und stellt ihn dann wieder auf. Auf diese Weise wird das restliche Wasser verdampft."

„Das habe ich auch noch nicht gehört."

„Vielleicht solltest du dich mal dafür interessieren, was ich in der Küche mache. Was machst du denn, wenn ich mal krank bin?"

„Dann mache ich eine Dose auf."

„Klar und für die Kinder direkt mit."

„Na klar doch. Außerdem kann Susanne ja auch kochen. Die wird uns schon versorgen wenn du mal nicht kannst."

„Typisch Mann. Ja nichts selber machen."

„Vorsichtig. Die besten Köche sind sowieso Männer."

„Klar. Dann nimm dir mal ein Beispiel daran und koche ab morgen selber."

„Ich hab doch schon mal für euch gekocht. Erinnerst du dich nicht mehr?"

„Und ob ich mich daran erinnere. Nudeln und Bratkartoffeln in die Pfanne. Dann grobe Leberwurst und drei Eier daruntergemischt. Wenn ich daran denke, dreht sich mir der Magen jetzt noch um."

„Du weißt gar nicht, was gut ist."

„Selbst die Kinder, die sonst alles essen, haben um Hilfe geschrien."

„Na gut, dann koche ich eben nicht mehr für euch", grinst Krause in sich hinein und verlässt die Küche.

Wenig später sitzt er im Wohnzimmer und liest in den heiligen Schriften. Nachdenklich kommt er in die Küche, als Monika ihn zum Essen gerufen hat.

„Was guckst du denn so komisch?"

„Ich habe gerade etwas nachgelesen und darüber nachgedacht."

„Und das wäre?"

„Lass uns eben zusammen beten, dann können wir während des Essens reden. Würdest du bitte beten."

Beide neigen die Köpfe. „Lieber Vater im Himmel. Wir danken dir für unser Mittagessen und wir bitten dich, diese Speise zu segnen und von Schadstoffen zu reinigen, damit sie uns wohl bekommt. Im Namen Jesu Christi, amen."

Erstaunt sieht Krause seine Frau an.

„Warum siehst du mich so an?"

„Ich staune, dass du heute so schnell bist. Sonst betest du doch nicht so kurz."

„Man muss ja nicht immer ellenlang beten. Der Vater im Himmel versteht schon alles richtig. Außerdem, erst machst du mich neugierig und dann soll ich so lange darauf warten, bis du mir sagst, was du vorhin gedacht hast."

„Ich habe in *Lehre und Bündnisse* im 42-zigsten Abschnitt über den Krankensegen gelesen. Als ich darüber nachdachte habe ich mich gefragt, warum du dir keinen Segen geben lässt. Wir könnten die Missionare bitten, dass sie dich segnen."

„Warum soll ich mich segnen lassen? Ich habe doch nichts."

„Das ist wieder typisch für dich. Du kannst den Hals kaum drehen und den Flügel nicht mehr richtig heben, aber du hast nichts."

„Was von alleine kommt, das geht auch wieder von alleine. Das hat schon meine Mutter immer gesagt. Ich kann mich gar nicht erinnern, wann die mal zum Arzt gegangen ist."

„Der Rotkohl schmeckt aber heute ganz besonders lecker."

Monika sieht ihren Mann an, als käme er von einem anderen Stern. „Was ist denn mit dir los? ich habe den Rotkohl gemacht wie sonst auch immer und ich kann mich nicht daran erinnern, wann du das letzte Mal etwas dazu gesagt hast. Du wolltest wohl nur das Thema wechseln."

„Erstens schmeckt mir der Rotkohl heute wirklich ganz besonders gut und zweitens wollte ich das Thema wechseln. Wenn wir gegessen haben, kann ich dir ja mal die Passage vorlesen, die ich meine."

„Erst muss ich aber spülen und die Küche aufräumen."

„Ich helfe dir, dann geht es schneller und du kannst dich gemütlich zu mir setzen."

Erstaunt bemerkt Monika: „Ich muss wohl doch heute das Essen anders gemacht haben als sonst. Es geschehen noch Zeichen und Wunder. Mein Lieblingsgatte will in der Küche helfen."

„Ist ja nur weil es dir nicht gut geht und weil ich möchte, dass wir uns in Ruhe unterhalten können."

Nachdem alle notwendigen Arbeiten erledigt sind, sitzen die Eheleute gemütlich im Wohnzimmer. Walter hat das Buch *Lehre und Bündnisse* aufgeschlagen und liest aus dem 42. Abschnitt vor:

„Vers 43. Und wenn jemand unter euch krank ist und nicht den Glauben hat, um gesund zu werden, aber doch gläubig ist, soll er voller Besorgtheit mit Kräutern und leichter Kost ernährt werden, aber nicht von einem Feind.

Vers 44. Und es sollen Älteste von der Kirche, zwei oder mehr, gerufen werden, und sie sollen in meinem Namen für ihn beten und ihm die Hände auflegen; und wenn er stirbt, so stirbt er mir, und wenn er lebt, so lebt er mir."

Monika hat aufmerksam zugehört. Sie sagt aber nichts.

Walter sieht sie fragend an. „Was sagst du dazu?"
„Nichts."
„Wie, nichts?"

„Was soll ich dazu sagen? Ich habe dir vorhin schon gesagt, dass ich nicht krank bin und dass die Zipperlein von alleine wieder weg gehen."

„Du hast doch Schmerzen. Meinst du, dass der Vater im Himmel möchte, dass du mit Schmerzen rumläufst? Das möchte er ganz bestimmt nicht. Weil er das nicht möchte, hat er uns die Macht des Priestertums gegeben, so dass wir uns segnen lassen können."

„Das ist richtig. ABER, er möchte bestimmt nicht, dass wir uns für jede Kleinigkeit segnen lassen. Hat man mal einen Schnupfen oder ein bisschen Wehwehchen, schon lässt man sich segnen. Ich denke nicht, dass es so gemeint ist."

„Du willst jetzt deine ständig wiederkehrenden Probleme als Kleinigkeiten bewerten. Ich weiß nicht, mein Schatz, ich glaube, das stufst du nicht ganz richtig ein."

„Aber das ist mein Körper und ich muss doch wissen, was für mich gut ist."

„Ist ja schon in Ordnung, ich hatte es nur gut mit dir gemeint."

„Dann ist ja gut", beendet Monika das Gespräch und widmet sich der Fernsehzeitung.

Walter nimmt einen Rotstift und markiert den Satz: *Und wenn jemand unter euch krank ist und nicht den Glauben hat, um gesund zu werden, . . .*

Über diese Passage will er mit den Brüdern in der Gemeinde noch einmal reden.

*

Nervös geht Elke Wollenweber vor der Haustür auf und ab. Hin und wieder schaut sie auf ihre Armbanduhr. „Wo bleiben die denn? Es ist schon Viertel nach sieben und um sieben Uhr wollten die hier sein."

Sie hat den Gedanken noch nicht weiter verfolgen können, da sieht sie den Käfer von Gerd um die Ecke kommen. Sekunden später hält er direkt vor ihr. Erstaunt blickt sie in das Innere des Wagens. „Wo ist denn Marion und warum kommst du so spät?"

„Marion geht es nicht so besonders, sie kann nicht mitkommen. Sie hat mich gebeten, dich abzuholen, damit du nicht umsonst hier stehst. Ich soll dich zum Treffpunkt fahren, damit du beim Grillfest der Gemeinde dabei sein kannst. Von da aus kann dich ja jemand in den Uhlenhorst mitnehmen."

„Das ist lieb von dir. Hoffentlich sind die nicht schon weg."

„Und wenn, dann fahre ich dich zum Grillplatz."

Zehn Minuten später fährt Gerd auf den Parkplatz vor dem Gemeindehaus. Tagsüber findet hier der Oberhausener Wochenmarkt statt. Abends kann man wunderbar parken.

Von den Gemeindemitgliedern ist nichts mehr zu sehen.

Elke schaut wieder mal zur Uhr. „Tja, dann sind wir umsonst hierhin gefahren. Ist ja auch schon fast eine halbe Stunde über die Zeit."

„Macht nichts, ich fahre dich zum Uhlenhorst. Vom Parkplatz aus bis zum Grillplatz gehe ich dann mit, damit du nicht alleine durch den Wald musst. Ist das in Ordnung für dich?"

„Prima, ich hatte schon Angst, dass ich das Stück alleine gehen müsste."

Nach fast einer halben Stunde parkt Gerd den Wagen auf einem großen Parkplatz mitten im Wald. Von hier aus kann man den Grillplatz in wenigen Minuten erreichen. Außer seinem Fahrzeug gibt es noch drei, mit denen die anderen Gemeindemitglieder gekommen sind.

Eng nebeneinander gehen Gerd und Elke auf dem schmalen, von Büschen eingesäumten Pfad. Als Elke zum zweiten Mal stolpert greift sie nach Gerd, der dann ihre Hand hält.

„Ich bin ein bisschen nachtblind. Bei diesem komischen Licht kann ich nicht richtig sehen", entschuldigt sie sich.

„Geht schon in Ordnung, ich halte dich."

Elkes Füße tasten mehr als dass sie richtig auftritt. Sie sind noch keine zwanzig Meter gegangen, als Elke wieder stolpert. Diesmal jedoch hat Gerd für den Augenblick nicht aufgepasst. Beide fallen in die Büsche. Halb liegt Elke auf Gerd. Ihre Gesichter sind einander ganz nahe. Die Blicke treffen sich und versinken ineinander. Elke flüstert: „Was wird Marion sagen?"

„Egal. Jetzt ist jetzt."

Zum Grillfest kommen sie nicht mehr.

*

Immer wieder sieht Monika Krause vom Strickzeug hoch und aus den Augenwinkeln zu ihrem Mann. Sie kann es kaum glauben. Ständig nimmt er seine Brille ab, wischt sich die Tränen aus den Augen und liest dann weiter, um nach wenigen Augenblicken wieder Tränen zu wischen.

Jetzt treibt Monika die pure weibliche Neugier. „Schatz, was ist los?"

„Nichts."

„Aha, ist klar, du heulst wegen nichts."

„Ich heule nicht. Mir tränen die Augen, weil ich erkältet bin und außerdem ist mir etwas ins Auge geflogen."

Monika legt das Strickzeug zur Seite und setzt sich neben ihren Mann. „Lass mich mal gucken, ob ich was sehen kann. Nimm mal die Brille ab, dann geht das besser."

„Ist nicht nötig. Es geht schon wieder. War wohl nur ein Fussel."

„Warum schwindelst du denn? Traust du dich immer noch nicht, offen über deine Gefühle zu reden? Was bewegt dich denn?"

Walter seufzt hörbar. „Heute in der Priestertumsklasse haben wir über etwas gesprochen, was mich sehr stark bewegt hat und womit ich jetzt noch nicht fertig bin."

„Erzähl mal oder darfst du nicht darüber reden, weil es ja in der Priestertumsklasse war?"

„Wir haben doch keine Geheimnisse. Zu uns in die Klasse kann jeder kommen. Vorige Woche hatten wir auch einen Untersucher dort. Nein, es kann jeder wissen, worüber wir sprechen, weil es immer um das Evangelium geht und das soll ja jeder kennen lernen."

Neugierig schaut Monika ihren Gatten an. „Jetzt bin ich aber mal gespannt."

„Du kennst doch die Passage aus der Bibel, wo Christus sagt, dass er das tut, was er seinen Vater habe tun sehen."

„Ja, und?"

„Wenn Christus das tut, was er bei seinem Vater gesehen hat, dann müsste zwangsläufig Gott Vater auch auf einer Erde gelebt haben. Dann hätte er sozusagen als Mensch auf einer Erde gelebt."

„Mmmh?"

„Da fällt mir gerade noch etwas ein, über Christus wird doch auch gesagt, dass er *des Menschen Sohn* sei. Im Klartext, *der Sohn eines Menschen*. Hier wird doch deutlich darauf hingewiesen, dass Gott durch seine Mission erhöht worden ist, wie Christus auch durch sein Erdenleben erhöht wurde."

„Mal der Reihe nach. Wenn das stimmt, was du sagst, dann müsste ja Gott Vater auch einen Vater gehabt haben und der auch einen und so weiter und so weiter."

„Ich glaube, dass es so ist, aber wir können nirgendwo etwas darüber lesen. Tatsache ist, dass Christus auf der Erde war und dass er gesagt hat, dass er genau das tut, was er seinen Vater hat tun sehen. Also muss es so gewesen sein, wie ich gesagt habe. Erinnerst du dich noch an die Belehrung durch die Missionare? Damals haben wir davon gesprochen, dass wir vollkommen sein sollen wie unser Vater im Himmel vollkommen ist. Wenn ich dann noch an die Passagen in *Lehre und Bündnisse* denke, wo von der Erhöhung gesprochen wird. Ich glaube, dass ist im 124. Abschnitt. Moment mal, ich will mal sehen, ob ich es so schnell finde."

Krause nimmt seine heilige Schrift zur Hand und blättert sie von einer markierten zur nächsten Stelle durch. Seit sie mal in der Priestertumsklasse darüber gesprochen haben, auf welche Weise man wichtige Passagen schnell wiederfinden kann, markiert er alle Stellen, die für ihn wichtig sind, mit einem Rotstift.

„Man, wo war das denn noch gleich? Ich finde die Stelle nicht."

Er blättert weiter. „Die muss jemand geklaut haben. Ah, jetzt habe ich eine, die auch passt. Hör mal."

„Was mache ich denn die ganze Zeit?"

Krause lässt sich nicht aus dem Rhythmus bringen. „In Abschnitt 132 Vers 24 steht: Das aber sind die ewigen Leben: den allein weisen und wahren Gott und Jesus Christus, den er gesandt hat, zu erkennen. Ich bin es. Darum empfangt mein Gesetz! Hast du gehört? Hier wird nicht gesagt, dass wir *das ewige Leben* haben sollen, sondern es wird von *die ewigen Leben* gesprochen. Das bedeutet doch ganz klar, dass wir nicht alleine sein, sondern uns ewig vermehren werden. Wir werden also Geistkinder haben und später mal werden wir für unsere Kinder eine Erde schaffen, auf der sie wohnen können. Sie werden dann genau wie wir jetzt leben und wir werden ihre himmlischen Eltern sein. Ist das nicht wunderbar. Das ist doch eine riesige Verheißung."

Er hat weiter geblättert. „Hier ist noch eine Aussage dazu. In Vers 37 lesen wir: Und weil sie nichts anderes taten, als was ihnen geboten worden war, sind sie gemäß der Verheißungen in ihre Erhöhung eingegangen und sitzen auf Thronen und sind nicht Engel, sondern Götter. Hier wird zwar von Abraham, Isaak und Jakob gesprochen, aber wir haben andere Schriftstellen, in denen wir nachlesen können, dass es auch für uns gilt. Wenn wir also alles tun, was der Herr uns gebietet, dann können wir Götter werden. Ist das nicht wunderbar und gleichzeitig unvorstellbar?"

„Ist das wichtig, dass ich mir das vorstellen kann?"

Sprachlos sieht Walter Krause seine Frau an.

„Was staunst du mich so an? Das sind Sachen, die man sich gar nicht so richtig vorstellen kann. Ich halte mich lieber an das jetzige Leben, damit habe ich genug zu tun. Wir werden ja dann sehen, wohin wir kommen. Und das waren jetzt die Stellen, warum du geheult hast?"

„Du bist wieder gut drauf heute. Nein, das hat mich zwar tief bewegt und ich hoffe, dass wir es schaffen, in alle Ewigkeit zusammen zu bleiben, auch mit unseren Kindern."

„Das solltest du mal Gerd vorlesen und mit ihm reden. Wenn der nicht aufhört zu rauchen, dann klappt das nie."

„Monika, bitte, fang nicht wieder damit an."

„Puuh, ist ja schon gut, ich tu ja deinem Lieblingssohn nichts. Trotzdem habe ich das Gefühl, dass es bei ihm noch mehr gibt außer der Raucherei."

„Was soll das denn heißen?"

„Kann ich dir nicht sagen, aber eine Mutter spürt so etwas."

Krause zieht es vor, nicht näher auf diese Aussagen einzugehen. Mit dem Gedanken: „Ich werde mal mit Gerd reden, so von Mann zu Mann", legt er das Buch zur Seite.

Monika sieht ihn immer noch erwartungsvoll an. „Du wolltest mir doch sagen, warum dir die Tränen gelaufen sind."

„Eigentlich habe ich daran gedacht, wie sehr der Vater im Himmel uns liebt. Dann habe ich so an das Verhältnis zu meinem Vater denken müssen. Ich hatte nie das Gefühl, dass er mich liebt. Er hatte ständig nur etwas an mir auszusetzen. Nichts konnte ich ihm gut genug machen. Einerseits ist damals, als er starb eine große Last von mir genommen worden. Auf der anderen Seite frage ich mich heute manchmal, wie unser Verhältnis geworden wäre, wenn wir das Evangelium schon zu seinen Lebzeiten kennengelernt hätten."

„Du denkst ständig über Dinge nach, die vorbei sind und die du nicht mehr ändern kannst. Das bringt doch nichts. Du musst dich endlich davon lösen. Dein Verhältnis zu Gerd und Susanne ist besser. Die Kinder können mit allen Sachen zu dir kommen. Daran solltest du denken. Dann frage ich mich, warum du nicht die Daten für deinen Vater im Tempel einreichst, damit die Taufe für Verstorbene für ihn gemacht werden kann."

Mit großen Augen sieht Walter sein Frau an. „Schatz, ich liebe dich. Ich zergrübele mir manchmal den Kopf und auf das Naheliegendste bin ich gar nicht gekommen. Direkt morgen besorge ich die Formulare und mache alles fertig."

„Wenn du mich nicht hättest", lächelt Monika.

Er steht auf und gibt ihr einen Kuss. „Danke, Schatz."

*

Der Führungssekretär der Gemeinde, Bruder Heinze, betritt die Sonntagsschulkasse und schaut sich suchend um. Dann geht er zu Gerd Krause, beugt sich zu ihm runter und flüstert ihm zu: „Bruder Krause, der Gemeindepräsident hätte gerne mit Ihnen gesprochen. Können Sie mal bitte kommen."

Gerd folgt ihm auf den Flur, wo Präsident Wollenweber auf ihn wartet. „Guten Morgen, Bruder Krause. Ich hätte gerne kurz mit Ihnen gesprochen. Wollen wir ein bisschen vor die Haustür gehen, hier gibt es keinen freien Raum."

„Ist mir egal."

Vor der Haustür kommt Präsident Wollenweber direkt auf den Punkt. „Meine Tochter hat mir erzählt, ihr hättet was miteinander. Wie ist das?"

„Wenn Ihre Tochter das erzählt hat, dann fragen Sie sie doch einfach, was los ist."

„Ich möchte das aber von Ihnen hören."

„Wenn Ihre Tochter Ihnen nichts Näheres gesagt hat, dann sage ich Ihnen auch nichts."

Wollenweber wird lauter: „Nun pass mal gut auf mein Junge!"

„Ich bin nicht Ihr Junge und dein Junge auch nicht. Wenn Sie mir was sagen wollen, dann gefälligst in einem anständigen Ton. Sollten Sie das nicht können, betrachte ich das Gespräch als beendet und gehe."

Wollenweber zieht ein Gesicht als müsse er eine Kröte schlucken. Er spricht jedoch wieder leiser: „Elke hat mir gesagt, dass Ihr euch geküsst habt."

„Na und?"

„Ihr seid doch belehrt worden, dass Geschlechtsverkehr und andere sexuelle Handlungen vor der Ehe verboten sind."

„Und? Nur weiter. Das wird ja interessant."

„Ich möchte jetzt genau wissen, was zwischen euch gewesen ist."

„Ist Ihnen schon mal aufgefallen, dass wir beide volljährig sind?"

„Das spielt gar keine Rolle, ich als Gemeindepräsident muss auf die Moral unserer Jugend achten. Außerdem ist mir zu Ohren gekommen, dass Sie schon mit mehreren Mädchen zusammen gewesen sein sollen."

Gerd schaut sein Gegenüber von oben bis unten abschätzend an. Mit einem trügerisch sanften Ton entgegnet er: „Liebster Gemeindepräsident oder Bruder Wollenweber. Ich habe den Eindruck, als ginge es nicht um die Moral der Jugend sondern einzig und allein um Ihre liebe Tochter. Was ich in meiner Freizeit mache, geht Sie gelinde ausgedrückt einen feuchten Kehricht an und Ihre liebe Plaudertasche von Tochter können Sie sich sonst wo hinstecken. Wenn Sie mehr wissen wollen, dann reden Sie mit ihr. Für mich ist diese komische Unterhaltung hiermit beendet."

Mit den Worten dreht er sich um und geht zu seinem Auto. Mit hochrotem Kopf sieht Präsident Wollenweber ihm nach.

Nachdem er sich gefangen hat stürmt er die Treppe rauf, in die Gemeinderäume. In der Sonntagsschulklasse beugt er sich zu Walter Krause. „Ich muss dringend mit Ihnen reden. Können Sie bitte mal kommen."

Wieder geht er mit einem Krause vor das Haus.

Walter sieht ihn erwartungsvoll an. Was gibt es denn so dringend, dass Sie mich aus der Klasse holen?"

„Vorhin habe ich versucht, mit Ihrem Sohn zu reden. Er ist frech geworden und hat mich einfach stehen lassen. Sie hätten ihn besser erziehen sollen."

„Ich denke, dass es Ihnen nicht zusteht, die Erziehung unserer Kinder zu beurteilen. Wenn er Sie hat stehen lassen, so wird er schon seine Gründe gehabt haben. Was möchten Sie denn jetzt von mir?"

„Meine Tochter hat mir erzählt, dass Sie mit Ihrem Sohn geknutscht hat. Können Sie mal Ihren Sohn fragen, ob da noch mehr gewesen ist? Sich wissen doch, dass ich für die Moral unserer Jugend verantwortlich bin."

„Gerd ist fast volljährig und kann tun und lassen, was er für richtig hält. Wenn er Ihnen nichts gesagt hat, dann ist das seine Sache. Ich kann mir allerdings schlecht vorstellen, dass er Sie einfach ohne Grund hat stehen lassen. Wenn wir nachher zu Hause sind, werde ich mal mit ihm reden. Ich höre immer gerne erst beide Seiten bevor ich mir eine abschließende Meinung bilde. Das werden Sie doch verstehen."

Präsident Wollenweber hat sich wieder etwas beruhigt. „Das ist in Ordnung. Reden Sie mit ihm. Wir können ja heute nach der Abendmahlsversammlung noch einmal miteinander sprechen."

„Ist in Ordnung. Jetzt möchte ich aber gerne wieder zu meiner Frau in die Klasse gehen."

Gemeinsam gehen die Brüder zurück.

Zusammen mit ihrer Tochter kommen die Eheleute Krause aus der Kirche nach Hause. Im Wohnzimmer auf dem Sofa liegt Gerd und liest in einem *Western*. Er schaut kurz davon auf. „Hallo. Auch schon da."

Während Susanne in ihr Zimmer geht und Monika in der Küche das Essen aufwärmt, setzt sich Walter zu seinem Sohn. „Wir haben uns nach der Versammlung noch unterhalten. Es wurde davon gesprochen, dass wir ein eigenes Gemeindehaus bekommen sollen. Etwas Genaues wusste keiner, aber es wurde davon gesprochen. Ich kann dir noch nicht einmal sagen, wer es zuerst gesagt hat. Das wäre natürlich prima, wenn wir endlich genügend Räume zur Verfügung hätten. Der Nachteil bei der ganzen Sache ist, dass die Gemeinde einen Prozentsatz der Kosten selber aufbringen müsste. Ich kann mir nicht vorstellen, dass unsere Gemeinde in der Lage ist, so viel Geld aufzubringen. Na ja, ist ja nur mehr oder weniger ein Gerücht. Du kennst das ja, was man sehr gerne hat, davon schwärmt man schon mal. - Mal was anderes, Präsident Wollenweber hat mich aus der Klasse geholt und gesagt, das er mit dir Verständigungsschwierigkeiten hatte."

Gerd setzt sich auf und lächelt bitter. „Verständigungsschwierigkeiten ist gut. Angemault hat er mich, weil ich seine Tochter geküsst habe."

„Essen ist fertig!", ruft Monika aus der Küche.

Die Männer erheben sich. Walter legt seinem Sohn die Hand auf die Schulter. „Wir reden nach dem Essen weiter."

Es gibt einen Linseneintopf. Die Familie hat sich darauf geeinigt, am Sonntag nur noch Eintopf zu essen. Auf diese Weise können sie recht schnell zu Mittag essen, wenn sie gegen halb eins aus der Gemeinde zu Hause sind. Am Anfang ihrer Mitgliedschaft hat Monika noch mit dem Kochen begonnen, als sie nach Hause kamen. So wurde es oft halb zwei bis zwei Uhr, bevor sie essen konnten. Jetzt gibt es sonntags Eintopf und das Sonntagsessen wird ganz in Ruhe am Samstag zubereitet. Besonders Monika ist froh darüber, dass die sonntägliche Hetzerei ein Ende hat.

Nach dem Essen spülen die Frauen und räumen das Geschirr und die Töpfe wieder fort. Die Männer nehmen ihr Gespräch wieder auf.

„Erzähl mal genau, was vorgefallen ist", fordert Krause seinen Sohn auf.

„Da gibt es nicht viel zu erzählen. Der Wollenweber hat mir gesagt, dass Elke ihm gesagt hat, dass wir geknutscht haben."

„Und, habt ihr?"

„Ja. Da ist doch nichts bei."

„Na ja, kommt darauf an, was man unter knutschen versteht."

„Kannst du mir glauben, Papa. Mehr war da nicht. Der musste ich zeigen, wie das richtig geht. Die hatte wohl vorher noch nie einen Freund. Ich weiß auch nicht, wie ich auf die Idee gekommen bin, mit der zu knutschen. Erinnerst du dich an das Grillfest im Uhlenhorst?"

Krause nickt. „Ja."

„An dem Abend ging es Marion nicht gut. Wir hatten versprochen, Elke abzuholen und mitzunehmen. Marion hat gesagt, dass ich alleine fahren sollte, weil wir Elke nicht auf der Straße stehen lassen könnten. So bin ich dann hingefahren und habe sie geholt. Lange Rede, kurzer Sinn. An der Gemeinde war keiner mehr, als wir dort ankamen. So habe ich sie dann in den Uhlenhorst gefahren. Sie ist ein bisschen nachtblind und ich wollte sie nicht alleine vom Parkplatz zum Grillplatz gehen lassen. Sie hat meine Hand gehalten, weil sie dauernd stolperte. Einmal konnte ich sie nicht rechtzeitig abfangen und wir sind beide gerutscht und gefallen. Sie hat dann halb auf mir gelegen und da haben wir halt geknutscht. Das war's schon."

„Und warum hast du Präsident Wollenweber das nicht so gesagt?"

„Es hat mich geärgert, dass Elke geplaudert hat. Dann fand ich auch den Ton nicht berauschend, in dem er mit mir gesprochen hat. Ich bin nicht sein *Junge* und er kann mit mir vernünftig reden. Wahrscheinlich hat er sich nur geärgert, weil ich es war. Er hat mir auch vorgeworfen, dass ich mit mehreren Mädchen was hätte. Da habe ich ihn stehen lassen."

„Wenn denn der Ton wirklich daneben war, dann kann ich dich verstehen. Da hätte ich ihn auch stehen lassen. Andererseits kann ich ihn verstehen, so als Vater. Wenn so ein loser Vogel wie du mit meiner Tochter knutschen würde, dann hätte ich auch Sorge, dass mehr daraus würde."

„Du hast ja eine tolle Meinung von mir."

Krause winkt ab. „Hör auf. Entweder reden wir hier von Mann zu Mann oder wir sülzen rum. Ich war auch mal jung und auf einem Apfelbaum sind noch nie Birnen gewachsen. Jetzt könntest du behaupten, dass du mehr auf Mama kommst. Wenn ich aber zurückdenke, wie viel Mädchen du schon zu Hause angeschleppt hast, dann weiß ich, auf wen du kommst. Aber darüber wollte ich mit dir nicht diskutieren. Ich wollte dir nur sagen, dass ich mir vorstellen kann, dass Vater Wollenweber Sorge um seine Tochter hatte. Natürlich berechtigt ihn das nicht, in einem unpassenden Ton mit dir zu reden."

„Und, was soll ich deiner Meinung nach jetzt tun? Soll ich zu ihm gehen und mich entschuldigen? Liebster Präsident, entschuldigen Sie bitte vielmals, dass ich ihre ach so brave Tochter geküsst habe."

„Du neigst zur Übertreibung. Ich hätte gesagt, dass sie mich ganz plötzlich angesprungen hat", lacht Krause und sein Sohn stimmt ein.

„Jetzt aber ernsthaft. Vielleicht solltest du mal mit Präsident Wollenweber reden und ihm die Sache erklären.."

Es klingelt an der Wohnungstür. Gerd steht auf und öffnet. Erstaunt schaut er Präsident Wollenweber an, der im Treppenhaus steht. „Kommen Sie rein."

„Danke."

Als Walter Krause den Gast sieht, nimmt er die Füße vom Tisch und bittet ihn, Platz zu nehmen. Beide Männer sehen ihn erwartungsvoll an.

Monika kommt in den Raum. „Wer hat denn da geklingelt? Ach, wir haben Besuch bekommen. Hallo Präsident Wollenweber."

„Ich bin hier, um mit Gerd und ihrem Mann zu reden. Wenn Sie erlauben, würde ich gerne ein Gespräch unter Männern führen."

Krause sieht seine Frau an und nickt.

„Ich wollte sowieso in die Küche, um einen Tee zu machen. Sie trinken doch sicherlich ein Tässchen mit."

„Danke gerne, das wäre nett."

Als die Männer wieder alleine sind beginnt Präsident Wollenweber. „Ich bin gekommen, um mich bei Gerd zu entschuldigen. Mir sind heute Morgen *die Pferde durchgegangen*. Elke hatte mir kurz vorher gesagt, dass ihr in den Büschen gelegen und euch geküsst habt. Ich habe wohl gar nicht mehr weiter oder nicht mehr richtig zugehört sonder direkt das Schlimmste vermutet. Ich hatte Sorge um meine Tochter. Als ich aus der Gemeinde zu Hause war, war ich innerlich noch so unruhig, dass ich mich in mein Zimmer gesetzt und in *Lehre und Bündnisse* gelesen habe. Das hilft mir immer, wenn ich mit mir oder einem Problem zu kämpfen habe. Wie immer habe ich einfach so eine Seite aufgeschlagen. Ich hatte den 121-zigsten Abschnitt und den 41-zigsten Vers. Darf ich mal vorlesen?"

Walter nickt. „Gerne."

Präsident Wollenweber holt das Buch aus seiner Aktentasche und schlägt den Vers auf. „Soll ich selber lesen?"

Wieder nickt Walter Krause. „Ja, machen Sie mal."

„121:41. Kraft des Priestertums kann und soll keine Macht und kein Einfluss anders geltend gemacht werden als nur mit überzeugender Rede, mit Langmut, mit Milde und Sanftmut und mit ungeheuchelter Liebe.

Als ich das gelesen hatte, kamen mir die Tränen und ich wusste, dass der Herr mich wissen lies, dass ich heute Morgen in keinster Weise danach gehandelt hatte. Es war falsch, was ich getan habe. Deshalb bin ich jetzt hier, um mich zu entschuldigen."

Er beugt sich zu Gerd und streckt ihm die Hand entgegen. „Bruder Krause, bitte entschuldigen Sie mein Verhalten."

Gerd schlägt ein, kann aber nichts sagen.

Alle drei Brüder spüren deutlich die Nähe des Herrn. Ihnen stehen Tränen in den Augen.

*

84

Gemeinsam verlassen die Freunde Werner, Jürgen und Gerd die Kaiserpfalz in Goslar. Eigentlich hatten sie ja beabsichtigt, das Bergbaumuseum in Clausthal-Zellerfeld zu besuchen. Das war jedoch geschlossen. Um die weite Fahrt nicht völlig umsonst gemacht zu haben, sind sie erst zu der bekannten Holzkirche gefahren und haben sie bestaunt. An einer Aushangtafel vor der Kirche konnten sie lesen, dass es sich um die größte Holzkirche in Europa handelt. Danach sind sie an der Okertalsperre entlang gefahren und haben sich den Romkerhaller Wasserfall angesehen. Durch das malerische Städtchen Oker sind sie dann weiter in Richtung Goslar gefahren. Jürgen, der bei der Bundeswehr in Goslar stationiert war, hatte vorgeschlagen, die Kaiserpfalz zu besuchen.

„War ganz nett, aber jetzt habe ich Kohldampf vom Feinsten. Wenn ich jetzt nichts zu essen bekomme, dann sterbe ich hier", meutert Werner.

„Du hast auch nur futtern im Kopf und keinen Sinn für Kultur, du Banause", stupst Jürgen ihm in die Rippen.

„Leute, nun haltet mal die Füße still. Vorhin auf dem Weg nach hier habe ich eine Metzgerei gesehen. Das ist nur ein paar Meter vom Parkplatz entfernt. Was haltet ihr davon, wenn wir ein Stück Fleischwurst kaufen und dazu ein paar Brötchen"? schaltet sich Gerd ein.

Wenig später betreten die drei Freunde die Metzgerei. Das Geschäft ist völlig leer. Jürgen ruft: „Hallo, ist hier jemand!?"

An der Wand hinter der Theke öffnet sich eine Schiebetür und ein junges, brünettes Mädchen kommt in den Raum.

„Guten Tag. Was darf es denn sein?"

Jürgen bestellt zuerst. „Ich hätte gerne ein Stück Fleischwurst und drei Brötchen."

Das Mädchen hält das Messer auf die Wurst, die vor ihr auf der Theke liegt. „Wo soll ich abschneiden?"

Als das Stück Jürgens Vorstellungen entspricht stimmt er zu. „Genau da abschneiden. Das ist die richtige Größe für mich und meinen Hunger."

„Darf ich gleich alles zusammen einpacken oder soll ich für jeden extra packen?"

„Geht schon in Ordnung. Sie können alles zusammen tun."

Werner bestellt ebenfalls ein recht großes Stück Fleischwurst und die nette Verkäuferin legt es zu dem anderen. Dann sieht sie erwartungsvoll Gerd an. Der steht wie träumend vor der Theke und schaut sie nur staunend an.

„Was wünschen Sie denn bitte?"

„Sie."

„Entschuldigen Sie bitte. Ich habe *Sie* gesagt."

„Sie haben mich gefragt, was ich wünsche und da habe ich geantwortet."

„Bitte? Wie? Was meinen Sie? Ich verstehe nicht."

„Sie haben gefragt, was ich wünsche und ich habe gesagt, dass ich Sie wünsche."

Das Mädchen bekommt einen roten Kopf.

Jürgen kommt ihr zu Hilfe. „Achten Sie nicht auf unseren Freund. Er fällt immer mit der Tür ins Haus. Wenn der ein sehr hübsches Mädchen sieht, dann redet er einfach drauf los. Manchmal weiß er nicht mehr, was er sagt. Verzeihen Sie ihm bitte.

Gerd, jetzt hör mit dem Blödsinn auf und bestell endlich."

„Das war kein Blödsinn. Als ich in den Laden kam und den Engel hinter der Theke sah, da erfüllten sich meine Träume. Genau so sieht die Frau aus, von der ich bis jetzt immer geträumt habe und die ich noch nicht finden konnte.

Bitte sind Sie mir nicht böse. Wir sind nicht von hier, sondern nur auf der Heimfahrt und haben kurz gehalten, weil wir Hunger hatten. Ich muss Sie unbedingt wieder sehen. Bitte sagen Sie mir Ihren Namen."

Das Mädchen sieht ihn an. Ihr Blick deutet Ratlosigkeit an: „Will er mich jetzt veräppeln? Ist er ein bisschen verrückt? Will er vor seinen Freunden angeben, indem er mich anspricht? Der Sprache nach kommt er wirklich nicht aus dieser Gegend. Das stimmt also. Kann man sich wirklich so schnell verlieben? Er sieht ja nicht schlecht aus. Eigentlich geht es ihn nichts an, wie ich heiße. Da könnte doch jeder Kunde so persönlich werden."

Am liebsten hätte sie sich auf die Lippen gebissen, nachdem sie sich sagen hörte: „Ich heiße Doris und ich habe heute Nachmittag frei."

Freudig sagt Gerd: „Das trifft sich ja gut. Vielleicht können Sie uns ein bisschen die Stadt und die Gegend zeigen?"

Jetzt ist Doris Krügner, wie sie mit vollem Namen heißt, schon nicht mehr so schnell. „Schaun wir mal, wie es gleich aussieht. In zehn Minuten komme ich raus, falls hier keine Kunden mehr sind und ich pünktlich schließen kann."

Gerd strahlt sie an: „Wir haben schon verstanden. Kommt, wir warten draußen."

Nach gut zwanzig Minuten kommt Doris aus dem Laden. Zielstrebig geht sie auf die jungen Männer zu, die in etwa fünfzig Metern Entfernung auf der anderen Straßenseite warten.

„So, da bin ich. Was wollen Sie sehen?"

Gerd sieht seine Freunde an. „Hat einer von euch einen Wunsch?"

„Ist mir egal. Ich kenne hier in der Gegend alles. Ich war ja achtzehn Monate hier stationiert", sagt Jürgen.

Werner bemerkt: „Mir ist es egal."

Gerd zuckt mit den Schultern. „Schlagen Sie vor, wo wir hinfahren sollen."

„Fahren werden wir auf keinen Fall. Sie glauben doch nicht wirklich, dass ich mit drei Männern, die ich gerade erst kennen gelernt habe, im Auto wegfahre. Nein, wirklich nicht. Wir können zu Fuß durch die Stadt gehen."

„Nee, zum Latschen habe ich keine Lust mehr", brummt Werner. Und auch Jürgen zeigt wenig Freude daran, noch zu laufen.

„Wenn es Ihnen Recht ist, gehen wir beide alleine. Ich gebe meinen Freunden die Autoschlüssel und wir machen eine Zeit aus, wann wir wieder hier sein wollen."

Prüfend betrachtet Doris Gerd. Offensichtlich kann sie nichts Nachteiliges an ihm entdecken, weshalb sie zustimmt. „Ist in Ordnung. Sagen wir in zwei Stunden."

Gerd gibt die Schlüssel ab. „Tschüs, bis nachher."

Schon nach wenigen hundert Metern sagt er: „Ich komme mir irgendwie blöd vor, wenn wir hier so nebeneinander schlendern. Darf ich Sie an die Hand nehmen?"

Ohne die Antwort abzuwarten ergreift er die Hand der jungen Dame. Doris lässt ihn gewähren. So gehen Sie gemächlich von Schaufenster zu Schaufenster, ganz so als würden sie sich schon sehr lange kennen.

Pünktlich nach zwei Stunden treffen sie wieder bei Jürgen und Werner ein.

„Hallo ihr beiden Hübschen, ward ihr auch schön artig?"

„Das sollten wir lieber euch fragen", antwortet Jürgen.

Gerd grinst. „Natürlich waren wir artig, Papa. Was haltet ihr davon, wenn wir heute Abend noch zusammen ausgehen? Doris kennt ein schönes Tanzlokal hier in der Nähe."

Werner und Jürgen sehen sich an. Diesmal übernimmt Werner das Reden. „Wir sind der Meinung, es reicht jetzt. Wir wollen nach Hause. Es ist ja schön und gut, dass ihr euch gefunden habt, aber es war geplant, dass wir heute Abend wieder zu Hause sein wollten. Guck mal auf die Uhr. Das wird bestimmt fast Mitternacht bis wir da sind. Dann ist der Tag schon gelaufen und wir können nichts mehr unternehmen."

Gerd lässt nicht locker. „Dann können wir doch auch hier bleiben und hier was machen."

„Nein. Wir haben vorhin, als ihr spazieren gewesen, seid schon darüber gesprochen, dass du uns wieder überreden willst. Da spielt sich heute nichts ab. Wir haben keine Lust, hier alleine rumzuhängen, während du deine Freude hast. Doris, das ist nicht persönlich gemeint, aber wir kennen hier niemanden und zu Hause warten schon unsere Freundinnen."

Doris sieht Gerd fragend an. „Darüber haben wir noch gar nicht gesprochen. Haben Sie eigentlich zu Hause eine Freundin?"

Gerd lächelt sie strahlend an. „Nein, zur Zeit nicht. Ich bin völlig frei für Sie."

Zweifel steht in den Augen von Doris.

Werner drängt. „Nun mach schon. Wir wollen fahren. Ihr könnt euch ja für das nächste Wochenende verabreden."

Bedauernd hebt Gerd die Hände. „Kann man nichts machen. Ich wäre so gerne noch hier geblieben. Steigt schon mal ein. Ich komme gleich."

Jürgen und Werner verabschieden sich.

Gerd fast Doris an beiden Händen und schaut ihr in die Augen. „Treffen wir uns nächsten Samstag wieder? Ich würde gerne öfter mit Ihnen zusammen sein. Wahrscheinlich komme ich dann auch alleine, dann kann ich frei entscheiden wann ich wieder fahren will."

„Schön, dann sehen wir uns am nächsten Samstag. Am besten ist, wir treffen uns wieder am Geschäft, dann brauchen Sie nicht zu suchen wo ich wohne."

Gerd lässt ihre Hände los, fasst sie an den Schultern und gibt ihr einen zarten Kuss auf die Wange. „Also dann bis nächsten Samstag. Ich bin glücklich."

Doris lächelt ihn an. „Ich auch. Bis nächsten Samstag."

Wenig später winkt sie den Freunden nach.

*

„Krause, du sollst zum Betriebsleiter kommen."

89

Walter legt sein Werkzeug beiseite und folgt dem Büroschreiber.

Der Ingenieur, Herr Fischer, erwartet ihn schon. „Bitte nehmen Sie Platz, Herr Krause."

„Danke."

„Darf ich Ihnen eine Zigarette anbieten?"

„Nein danke, ich rauche nicht. Sie könnten mir einen Gefallen tun. Reden Sie nicht drumherum. Ich habe schon munkeln gehört, dass unsere Abteilung aufgelöst werden soll."

„Warum denn so verbittert? Sie kommen doch auch schon langsam in die Jahre, wo Ihnen die Arbeit an den Kokillen manchmal zu hart werden kann. Es ist ja nicht so, dass Sie entlassen werden sollen. Das Stahlwerk wird nach Duisburg Meiderich verlegt. Sie gehören zu den wenigen, die wählen können. Entweder Sie gehen mit nach Meiderich oder Sie gehen in die *Freetz-Moon-Anlage* als Schlosser. Ich habe in Ihren Papieren gelesen, dass Sie gelernter Maschinenschlosser sind. Warum haben Sie eigentlich nicht in Ihrem Beruf gearbeitet?"

„Tja, gute Frage. Damals waren wir jung verheiratet und brauchten Geld um einen eigenen Hausstand gründen zu können. Da habe ich mich halt um die Stelle hier beworben, weil ich erheblich mehr verdienen konnte. Mit den ganzen Zulagen waren das damals fast dreihundert Mark mehr auf den Monat gerechnet. Wenn ich Sie also richtig verstanden habe, dann kann ich entweder in den gleichen Job nach Meiderich oder hier in *Freetz-Moon* als Schlosser."

„Ja. Diese beiden Möglichkeiten haben Sie."

„Darf ich mir das in Ruhe überlegen oder muss ich mich jetzt entscheiden?"

„Wenn Sie mir morgen Bescheid sagen, ist das in Ordnung."

„Herr Fischer, ich habe noch eine Bitte an Sie. Kann ich jetzt Feierabend machen? Meiner Frau ging es heute, als ich zur Arbeit ging, sehr schlecht. Ich will mich darum bemühen, dass der Arzt kommt. Ich habe jetzt auch den Kopf nicht frei, um über das Angebot nachdenken zu können."

„Ist in Ordnung. Hier läuft ja zurzeit kaum noch etwas."

Herr Fischer steht auf. „Wir sprechen uns dann morgen wieder."

Krause verlässt das Büro und fährt wenig später nach Hause.

*

Besorgt sieht Walter Krause auf seine Frau nieder, die im Bett liegt. Der Hausarzt ist gerade gegangen. Monika hat eine Nierenbeckenentzündung und muss nun für eine längere Zeit das Bett hüten. Ein wenig hilflos steht Walter mit dem Rezept in der Hand da. Seine Gedanken überschlagen sich: „Wie kann ich das jetzt alles regeln? Monika braucht Pflege. Ich muss arbeiten. Meinen Jahresurlaub habe ich schon weg. Vielleicht kann Susanne kochen und die Wohnung machen. Gerd wird bestimmt auch einen Teil übernehmen. Irgendwie muss ich Monika auch noch erklären, dass unsere Abteilung geschlossen wird."

Seine Frau unterbricht seine Gedanken. „Was ist los? Du hast doch Sorgen."

„Ich habe gerade gedacht, wie wir es am besten machen können, damit du nicht alleine bist, wenn du mal was brauchst."

„Schatz, ich sehe dir an, dass das nicht die ganze Wahrheit ist. Was ist los?"

„Du hast jetzt mit dir genug zu tun. Werde erst mal wieder gesund, dann können wir darüber reden."

Monika setzt sich etwas auf. „Könntest du mir mal die Kissen in den Rücken legen, damit ich bisschen aufrecht sitzen kann. Ich möchte jetzt sofort wissen, was los ist. Glaubst du denn, ich kann gesund werden wenn ich immer überlegen muss, was mit meiner Familie ist?"

Walter geht vor dem Bett auf und ab.

„Bleib bitte stehen, du machst mich nervös. Du kannst dir auch einen Stuhl holen. Wenn du sitzt muss ich nicht immer zu dir aufschauen, das geht so in den Nacken."

„Ich muss kurz zur Toilette. Dann hole ich einen Stuhl und komme wieder."

Walter geht in die Toilette. Er kniet sich vor die Wanne, legt die Arme auf den Rand und betet: „Vater im Himmel, ich brauche ganz schnell deine Hilfe. Monika will wissen, was los ist. Ich kann ihr doch nicht alles erzählen, das regt sie nur auf. Wenn ich nichts sage, dann hat sie auch keine Ruhe. Was soll ich denn jetzt machen? Bitte segne mich, damit ich das Richtige tue und die richtigen Worte finden kann. Bitte segne Monika, dass sie ruhig bleibt. Bitte verzeih mir, dass ich jetzt nicht länger mit dir reden kann, aber Monika wartet und wenn ich länger weg bleibe, dann macht sie sich wieder Sorgen. Bitte hilf mir. Im Namen Jesu Christi. Amen."

Er holt aus der Küche einen Stuhl und setzt sich zu seiner Frau. Erwartungsvoll sieht sie ihn an.

Krause druckst: „Soll ich nicht erst die Medikamente holen, damit du schon mal etwas einnehmen kannst?"

„Walter, nun versuch nicht drum herum zu reden. Raus mit der Sprache. Je länger du zögerst umso schwieriger wird es. Wir haben es doch bisher immer so gehalten, dass wir alles offen angesprochen haben. Meinst du, weil ich krank bin, könnte ich das nicht mehr vertragen?"

„Na gut. Unsere Abteilung wird geschlossen. Ich habe die Wahl, ob ich ab nächsten Monat jeden Tag nach Duisburg Meiderich fahren will oder ob ich hier in der *Freetz-Moon-Anlage* als Schlosser arbeiten will. Wenn ich nach Meiderich fahre, dann verdiene ich das gleiche Geld wie jetzt auch. Bleibe ich im Werk Mülheim, dann verdiene ich weniger. Ich weiß noch nicht, was ich machen soll."

„Wie weit ist das denn nach Meiderich?"

„Ich habe einen Kollegen gefragt. Das müssten so cirka fünfzehn Kilometer sein."

„Also müsstest du jeden Tag dreißig Kilometer fahren?"

„Ja."

„Hast mal durchgerechnet, wie viel Benzin du brauchen würdest und was das kostet?"

„Daran habe ich noch gar nicht gedacht. Das wären ja im Monat bei zweiundzwanzig Tagen schon sechshundertsechzig Kilometer. Wenn ich mal Freischichten fahre, dann kommen noch mehr zusammen. Das läppert sich ganz schön zusammen."

„Und wenn du hier bleibst, wie viel ist das dann?"

„Das kostet gar nichts. Ich könnte weiter zu Fuß gehen wie bisher auch."

„Wenn du jetzt rechnest, was du weniger verdienen würdest und dann davon das gesparte Benzingeld wieder abrechnest, dann dürfte es doch gar nicht mehr so viel weniger sein, was du monatlich raus bekommst."

Walter nickt zustimmend. „Wenn man es so betrachtet, dann hast du Recht, dann ist die Differenz wirklich nicht mehr so groß."

„Da fällt mir gerade noch ein, arbeitet nicht der Bruder Mertens auch in dem Betrieb?"

„Ja, das stimmt, jetzt wo du es sagst, erinnere ich mich wieder. Als die Kinder zur ersten GVF-Veranstaltung gegangen sind hat er doch einen Vortrag darüber gehalten, wie man endlose Rohre macht. Ich glaube, ich fahre heute Abend mal kurz zu ihm rüber. Mal hören, was er von der Sache hält. Heute Abend ist Susanne auch hier, dann bist du nicht alleine."

„Meinst du, du kannst mich nicht mal für eine Stunde alleine lassen? Ich bin doch kein Kleinkind. Darf ich dir noch einen guten Rat geben?"

„Natürlich."

„Vielleicht solltest du, wenn du mit Bruder Mertens gesprochen hast, noch mal ganz in Ruhe darüber nachdenken und dann darüber beten. Bestimmt wirst du dann ein gutes Gefühl für die richtige Entscheidung haben."

Walter küsst seine Frau auf die Stirne. „Du bist ein Engel. Danke dir.“

*

Gerd empört sich: „Schatz, nun hör aber auf. Ich kann doch den Jürgen nicht hängen lassen.“

Marion ist zornig. „Warum musst du denn an jedem Wochenende mit ihm nach Goslar fahren, wenn er selber ein Auto hat? Und, was hast du denn damit zu tun, wenn der dort eine Freundin hat?“

„Er ist mein Freund. Seine Isetta ist kaputt und mit der Bahn ist das viel zu umständlich. Außerdem hatte ich schon immer mal vor, mir ein bisschen die Gegend anzusehen.“

„Gegend ansehen ist gut. Ihr fahrt ja immer an den gleichen Ort, das ist doch dann genau so, als würdest du hier in Mülheim bleiben. Außerdem, gibt es eigentlich in Goslar eine Gemeinde?“

„Natürlich, sonst würde ich das doch nicht machen. Du musst keine Sorge um mich haben. Wir schlafen bei den Eltern von Jürgens Freundin. Die haben ein großes Gästezimmer. Sonntags fahren wir dann zusammen zur Gemeinde.“

„Fährt seine Freundin auch mit?“

„Ja, die interessiert sich auch für die Kirche. Du siehst, ich mache gleichzeitig gute Missionsarbeit.“

Skeptisch sieht Marion ihren Freund an.

Gerd lächelt sie gewinnend an. „Jetzt bist du sprachlos, was?“

„Selbst wenn das so ist, an mich denkst du wohl gar nicht mehr. Jetzt bist du schon vier Wochenenden hintereinander weggefahren und am kommenden willst du schon wieder weg.“

Gerd nimmt Marion in den Arm und küsst sie zärtlich. „Ist da jemand eifersüchtig? Wenn ich in der Situation wäre, dann würde Jürgen mich bestimmt auch fahren, da bin ich ganz sicher.“

Versöhnt hakt Marion sich bei ihm ein. „Wollen wir noch ein bisschen durch die Stadtmitte spazieren gehen?"

„Können wir nicht lieber fahren und irgendwo gehen, wo nicht so viele Leute sind?"

Marion lächelt ihn an und droht scherzhaft mit dem Zeigefinger. „Mein Herr, ich weiß genau, was Sie von mir möchten. Ich bin ein anständiges Mädchen und außerdem habe ich einen festen Freund."

Beide lachen. Dann fahren sie zu ihrem Lieblingsparkplatz im Uhlenhorst.

*

Monika hat ihre Krankheit fast überwunden. Es geht ihr wieder etwas besser. Sie liegt in eine warme Decke gehüllt auf dem Sofa. Walter hat es sich in einem Sessel gemütlich gemacht. Seine Füße liegen auf dem Tisch. Die Eheleute sehen sich zusammen eine Musiksendung im Fernsehen an. Walter möchte seine Frau ein bisschen verwöhnen. Gerade singt Conny *Zwei kleine Italiener*. Marion ist ganz begeistert. „Guck mal, was die für ein schönes Kleid an hat."

Bevor Walter etwas sagen kann, klingelt es an der Wohnungstür. Er schaut auf die Wanduhr. „Susanne hat wohl wieder ihren Schlüssel vergessen. Die wird genau so vergesslich wie ihre Mutter. Immer muss ich alter Mann zur Tür gehen."

Er öffnet zuerst die Tür und dann sprachlos den Mund. Im Treppenhaus steht der Distriktspräsident, Präsident Dahlmann.

„Guten Abend Bruder Krause. Darf ich reinkommen? Ich hätte gerne mit Ihnen und Ihrer Frau gesprochen."

„Natürlich. Kommen Sie rein. Ich bin nur ein wenig erstaunt, Sie hier zu sehen."

Gemeinsam betreten sie das Wohnzimmer. Monika will aufstehen. Präsident Dahlmann reicht ihr die Hand. „Bleiben Sie ruhig liegen. Präsident Wollenweber hat mir gesagt, dass Sie krank sind. Ich will auch nicht lange stören. Ich wollte erst mit Ihrem Mann reden und dann mit Ihnen Beiden.

Bruder Krause, können wir irgendwo alleine reden?"

„Ja sicher. Unser Sohn ist noch nicht zu Hause. Wir können in sein Zimmer gehen, er hätte bestimmt nichts dagegen."

Walter Krause geht vor und bietet seinem Gast einen Sitzplatz an. „Darf ich Ihnen auch etwas zu trinken bringen?"

„Ja gerne."

„Wasser oder Limo?"

„Ich habe es gerne süß. Eine Limo bitte."

Wenige Augenblicke später ist Bruder Krause mit einer Flasche und zwei Gläsern zurück. Er stellt die Sachen auf den Tisch und schließt dann die Zimmertür.

Nachdem er die Getränke eingegossen hat, sieht er Präsident Dahlmann erwartungsvoll an. „Was führt Sie zu uns?"

„Bruder Krause, ich möchte gerne, dass wir erst gemeinsam ein Gebet sprechen. Wenn Sie erlauben, werde ich beten."

Walter nickt nur.

„Lieber Vater im Himmel, wir danken dir, dass wir heute Abend in Einigkeit und Frieden hier sein dürfen. Vater, du weißt weshalb ich hier bin. Bitte segne Bruder Krause und auch seine liebe Frau, damit sie deinen Willen erkennen können. Segne uns mit einer guten gemeinsamen Zeit. Dies bitten wir im Namen deines Sohnes Jesus Christus. Amen."

„Amen", stimmt Walter Krause zu.

Präsident Dahlmann trinkt einen Schluck, stellt dann sein Glas ab und sieht Walter Krause mit einem wohlwollenden Lächeln an. „Bruder Krause, der Herr möchte, dass Sie der neue Gemeindepräsident der Gemeinde Oberhausen werden. Was sagen Sie dazu?"

„Da bin ich der falsche Mann. Ich bin nur Schlosser. Wir haben Brüder, die haben studiert. Die sind bestimmt besser dazu geeignet. Ich denke nicht, dass ich das kann."

„Wissen Sie, Bruder Krause, meine Ratgeber und ich, wir haben lange darüber nachgedacht, wer Gemeindepräsident werden soll. Unabhängig voneinander haben wir dem Herrn im Gebet unsere Gedanken vorgetragen und wir haben alle drei die feste Überzeugung bekommen, dass der Herr Sie haben möchte."

„Sind Sie ganz sicher?"

„Wir sind ganz sicher. Ich bin ganz sicher. Selten habe ich eine so deutliche Antwort auf mein Gebet erhalten, wie in Ihrem Falle. Ich bin wirklich ganz sicher, dass der Herr zu uns gesprochen hat. Sie sind der richtige Mann für diese Berufung."

„Jetzt kann ich gar nichts mehr sagen", erwidert Walter Krause zaghaft.

„Doch, Sie können etwas sagen. Sie können sagen, dass Sie bereit sind, die Berufung anzunehmen."

„Das muss ich ja wohl, wenn der Vater im Himmel das von mir erwartet."

„Bruder Krause, der Herr freut sich bestimmt über Ihre Zustimmung. Ich muss aber noch mit Ihrer Frau sprechen, denn ohne die Unterstützung Ihrer Frau könnten Sie dieses wichtige Amt nicht ausfüllen. Wollen wir jetzt zu Ihrer Frau gehen?"

„Ja natürlich."

Monika schaut ihnen erwartungsvoll entgegen. „Warum hast du denn so rote Ohren?"

„Wenn du hörst, warum Präsident Dahlmann gekommen ist, dann hast du auch rote Ohren."

„Jetzt machst du mich aber neugierig. Darf ich das jetzt auch wissen?"

Präsident Dahlmann hat ihr gegenüber Platz genommen. „Schwester Krause, der Herr möchte, dass Ihr Mann der neue Gemeindepräsident für die Gemeinde Oberhausen wird."

Monika sieht ihren Mann an und dann wieder Präsident Dahlmann. „Wenn der Herr das will, ist das doch in Ordnung. Ich denke auch, dass mein Mann das kann."

„Bruder Krause, Ihre Frau scheint Sie besser zu kennen, als Sie sich selber kennen. Wir werden die Einsetzung am Sonntag in vierzehn Tagen vornehmen. Bitte machen Sie sich Gedanken, wer Ihre Ratgeber werden sollen und rufen Sie mich bitte an, wenn Sie sicher sind."

„Ja sicher, das mache ich. Dürfen wir denn mit unseren Kindern darüber reden? Schließlich betrifft es sie doch auch und bisher hatten wir vor unseren Kindern keine Geheimnisse."

„Natürlich dürfen Sie mit Ihren Kindern reden. Bitte sorgen Sie aber dafür, dass niemand sonst etwas erfährt. Es wird allerdings das letzte Mal sein, dass Sie mit Ihrer Frau oder Ihren Kindern über etwas reden dürfen, was die Gemeinde betrifft. Nach Ihrer Einsetzung dürfen Sie nicht mehr über Dinge reden, die Ihnen anvertraut werden."

„Das versteht sich doch von selbst. Es ging ja jetzt nur um meine Berufung."

„Ich wollte es ja nur der Vollständigkeit halber erwähnt haben. Wenn Sie erlauben, würde ich jetzt gerne mit Ihnen zusammen beten und dann nach Hause fahren."

Etwas später bringt Walter Krause ihn bis vor die Haustür. Als er wieder in der Wohnung ist, strahlt ihn seine Frau an. „Walter, komm her, lass dich drücken. Ich freue mich für dich. Ich bin dankbar, dass der Vater im Himmel so viel Vertrauen in dich setzt."

Seine Frau umarmt ihn liebevoll. Er lehnt den Kopf an ihre Schulter und seufzt. „Was da wohl alles auf mich zukommt?"

Dann setzt er sich plötzlich hoch. „Jetzt weiß ich, warum ich mich für die Arbeitsstelle in Mülheim entschieden habe, warum ich das Gefühl hatte, das wäre richtig. So habe ich jeden Tag mindestens eine Stunde mehr Zeit, als wenn ich nach Meiderich fahren müsste."

*

Zärtlich streichelt Gerd seiner Freundin Doris über die Haare. Sie hat sich bei ihm eingekuschelt. Verspielt küsst er ihre Fingerspitzen. „Schatz, am nächsten Wochenende kann ich nicht kommen."

Doris setzt sich auf und sieht ihn an. „Warum denn nicht?"

„Ich habe dir doch schon viel über unsere Kirche erzählt. Sonntag wird mein Vater Gemeindepräsident und da möchte ich gerne dabei sein. Besser gesagt, er möchte, dass die ganze Familie dabei ist."

„Das kann ich gut verstehen. Als meine Eltern noch lebten, haben wir uns auch immer bemüht, bei wichtigen Ereignissen zusammen zu sein. Weißt du was, ich komme mit. Erstens sind wir dann zusammen und ich kann mal deine Eltern kennen lernen. Wir können ja dann zusammen in eure Gemeinde gehen."

Ein heißer Schreck durchfährt Gerd. Seine Gedanken überschlagen sich fast: „Ich muss verhindern, dass sie von Marion erfährt."

Dann versucht er Doris zu erklären, warum das keine gute Idee ist. „Ich müsste dann am Samstagmittag hier sein, um dich abzuholen. Wir müssten nach Mülheim fahren und am Sonntag müsste ich dich wieder nach Hause bringen und nachher alleine wieder nach Mülheim. Das sind dann an dem Wochenende gute tausendzweihundert Kilometer, die ich fahren müsste. Das wird mir zu viel. Vielleicht sollte ich meinem Vater absagen und lieber zu dir kommen."

„Das kannst du nicht machen. Versetz dich mal in seine Lage. Er wäre bestimmt sehr enttäuscht von dir. Ich habe eine bessere Idee, ich fahre einfach mit dem Zug. Wir können ja nachher mal zum Bahnhof gehen und fragen, was eine Wochenendkarte kostet. Ich habe gehört, dass sie sehr preisgünstig sein sollen."

„Ich glaube nicht, dass die Idee gut ist. Du musst sicher umsteigen und dann mit der schweren Tasche, weil du ja Sachen für über die Nacht mitnehmen musst. Ich weiß auch gar nicht, wo du schlafen könntest."

„Mein lieber Freund, so langsam habe ich das Gefühl, als wenn du um jeden Preis verhindern willst, dass ich nach Mülheim komme."

„Quatsch, wie kommst du denn darauf?"

„Erst erzählst du mir viel von euch und auch, dass deine Schwester ein eigenes, recht großes Zimmer hat, wo ich bestimmt schlafen könnte, wenn ich euch mal besuche. Jetzt ist der Zeitpunkt gekommen, wo ich das machen könnte, da sperrst du dich dagegen."

„Das darfst du nicht falsch verstehen. Meine Eltern rauchen und trinken nicht. Du würdest dich bestimmt nicht wohl fühlen, wenn du bei uns nicht rauchen dürftest."

„Warum rauchen die denn nicht? Du rauchst doch auch. Meist rauchen die Eltern auch, wenn die Kinder zu Hause rauchen."

Gerd druckst verlegen herum. „Wir haben bei uns in der Kirche das sogenannte *Wort der Weisheit*. Da wird uns empfohlen, alle Stoffe zu meiden, die für den Körper schädlich sind."

Doris rückt ein Stück von ihm weg. „Habe ich das jetzt richtig verstanden? Ihr habt so etwas wie ein Gesetz, weshalb ihr nicht raucht? Dann erklär mir doch mal bitte, wieso du dann rauchst?"

Das Gespräch wird Gerd immer unangenehmer. Er schaut zur Uhr. „Wenn wir noch zum Bahnhof wollen, dann müssen wir aber jetzt gehen. Ich will mich nicht drücken, aber die Fahrkartenschalter haben doch bestimmt nicht die ganze Nacht über auf."

„Nein, mein Lieber. Jetzt will ich nicht zum Bahnhof, jetzt will ich erst alles ganz genau wissen. Ich habe das dumme Gefühl, als hättest du mir noch mehr verschwiegen. Also, rede nicht lange drum herum, raus mit der Sprache oder wie man so schön sagt, *Butter bei die Fische*.

„Na gut. Vor meiner Taufe habe ich aufgehört und jetzt rauche ich wieder, weil es mir schmeckt. Wenn wir gemütlich abends mit Freunden bei einem Bierchen zusammen sitzen, dann gehört doch die Zigarette mit dazu, das hast du selber auch schon gesagt."

„Richtig, aber ich bin auch nicht in eurer Kirche und habe nichts versprochen. Das finde ich nicht gut, wenn jemand verspricht, nach bestimmten Gesetzen zu leben und wenn er sich dann nicht daran hält. Das ist eine Eigenschaft, die ich an Menschen nicht mag. Tut mir leid, wenn ich das jetzt so direkt sagen muss. Ich denke aber, dass man immer offen miteinander umgehen sollte."

Gerd schluckt einen Kloß runter. „Das hätte mein Vater gesagt haben können."

„Ein kluger Mann, dein Vater. Ich mag ihn jetzt schon, ohne ihn zu kennen."

„Du wirst ihn auch mögen und meine Mutter natürlich auch, wenn du sie kennen lernst."

„Also fahren wir doch zusammen zu euch?"

„Nein, so meinte ich das jetzt auch nicht."

„Dann erklär mir mal ganz genau, was du meinst. Ich hoffe, du hast sehr gute Gründe, denn sonst ist das heute unser letzter gemeinsamer Abend. Ich kann Heimlichkeiten nicht leiden."

„Puh, du nagelst mich ja förmlich fest. Das hätte ich dir nicht zugetraut. Du bist sonst immer so kuschelig, liebevoll, zärtlich zu mir gewesen."

„Du redest doch öfter davon, dass du zu einer Mormonenkirche gehörst. Da habt ihr doch auch die *Bibel*, wie du mir gesagt hast. Dann müsstest du doch auch die Passage kennen, ich weiß nicht, wer das gesagt hat, aber es heißt doch, dass alles seine Zeit hat. Wir hatten viel schöne Zeit, in der wir geschmust haben. Darfst du das eigentlich in deiner Religion?"

Bevor Gerd antworten kann, fährt sie fort. „Und jetzt ist die Zeit der klaren und klärenden Worte."

„Na gut, du hast es so gewollt. Es gibt in unserer Gemeinde ein Mädchen, das bildet sich ein, ich würde sie heiraten. Sie ist so anhänglich und bestimmend. Ich habe Angst, dass sie Palaver macht, wenn wir zusammen in die Gemeinde kommen. Das will ich dir ersparen."

Doris bekommt große Augen. „Du hast noch eine Freundin in Mülheim?"

„Nein, nicht so wie du denkst. Wir haben nichts miteinander. Sie glaubt, das sie meine Freundin ist."

„Nun hör aber mit dem Blödsinn auf. Das gibt es doch nicht, dass sich jemand für deine Freundin hält, wenn du ihr keinen Grund gegeben hast. Willst du mich eigentlich für dumm verkaufen?"

„Du verdrehst mir die Worte im Mund."

„Gerd, hör auf. Ich will nichts mehr hören. Du kannst mit mir alles machen, nur versuch nicht, mich auf den Arm zu nehmen. Ich habe dir blind vertraut. Ich habe geglaubt, dass dir die Woche genau so lang vorkommt wie mir, bis wir uns wieder sehen konnten. Jetzt glaube ich langsam, dass du dich während der Woche in Mülheim vergnügst und am Wochenende mit mir. Ich war so glücklich, wieder einen Menschen gefunden zu haben, dem ich mich ganz anvertrauen und hingeben konnte, nachdem meine Eltern gestorben waren und jetzt so etwas. Ich bin enttäuscht von dir. Ich habe Liebe gesucht und glaubte, sie gefunden zu haben. Du hast so viel von den Wahrheiten in eurer Kirche gesprochen, dass ich dachte, wer so redet, der lebt auch nach all den Dingen. Ich bin anders erzogen worden. Bei uns in der Familie haben alle geraucht und getrunken. Und überall hat man gesagt, dass ein Mann *keine Katze im Sack kaufen* will, bevor er heiratet. Ich liebe dich, deshalb habe ich mich mit dir eingelassen und ich dachte, das du mich heiraten willst."

Jetzt laufen ihr die Tränen die Wangen runter und sie schluchzt: „Heute wollte ich dir sagen, dass wir ein Baby bekommen und jetzt ist alles so ganz anders gelaufen, als ich es mir erträumt hatte."

Wie vom Schlag getroffen sieht Gerd sie an. Es durchläuft ihn siedend heiß. Eine Welle der Scham jagt durch seine Adern und lässt ihn erschauern. Was er bisher erfolgreich verdrängen konnte, weil er sich nur auf seinen Körper konzentriert hatte, springt ihn nun mit ungeheurer Wucht an. Die Belehrungen in der Kirche, die Aussagen des Evangeliums hämmern förmlich durch sein Hirn. „Was habe ich getan? Was habe ich getan? was soll ich jetzt tun?"

Zaghaft nimmt er die weinende Doris in den Arm. „Schatz, ich bringe das in Ordnung. Bitte glaub mir, ich bringe das in Ordnung. Bitte vertrau mir noch einmal, ich bringe das in Ordnung. Sofort wenn ich zu Hause bin, bringe ich das in Ordnung. Ich werde mich ändern, das kannst du mir glauben. Bitte weine nicht mehr. Ich habe dich wirklich sehr lieb. Bitte hör auf zu weinen."

Doris schluchzt auf. „Ich habe dich auch lieb. Was sollen wir denn jetzt tun?"

Nun laufen auch Gerd die Tränen. Lange sitzen sie noch Arm in Arm zusammen und weinen.

Am nächsten Morgen verabschiedet sich Gerd, um nach Hause zu fahren. Er nimmt Doris in den Arm und drückt sie fest an sich. „Ich werde alles klären. Ich werde sofort mit Marion reden und für klare Verhältnisse sorgen. Am nächsten Wochenende komme ich nicht, weil ich bei meinem Vater sein will, wenn er seine Berufung annimmt. Schon am Sonntagabend werde ich mit ihm reden. Er wird geschockt sein, weil ausgerechnet sein eigener Sohn der Erste ist, der mit so einer Sache zu ihm kommt, aber er wird mir helfen, alles zu klären. Am nächsten Freitag komme ich nachmittags und hole dich ab. Nimm dir bitte eine Woche Urlaub. Ich nehme mir auch frei, dann haben wir eine ganze Woche zusammen mit meiner Familie, um alles in Ruhe besprechen zu können. Wie ich die Nacht schon sagte. Wenn du mich noch willst, dann heiraten wir so schnell wie möglich."

Doris laufen die Tränen runter als sie nickt. Gerd küsst sie noch einmal zärtlich, steigt in seinen alten Käfer und fährt davon. Im Rückspiegel sieht er seine Freundin und zukünftige Frau winken.

*

Mülheim, den 14. Juli 1967

Es gibt eine riesige Neuigkeit. Heute haben wir als Familie zusammen gesessen und Papa hat uns gesagt, dass er am nächsten Sonntag Gemeindepräsident werden soll. Ich war platt, aber ich freue mich für Papa. Er hat sich wirklich ziemlich verändert in den über vier Jahren, die wir jetzt in der Kirche sind. Wahrscheinlich haben wir uns alle verändert. Na ja, fast alle. Manchmal glaube ich, Gerd wird immer schlimmer. Ich dachte immer, er geht fest mit Marion und will sie heiraten. Vorige Tage habe ich von Evelyn gehört, dass er auch hin und wieder zu ihr geht. Ich kann auch Evelyn nicht verstehen, dass sie sich nicht zu schade für so kurze Abenteuer ist. Ich will nicht urteilen, denn ich weiß ja nicht, was die Beiden machen, wenn sie alleine sind.

Dann habe ich mitbekommen, dass Gerd wohl noch eine Freundin in Goslar haben soll. Ich staune, dass Marion das nicht merkt. Ich würde das sofort merken, wenn Wolfgang noch eine andere Freundin hätte. So etwas muss man als Frau doch spüren.

Gerd und ich reden auch nicht mehr so miteinander wie früher. Er hat sehr wenig Zeit und hat offensichtlich auch ganz andere Interessen bekommen. Wie sagt man so schön: Er lebt sein eigenes Leben. Ich bin auf jeden Fall sehr glücklich mit Wolfgang. Wir haben schon mit Mama und Papa gesprochen, dass wir bald heiraten wollen. Wolfgangs Eltern sind auch von der Idee angetan.

Ich bin ja mal gespannt wie unser Leben sich verändert, wenn Papa Gemeindepräsident ist. Er wird bestimmt viel zu tun haben und auch oft unterwegs sein. Mal sehen, ob er dann noch Zeit für uns findet. Ich lass mich mal überraschen, wie es wird.

Wolfgang hat mir heute gesagt, dass er gerne fünf Kinder haben möchte. Ich will eigentlich nur zwei, so wie bei uns zu Hause. Ich werde ihm sicherlich noch verständlich machen können, dass zwei besser sind als fünf. Da hat der mir doch glatt gesagt, dass die Präsidenten der Kirche gesagt haben, man soll so viele Kinder haben, wie man erziehen und versorgen kann. Das ist ja nun relativ. Einer verdient zehntausend Mark und hat ein Kindermädchen und eine Köchin, da hat die Frau natürlich den ganzen Tag Zeit, sich um die Kinder zu kümmern. Wenn man aber nur tausendeinhundert netto

Mark verdient, so wie Wolfgang, dann sieht die Sache schon ganz anders aus. Was mache ich mir darüber Gedanken, erst mal werden wir heiraten. Wir wollen gerne im Tempel heiraten und dort den Bund für die Ewigkeit schließen. Wir unterhalten uns oft darüber. Wenn ich ganz ehrlich bin, habe ich manchmal Tage, da könnte ich Wolfgang so auffressen, wenn er mich küsst. Sobald ich das spüre, dann sage ich ihm, das es besser ist, wenn wir sofort „unter die Leute" gehen. Ich glaube, dass es ihm auch öfter so geht, dass er gerne mehr möchte als schmusen. Wir wollen aber beide auf den Tag nach der Hochzeit warten. Das Warten kann auch sehr schön sein. Wolfgang und ich sprechen auch öfter darüber, dass der Vater im Himmel von uns erwartet, dass wir rein in die Ehe gehen. Ich freue mich schon darauf, in weiß im Tempel heiraten zu dürfen.

Jetzt muss ich aber schlafen. Gute Nacht.

*

Die Gemeinde Oberhausen hat sich versammelt. Gemeinsam haben die Geschwister das Anfangslied gesungen. Danach hat Bruder Gerber gebetet.

Nun steht Präsident Dahlmann am Podium. Erwartungsvoll sehen ihn alle Geschwister an.

„Wir möchten mit Dank und allen Ehren Bruder Eduard Wollenweber als Gemeindepräsident der Gemeinde Oberhausen entlassen. Wer diesem Dank zustimmt, der zeige es bitte durch das Handzeichen. Danke. - Wir schlagen Ihnen als neuen Gemeindepräsidenten der Gemeinde Oberhausen vor, Bruder Walter Krause. - Wer diesem Vorschlag zustimmt, der zeige es. Wer diesem Vorschlag nicht zustimmt, der zeige es. Ich sehe, dies ist nicht der Fall. - Weiterhin schlagen wir Ihnen vor, Bruder Ernst Gerber als ersten Ratgeber und Bruder Werner Schönberg als zweiten Ratgeber zum Gemeindepräsidenten. Wer dem zustimmt, der zeige es. Wer dem nicht zustimmt, der zeige es. - Ich sehe, die Vorschläge wurden einstimmig angenommen. Die Einsetzungen finden im Anschluss an die Abendmahlsversammlung statt."

Walter Krause sitzt im Saal neben seiner Frau. Präsident Dahlmann fordert ihn auf: „Präsident Krause würden Sie bitte hier oben auf dem Podium Platz nehmen."

Nach dem Abendmahl macht Präsident Wollenweber die Gemeinde mit dem weiteren Verlauf der Versammlung bekannt. Zuerst spricht er und fasst in wenigen Worten den Fortschritt der Gemeinde während seiner Amtszeit zusammen.

Nach ihm spricht der neue Gemeindepräsident über Ziele, die er für die Gemeinde gesetzt hat.

Im Anschluss daran singen die Geschwister ein Lied und dann spricht der Distriktspräsident.

„Liebe Geschwister, heute ist für Ihre Gemeinde ein besonderer Tag. Ein Zeitabschnitt ist abgeschlossen und ein anderer hat begonnen. Was hinter Ihnen liegt, wissen Sie, was vor Ihnen liegt, können Sie nur erahnen oder erhoffen. Sicherlich wird Präsident Krause einige Dinge anders angehen als Präsident Wollenweber es getan hat. Das ist auch gut so, denn wenn das nicht so wäre, hätte der Vater im Himmel nicht einen anderen Mann an die Spitze Ihrer Gemeinde stellen müssen. Freuen wir uns also gemeinsam auf die vor uns liegende Zeit, in der wir hoffentlich weiterhin so viele Fortschritte machen werden, wie dies bisher der Fall gewesen ist."

Er spricht über verschiedene Fortschritte, welche die Gemeinde Oberhausen gemacht hat. Besonders lobt er die hervorragende Missionsarbeit und schwärmt geradezu davon, wie vorbildlich die Gemeinde in diesem Punkte ist.

Dann rückt er zum wiederholten Male seine Brille gerade, schaut in die Runde und fährt fort.

„Abschließend möchte ich Ihnen an Hand einer kurzen Geschichte verdeutlichen, auf welche Weise Sie in der Gemeinde füreinander da sein können, ja, sogar sollten."

Er schaut noch mal in die Runde, rückt dann seine wieder herabgerutschte Brille zurecht und beginnt zu lesen:

„Die beiden Brüder.

Zwei Brüder wohnten einst auf dem Berg Morija. Der jüngere war verheiratet und hatte Kinder, der ältere war unverheiratet und allein. Die beiden Brüder arbeiteten zusammen, sie pflügten das Feld zusammen und streuten zusammen den Samen aus. Zur Zeit der Ernte brachten sie das Getreide ein und teilten die Garben in zwei gleichgroße Stöße, für jeden einen Stoß Garben.

Als es Nacht geworden war, legte sich jeder der beiden Brüder bei seinen Garben nieder, um zu schlafen. Der ältere aber konnte keine Ruhe finden und sprach in seinem Herzen: Mein Bruder hat eine Familie, ich dagegen bin allein und ohne Kinder und doch habe ich gleich viele Garben genommen wie er. Das ist nicht recht. Er stand auf und nahm von seinen Garben und schichtete sie heimlich und leise zu den Garben seines Bruders. Dann legte er sich wieder hin und schlief ein. In dergleichen Nacht nun, geraume Zeit später, erwachte der jüngere. Auch er musste an seinen Bruder denken und sprach in seinem Herzen: Mein Bruder ist allein und hat keine Kinder. Wer wird in seinen alten Tagen für ihn sorgen? Und er stand auf, nahm von seinen Garben und trug sie heimlich und leise hinüber zum Stoß des älteren."

Präsident Dahlmann räuspert sich und schluckt einen »Kloß« runter, der im Hals zu stecken scheint. Dann rückt er wieder seine Brille zurecht und fährt fort.

„Als es Tag wurde, erhoben sich die beiden Brüder, und wie war jeder erstaunt, dass ihre Garbenstöße die gleichen waren wie am Abend zuvor. Aber keiner sagte darüber zum anderen ein Wort.

In der zweiten Nacht wartete jeder ein Weilchen, bis er den anderen schlafend wähnte. Dann erhoben sie sich und jeder nahm von seinen Garben, um sie zum Stoß des anderen zu tragen. Auf halbem Weg trafen sie plötzlich aufeinander, und jeder erkannte, wie gut es der andere mit ihm meinte. Da ließen sie ihre Garben fallen und umarmten einander in herzlicher, brüderlicher Liebe. - Gott im Himmel aber schaute auf sie hernieder und sprach: Heilig, heilig sei mir dieser Ort. Hier will ich unter den Menschen wohnen."

Präsident Dahlmann setzt die Brille ab, wischt sich mit einem Taschentuch die Augen, setzt die Brille wieder auf, schaut in die Runde und beendet seine Ansprache.

„Ich bitte den Herrn, uns zu helfen, dass wir auch so um das Wohl unseres Bruders, ja unserer Geschwister bedacht sind, wie wir es gerade gehört haben.

Dies sage ich
im Namen Jesu Christi. Amen."

Nach der Versammlung sitzen die Brüder Krause, Gerber und Schönberg mit ihren Familien in einer Ecke des Saals. Präsident Wollenweber kommt zu ihnen.

„Präsident Dahlmann kommt sofort. Er hat nur noch ein kurzes Gespräch mit Schwester Maier, die auf Mission gehen wird. Wir hätten aber auch so warten müssen, bis wir hier Ruhe haben, damit es bei den Einsetzungen keine Störungen gibt."

Fast alle Mitglieder haben die Gemeinderäume verlassen. Nur noch einige wenige stehen auf dem Flur und unterhalten sich. Präsident Dahlmann kommt zu den Wartenden. „Dann wollen wir mal. Wir beginnen mit Präsident Krause. Präsident Wollenweber und Bruder Gerber würden Sie bitte die Hände mit auflegen."

Präsident Wollenweber stellt einen Stuhl vor das Podium, auf den sich Walter Krause nun setzt. Präsident Dahlmann stellt sich direkt hinter ihn und legt ihm die Hände auf den Kopf. Präsident Wollenweber und Bruder Gerber stellen sich links und rechts neben ihn und legen ebenfalls die Hände auf den Kopf von Bruder Krause.

Präsident Dahlmann beginnt. „Walter Krause, mit der Vollmacht des heiligen Melchisedekischen Priestertums, welches wir tragen, legen wir unsere Hände auf dein Haupt und setzen dich ein zum Präsidenten der Gemeinde Oberhausen im Ruhr-Distrikt in der Kirche Jesu

Christi der Heiligen der Letzten Tage. Wir übertragen auf dich alle Rechte, alle Pflichten und alle Vollmachten, die mit diesem Amte verbunden sind."

Dann spricht Präsident Dahlmann noch Segnungen und Verheißungen aus und schließt: „Im Namen Jesu Christi. Amen."

Alle Anwesenden schließen sich diesem „Amen" an.

Präsident Krause erhebt sich. Präsident Dahlmann gratuliert als erster, danach Präsident Wollenweber und Bruder Gerber. Schwester Krause nimmt ihren Gatten in den Arm und flüstert ihm zu: „Ich freue mich für dich. Ich habe dich lieb."

Der Reihe nach werden die Ratgeber des neuen Gemeindepräsidenten eingesetzt.

Nachdem die Einsetzungen vorbei sind plaudern die Anwesenden noch eine Weile, bis sie sich dann trennen, um nach Hause zu fahren.

Abends sitzt Familie Krause gemütlich zusammen. Sie reden über den Nachmittag in der Gemeinde. Das zentrale Thema ist die neue Berufung von Walter Krause, dem Familienvater. Gerd sitzt dabei und spricht kaum ein Wort. Irgendwann im Laufe des Abends fragt Walter seinen Sohn: „Gerd, was ist los mit dir? Du bist heute so still. So kenne ich dich gar nicht."

„Papa, ich müsste mal unter vier Augen mit dir reden."

„Wann?"

„Am besten jetzt gleich. Wir können ja in mein Zimmer gehen, da sind wir ungestört."

„Ist das so wichtig, dass wir unsere Frauen jetzt alleine sitzen lassen müssen, wo es gerade so gemütlich ist?"

„Du hast Recht, wir können auch bis morgen oder übermorgen warten. So dringend ist es doch nicht."

Monika kneift ihren Mann in den Po. „Wirst du wohl aufstehen und mit dem Jungen reden. Du kannst dich schon mal daran gewöhnen, dass jetzt zu allen möglichen Zeiten irgendwelche Geschwister kommen, um mit dir reden zu können."

Krause staunt seine Frau an. „Das fängt ja schon gut an, die eigene Frau treibt mich jetzt." Dann lacht er. „Komm mein Sohn, lass uns reden gehen."

Er nimmt sein Sprudelglas vom Tisch und lächelt seinen Frauen, wie er Monika und Susanne immer nennt, zu. „Ihr bleibt schön artig, bis Papa wieder kommt."

Monika lacht: „Nein, wir lachen uns inzwischen Hausfreunde an."

Gerd steht an der Tür zu seinem Zimmer und wartet auf seinen Vater. Walter geht an ihm vorbei und setzt sich in einen der gemütlichen Sessel, die um einen kleinen Tisch stehen. Gerd schließt die Tür hinter sich und setzt sich seinem Vater gegenüber.

Der sieht ihn an. „Na, mein Sohn, wo brennt es denn? Was gibt es denn so wichtiges?"

„Willst du die kurze oder die ausführliche Version?"

Walter schaut auf seine Uhr. „Es ist schon spät und unsere Frauen warten. Also, die kurze Version."

„Na gut. Puh, das ist gar nicht so einfach. Ich weiß nicht wo ich anfangen soll."

„Na komm schon. Frisch raus damit. Wir haben doch immer offen über alles geredet."

„Ja, das stimmt schon, aber jetzt muss ich dich als Gemeindepräsident sprechen."

Jetzt ist auf Walter Krauses Gesicht Spannung zu erkennen. „In Ordnung, reden wir offiziell. Was ist? Was hast du auf der Seele?"

„Puh, na gut. Du weißt doch, dass ich in Goslar eine Freundin habe."

„Ja. Ich wollte bloß nichts dazu sagen, weil du alt genug bist. Gewundert haben wir uns schon, weil du ja hier mit Marion zusammen bist. Aber, das haben wir immer so gehalten, dass wir unseren Kindern nicht in das Leben reinreden wollten. Ja, was ist mit der? Wie heißt sie überhaupt?"

„Doris Krügner. Ich will sie heiraten."

„Das ist doch schön. Also willst du dich von Marion trennen? Hast du es ihr schon gesagt?"

„Das mache ich morgen."

Walter Krause steht auf. „Dafür hast du so heimlich getan? Das hättest du doch auch nebenan sagen können. Komm, wir sagen das Mama und Susanne, oder?"

„Papa, setzt dich wieder. Das war noch nicht alles. Setz dich lieber wieder."

Krause nimmt auch sofort wieder Platz und sieht seinen Sohn erwartungsvoll an.

„Papa, du wirst Opa. Doris bekommt ein Baby von mir. Puh, jetzt ist es raus."

Präsident Krause hat es die Sprache verschlagen. Er steht auf und läuft im Zimmer auf und ab. Gerd verfolgt mit den Blicken jeden einzelnen seiner Schritte.

Plötzlich setzt sich Vater Krause wieder hin und stützt die Hände auf die Knie. „So, mein Sohn, das hätte ich verdaut. Als dein Gemeindepräsident sage ich, dass wir ein Gespräch miteinander führen müssen. Ich will nichts vorgreifen, sondern erst mit Präsident Dahlmann reden. Da ich ja so eine *lange Amtszeit* von ein paar Stunden habe, muss ich mich erst mal reinfinden und will nichts übers Knie brechen. Als dein Vater sage ich, dass du eine Pfeife bist. Hast du noch nie was von Verhütung gehört, wenn du schon nicht die Finger bei dir lassen kannst. Du hättest uns das Mädchen wenigstens schon mal vorstellen können. Ist sie denn nett? Quatsch, das war eine blöde Frage. Natürlich ist sie nett, sonst hättest du sie nicht als Freundin ausgesucht. Ich hoffe, wir lernen sie am Wochenende kennen. Jetzt kommt der schwierigste Teil. Wir müssen Mama sagen, was los ist."

„Kannst du das machen, Papa?"

„Schau an, schmusen kann der Herr Sohn, wenn es aber dann ernst wird, macht er sich ins Hemd."

Walter steht auf. „Komm her mein Sohn. Eigentlich sollte ich dir ja ein paar hinter die Löffel hauen. Lass dich umarmen."

Gerd wird von seinem Vater in die Arme genommen. „Du sollst wissen, dass ich zu dir stehe, egal was auch geschehen wird. Wir werden die Sache schon gemeinsam wieder in Ordnung bringen. Was in der Kirche geschieht, kann ich dir noch nicht sagen, das musst du abwarten. Nun komm, die Frauen warten bestimmt neugierig auf uns."

„Papa, habe ich dein Wort, dass du es Mama sagst?"

„Ist in Ordnung, ich werde es ihr ganz sanft beibringen."

Die beiden Krauses gehen ins Wohnzimmer zurück, wo sie von den Frauen erwartungsvoll angesehen werden. Monika fragt denn auch direkt: „Na, was gab es denn so wichtiges?"

Walter antwortet spontan: „Du wirst Oma. Gerds Freundin Doris Krügner bekommt ein Baby."

Gerd stößt ihn an: „Das war wirklich sehr sanft. Das hätte ich auch nicht besser gekonnt."

Krause winkt ab. „Du weißt doch, dass Mama das Drumherumgerede nicht leiden kann. Jetzt sind die Fakten auf dem Tisch."

Sprachlos sieht Monika ihren Mann an. Ihre Gedanken überschlagen sich: „Was soll ich tun? Er ist alt genug. Damals hatten wir eine Debatte, als es um sein Rauchen ging. Wenn ich mich jetzt aufrege, mache ich die Sache eventuell noch schlimmer. Gut, dass Gerd mit seinem Vater gesprochen hat. Mal hören, wie er sich die Angelegenheit jetzt vorstellt."

Monika hat sich gefangen. „Ein bisschen mehr Verstand hätte ich dir schon zugetraut. Aber so sind die Männer, sie sehen irgendwo einen süßen Po und schon ist der Verstand verrutscht."

„Mama." . . . Monika unterbricht ihren Sohn. „Papperlapapp, Mama. Wie habt ihr euch das denn vorgestellt, ihr zwei Hübschen? Wollt ihr heiraten oder wie soll das weitergehen? Du hättest uns das Mädchen ja zumindest mal vorstellen können."

„Mach ich doch, Mama. Ich habe vorhin mit Papa darüber gesprochen, das ich Doris am nächsten Wochenende mit zu uns bringe."

„Prima, dann kann sie ja bei mir in meinem Zimmer schlafen", bemerkt Susanne.

Gerd nickt ihr dankbar zu.

Walter schaut die Mitglieder seiner Familie der Reihe nach an. „Die ganze Sache bleibt unter uns. Ich möchte nicht, dass in der Gemeinde getratscht wird. Sieht man denn schon was? Im wievielten Monat ist sie denn?"

„Das weiß ich nicht, aber man sieht noch nichts."

„Typisch Mann", lässt sich Monika hören.

Walter fährt fort. „Also, ich zähl auf euch. Lassen wir die Sache erst mal auf uns zukommen. Ich möchte nicht, dass das Mädchen schon mit Vorurteilen aufgenommen wird. Hören wir erst mal, was sie zu der Angelegenheit sagt.

Hast du eigentlich mit ihr schon über die Kirche gesprochen?"

„Ja, oft."

„Auch über das Gesetz der Keuschheit?"

„Papa, hört auf."

„Ich meinte das ernsthaft. Sie soll genau wissen, wie wir dazu stehen und wie es aus kirchlicher Sicht zu sehen ist. Was ihr getan habt ist eine Sache, was das Evangelium sagt, ist eine andere Sache. Sie soll zumindest wissen, was richtig ist. Na ja, jetzt ist sowieso schon einiges schräg gelaufen. Das können wir nicht mehr ändern, also machen wir das Beste draus. Ich würde vorschlagen, das wir jetzt ins Bett gehen."

Walter liegt schon im Bett und liest, als seine Frau in das Schlafzimmer kommt. Sie kommt in sein Bett und kuschelt sich ein. „Was willst du denn jetzt machen. Das muss schlimm für dich sein, wenn der eigene Sohn so eine Sache getan hat."

Zärtlich streichelt Krause seiner Frau über den Kopf. „Es geht schon wieder. Im ersten Augenblick war ich geschockt. Ich werde mit Präsident Dahlmann sprechen und ihn um seine Meinung fragen. Dann werde ich in den heiligen Schriften und in der begleitenden Literatur lesen und gebeterfüllt darüber nachdenken und dann werde ich den Herrn fragen, was er dazu meint. Was kann mich da noch belasten. Ich lasse die Dinge reifen."

Monika reckt sich zu ihm hoch und küsst ihn. „Ich liebe dich. Nacht mein Schatz."

Walter küsst ihren Haaransatz. „Nacht mein Engel."

*

Mülheim, den 22. Juli 1967

Mein lieber Schatz,

gestern Abend habe ich mit meinem Vater gesprochen. Wie er als Gemeindepräsident handeln wird, weiß ich noch nicht, weil er erst mit dem Distriktspräsidenten reden möchte. Ich habe ihm gesagt, dass wir heiraten wollen.

Nachdem ich mit ihm alleine gesprochen hatte, haben wir uns ins Wohnzimmer zu meiner Mutter und meiner Schwester gesetzt. Ich hatte Papa gebeten, Mama sanft die Situation zu erklären. Er hatte es mir versprochen. Was meinst du, was er gemacht hat? „Hallo Schatz, du wirst Oma. Gerds Freundin bekommt ein Baby."

Ich dachte, ich sterbe. Manchmal ist mein alter Herr schon sehr direkt. Auf jeden Fall hat meine Familie sehr positiv reagiert. Susanne hat sofort angeboten, dass du bei ihr im Zimmer schlafen kannst. Sie sind alle neugierig und freuen sich darauf, dich am Wochenende kennen lernen zu können. Es bleibt dabei, ich hole dich am Freitag ab.

Das war jetzt der offizielle Teil. Ich habe Sehnsucht nach dir. Abends denke ich an dich und deine Zärtlichkeiten.

Heute habe ich mal ausgerechnet, was ich verdiene, wenn wir heiraten und ich in eine andere Steuerklasse komme. Bei der Sparkasse war ich auch und habe gefragt, ob ich meinen Sparvertrag vorzeitig auflösen kann, um das Geld für die Wohnungseinrichtung zu haben. Es ist kein Problem, ich verliere ein paar Mark an Zinsen, das ist schon alles.

Wenn du hier bist, können wir zusammen Möbel aussuchen. Du hast ja auch schon eine eingerichtete Wohnung, so dass wir bestimmt keine Probleme haben, unser

*Heim kuschelig einzurichten. Ich freue mich schon sehr
darauf, wieder mit dir zusammen sein zu können.
Ich schicke dir ein zartes Küsschen auf die Nase.
Dein Schatz
Gerd*

PS. Vielleicht kann ich auch ein Stückchen tiefer küssen, auf die süße Schnute.

Gerd faltet den Brief und steckt ihn in den vorbereiteten Umschlag. Sorgfältig klebt er ihn zu und eine Marke drauf.

Er zieht seine Jacke über und geht ins Wohnzimmer, wo seine Eltern die Nachrichten im Fernsehen anschauen.

„Ich fahre noch mal weg, den Brief einwerfen und noch ein Stück durch die Gegend. Ich muss ein bisschen nachdenken."

„Warte mal bitte."

Walter steht auf und geht an den Schrank. „Hier habe ich noch zwei Briefe für die Gemeinde. Könntest du die bitte auch einwerfen."

Monika wendet sich an ihren Sohn. „An wen hast du denn geschrieben?"

„An Doris."

„Hast du liebe Grüße von uns bestellt?"

„Nee, daran habe ich nicht gedacht. Jetzt ist der Brief schon zu."

Monika nimmt einen Kuli vom Tisch. Auf dem Tisch liegen immer Kulis, weil sie gerne in *freien Minuten* Kreuzworträtsel löst. „Gib mal her den Brief. Ich schreibe hinten drauf ein paar Grüße."

„Mama, wie sieht das denn aus."

„Wie soll das denn aussehen? Gut sieht das aus. Postkarten werden ja auch offen geschickt. Nu gib schon her. Zier dich nicht so."

Schnell schreibt sie auf die Rückseite ein paar Grüße an Doris. Darunter, *wir freuen uns darauf, dich kennen zu lernen.*

115

Gerd überfliegt die Zeilen und lächelt. „Tschüs, jetzt will ich aber.“

Auf dem Weg zu Marion hält er an einem Briefkasten und wirft die Post ein. Kurz darauf schellt er an der Haustür. Marion hatte ihn schon vom Fenster aus kommen sehen und war nach unten gegangen. Sie öffnet die Tür und fällt ihm um den Hals. „Ich freue mich, dass du gekommen bist. Was wollen wir machen?“

Gerd löst sich sanft. „Ich muss was Wichtiges mit dir besprechen.“

„Das hört sich aber feierlich an.“

Sie ahmt ihn mit tiefer Stimme nach. „Ich muss was Wichtiges mit dir besprechen.“

Dann lacht sie. „Guck nicht so ernst, als hätte man dir dein Auto geklaut.“

„Schatz, hör mit dem Unsinn auf. Ich muss wirklich was Wichtiges mit dir besprechen. Wo können wir denn ganz alleine reden? Sollen wir in den Stadtpark fahren oder gleich um die Ecke auf den Spielplatz gehen. Da stehen Bänke und um die Zeit sind auch keine Kinder mehr da.“

„Warum fahren wir denn nicht in den Uhlenhorst zu unserem Platz?“

„Ich glaube nicht, dass das heute passend wäre.“

Erstaunt sieht Marion ihren Freund an. Sie sagt aber nichts. Er wiederholt seine Frage. „Was ist, auf den Spielplatz oder in den Stadtpark?“

„Lieber in den Park, das ist wenigstens ein bisschen romantisch.“

Nach knapp fünf Minuten steigen sie am Stadtpark aus dem Auto. Nervös steckt Gerd sich eine Zigarette an.

„Was machst du denn? Hatte ich also doch recht, dass du noch rauchst. Du hast mir immer gesagt, der Geschmack käme von dem Qualm, den du bei deinen Freunden als Passivraucher eingeatmet hast.“

„Das ist doch jetzt nicht wichtig. Ich habe ganz andere Sorgen.“

„Von wegen, nicht wichtig. Für mich ist das schon wichtig, dass du mich angelogen hast."

„Da kommt es jetzt auch nicht mehr drauf an."

„Und ob es darauf ankommt."

Gerd wird ungehalten. „Kannst du nicht mal damit aufhören und mir zuhören? Immer fängst du mit den unwesentlichen Dingen an."

„Ja, aber . . ."

Gerd unterbricht sie: „Entweder du hältst jetzt mal die Klappe und hörst zu oder ich gehe so!"

Mit großen Augen sieht Marion ihn an. In diesem Ton hat er noch nie zu ihr gesprochen.

Gerd schnippt seine Zigarette weg und erklärt dann. „Wir müssen Schluss machen. Unsere Beziehung ist beendet. Ich habe eine andere Frau kennen gelernt und die werde ich heiraten."

Fassungslos sieht Marion ihn an. „Das ist nicht dein ernst. Warum das denn? Ich dachte, wir lieben uns. Ist es, weil wir uns ab und zu mal streiten?"

„Nein, das hat damit nichts zu tun. Ich habe nur jemand kennen gelernt, den ich mehr liebe. Das ist alles."

Marion kommen die Tränen. „So eine kalte Abfuhr hätte ich dir nicht zugetraut. Du bist ein, ein, ..." Ihr fehlen die passenden Worte. Sie dreht ihm den Rücken zu, um wegzugehen. Gerd hält sie am Arm fest.

„Schatz, glaub mir, es geht nicht anders. Doris bekommt ein Baby von mir. Ich muss heiraten."

Schneller als eine Katze, die sich selber in den Schwanz beißen will, dreht Marion sich um und gibt ihm eine schallende Ohrfeige. „Du mieses Schwein!!"

Weinend rennt sie weg.

Gerd reibt sich die brennende Wange und sieht ihr betroffen nach. „Ging doch schneller als ich dachte. Nur schlagen hätte sie mich nicht müssen. Na ja, ich werd's überleben. Jetzt zum nächsten Mäuschen. Irgendwann musste es ja mal sein, dass ich mich auf eine festlege", geht ihm durch den Kopf.

Kurze Zeit später schellt er bei Evelyn an. Freudig umarmt sie ihn zur Begrüßung. „Schön, dass du mal wieder zu mir kommst. Ich dachte schon, du liebst mich nicht mehr. Komm rein, meine Eltern sind mal wieder verreist."

Gerd drückt sie kurz an sich und haucht ihr einen Kuss auf die Wange. „Ich muss was mit dir besprechen."

Sie zieht ihn an der Hand bis zum Sofa. „Setz dich. Möchtest du was trinken?"

„Ja, gerne. Was Kühles könnte ich jetzt gut gebrauchen." Er reibt sich die noch immer brennende Wange.

Evelyn bemerkt die rote Stelle, sagt aber nichts. Sie holt zwei Gläser und eine Flasche Limo. Nachdem sie eingegossen hat setzt sie sich neben Gerd und ergreift seine Hand. „Na, was ist denn los? Ich sehe dir an, dass dir etwas über die Leber gelaufen ist."

„Marion hat mir gerade eine geknallt. Ich habe mit ihr Schluss gemacht. Ich habe in Goslar eine Freundin, die ein Baby von mir bekommt und die will ich jetzt heiraten."

„Und warum erzählst du mir das? Wir hatten doch bis jetzt immer nur Spaß miteinander beim Schmusen. Mehr war doch nicht."

„Ich hatte einfach plötzlich das Gefühl, zu dir gehen zu müssen. Bei dir fühlte ich mich immer wohl und trotzdem nicht gebunden oder unfrei. Du warst immer etwas ganz Besonderes für mich."

„Was ist das denn jetzt? Soll das eine späte Liebeserklärung werden?"

Gerd wischt sich über die Augen. „Keine Ahnung, ich weiß es nicht. Im Augenblick weiß ich gar nicht mehr so richtig was ich will."

Evelyn nimmt ihn in den Arm. „Na komm, lehn dich einfach mal ein bisschen an. Das hilft bestimmt."

Gerd lehnt den Kopf an ihren Busen. Sie streichelt ihm zärtlich über die Haare. Plötzlich beginnt er zu weinen. Evelyn hält ihn fest an sich gedrückt. „Wein dich aus. Lass alles raus, das hilft. Du wirst dich anschließend wohler fühlen."

118

An diesem Abend kommt Gerd sehr spät, aber erleichtert nach Hause.

*

Als es an der Wohnungstür läutet legt Walter Krause das Buch Mormon auf den Tisch und geht öffnen.

„Schönen guten Abend, Präsident Dahlmann. Kommen Sie bitte rein."

„Guten Abend Präsident Krause. Mein Büro hat mir Ihre Nachricht übermittelt. Es wird Zeit, dass Sie einen Telefonanschluss bekommen. Ich hätte gerne den Termin bestätigt, statt einfach so zu kommen."

„Setzen Sie sich, wo immer Sie wollen. Ich bin ja froh, dass Sie so schnell Zeit für mich gefunden haben. Darf ich Ihnen etwas zu trinken anbieten?"

„Ja gerne. Ein Glas Sprudel könnte ich jetzt gut vertragen."

Nachdem beide Brüder getrunken haben, beginnt Walter Krause. „Wenn es Ihnen Recht ist, würde ich gerne ein Gebet sprechen bevor wir miteinander reden. Meine Familie ist ins Kino gegangen. Wir sind also ganz alleine und werden nicht gestört."

„Natürlich können wir erst zusammen beten. Sie sind der Hausherr."

„Dann bete ich selber."

Walter Krause spricht ein Gebet, in dem er den Vater im Himmel darum bittet, dass er ihm Frieden ins Herz geben möchte. Er bittet darum, dass er gemeinsam mit Präsident Dahlmann eine Lösungsmöglichkeit finden kann, wie seinem Sohn Gerd zu helfen wäre. Seinem „Amen" schließt sich Präsident Dahlmann an.

Dann ermuntert er Präsident Krause. „Dann schießen Sie mal los. Was kann ich für Sie tun?"

Krause räuspert sich, trinkt einen Schluck und stellt ein wenig umständlich das Glas auf den Tisch zurück.

„Tja, wie soll ich am besten beginnen?"

„Am besten einfach frei heraus."

„Ich habe ein kleines Problem", beginnt Walter Krause. „Ich bin doch jetzt erst seit ein paar Tagen Gemeindepräsident und direkt am Abend nach meiner Einsetzung ist mein Sohn zu mir gekommen und hat mir gesagt, dass seine Freundin ein Baby von ihm bekommt. Jetzt möchte ich natürlich alles so machen, wie der Herr es für richtig hält. Einerseits bin ich sein Vater und muss eine gewisse Milde walten lassen und zu ihm stehen. Andererseits bin ich Gemeindepräsident und muss tun, was das Evangelium in solch einem Falle vorschreibt."

„Darf ich mal kurz fragen. Welches Priestertum trägt Gerd?"

„Er ist nach der Taufe Diakon geworden und auf Grund seines Lebenswandels auch geblieben."

Präsident Dahlmann nickt. „Dann fällt er auf jeden Fall in Ihre Zuständigkeit. Fühlen Sie sich nicht in der Lage, Maßnahmen zu treffen, weil es sich um Ihren Sohn handelt?"

„Doch, schon. Es geht mir darum, dass ich Ihre Meinung hören möchte. Ich habe noch niemals vorher eine solche Situation erlebt. Mir ist aber klar, dass sehr viel daran hängt, denn bestimmt wird die Sache nicht geheim bleiben. Wissen Sie, ich möchte nicht, dass nachher geredet wird, ich hätte anders gehandelt als bei anderen Geschwistern."

„Da brauchen Sie sich keine Sorgen zu machen. Irgendjemand wird immer über das reden, was Sie tun. Damit müssen Sie leben lernen. Die Situation ist einfach so, dass Sie alleine alle Fakten wissen. Für andere sieht dann oftmals einiges völlig anders aus, nur deshalb, weil sie nicht alles wissen. Finden Sie sich also damit ab, dass geredet wird."

„Gut, das bekomme ich schon in den Griff. Ich sehe nur ein Problem auf die Gemeinde zukommen, weil Gerd mit der Marion Schönberg so gut wie verlobt war. Ich bin nicht sicher wie Bruder Schönberg reagieren wird, wenn er erfährt, dass seine Tochter und mein Sohn nicht mehr heiraten werden. Unsere beiden Familien waren schon darauf eingestellt, dass wir einmal verwandt werden. Ich befürchte, dass sich die Gemeinde in zwei Lager spalten könnte."

Präsident Dahlmann lächelt Walter Krause zu. „Präsident Krause, ich glaube, Sie machen sich zu viele Gedanken um Dinge, auf die Sie keinen Einfluss haben. Warum überlassen Sie nicht einfach die Angelegenheit dem Herrn und tun das, was getan werden muss. Wenn Sie sich allerdings zu befangen fühlen, dann kann ich die Sache zu mir nehmen. Lieber wäre mir allerdings, wenn Sie das tun, was in Ihren Bereich fällt, denn das erwartet der Herr auch von Ihnen. Natürlich kann ich mir sehr gut vorstellen, wie Ihnen zu Mute ist, aber ich weiß genau, dass Sie an dieser Herausforderung wachsen werden."

Nachdenklich sieht Walter Krause seinen Distrikstpräsidenten an. „Ja, dann werde ich noch in dieser Woche mit meinem Sohn reden."

„Lassen Sie mich bitte wissen, was geworden ist."

„Mache ich. Wir bekommen übermorgen ein Telefon, dann kann ich Sie direkt anrufen."

*

Der Wecker hat geklingelt. Gerd schaltet die Nachttischlampe an. Darunter liegt ein Zettel. *Lieber Gerd, heute Nachmittag möchte ich gerne mit dir reden. Wir treffen uns um sechzehn Uhr im Gemeindehaus. Ich möchte das Gespräch nicht hier zu Hause führen.*
Liebe Grüße
Papa
Nachdenklich faltet Gerd den Zettel und steckt ihn in seine Brieftasche, die auf dem Nachttisch liegt.

Als Gerd die Gemeinderäume betritt wartet sein Vater schon auf ihn. Er steht auf und nimmt ihn in die Arme. „Hallo Sohn."

„Hallo Papa."

„Du weißt, warum ich mit dir reden möchte?"

„Ja natürlich."

„Gut, dann lass uns zuerst zusammen ein Gebet sprechen."

Vater Krause (Präsident Krause) spricht ein Gebet, in dem er dem Herrn sein Herz ausschüttet und den Vater im Himmel um Weisheit und Führung für sich und seinen Sohn bittet.

Sie haben beide gekniet. Nun setzen sie sich auf zwei separat stehende Stühle.

Präsident Krause beginnt: „Gerd, ich weiß ja schon worum es geht. Trotzdem muss ich noch ein paar Details mit dir bereden, um mir ein genaues Bild machen zu können.

„Wie oft habt ihr miteinander geschlafen?"

„Ist das wichtig?"

„Ja."

„Einmal."

„Wirklich? Und sonst nichts?"

„Nein, wir haben vorher immer nur geschmust und gestreichelt, ganz wie sich das ergeben hat. Wir waren wirklich nur einmal richtig zusammen."

„Du weißt, dass auch all das, was du als ‚streicheln' bezeichnest, als Unkeuschheit gilt und in den Augen des Herrn ein Gräuel ist?"

Gerd nickt verlegen: „Ja."

„Wie ist das mit deinen anderen Freundinnen gewesen? Ist da auch was gelaufen?"

„Nichts besonders, nur was man halt so macht, wenn man jung ist. Papa, du kennst das doch."

„Mein Junge, ich glaube, ich muss dir mal was erklären. Ob ich das kenne oder nicht, ist eigentlich unerheblich. Bevor wir getauft wurden habe ich nie einen Ton zu deinen Abenteuern gesagt, weil ich der Meinung war, dass du dir ruhig *die Hörner abstoßen* sollst. Nachdem wir aber die Belehrungen durch die Missionare erhalten und das Evangelium angenommen haben, bin ich davon ausgegangen, dass du nach der Taufe dein Leben geändert hättest. Also war alles was vorher war nicht mehr wichtig, sondern ohne Bedeutung, da der Mensch ja durch die Taufe und die damit verbundene Sündenvergebung rein wird. Vorausgesetzt, er nimmt das Sühnopfer Christi an und lebt von da an nach SEINEN Geboten. Siehst du, deshalb ist es auch nicht von Bedeutung, was du oder ich VOR der Taufe gedacht oder gelebt haben. Verstehst du den Unterschied?"

„Du hast ja Recht. Im Grunde meines Herzens wusste ich ja, dass es so ist."

„Na gut, dann kannst du mir ja jetzt auch meine Frage beantworten."

„Wie war die noch mal?"

Walter Krause zieht die Augenbrauen leicht hoch. „Ich wollte wissen, was mit den anderen Freundinnen gewesen ist."

„Ein bisschen knutschen ein bisschen krabbeln und sonst nichts."

„Was verstehst du unter ‚ein bisschen krabbeln'?"

„Willst du das jetzt ganz genau wissen?"

„Ja."

„Papa."

„Jetzt bin ich nicht dein Papa sondern dein Gemeindepräsident. Also, was ist?"

„Na ja, halt so bis man sich gegenseitig entspannt hat."

„Mit wem alles? Ich muss dann mit denen auch reden."

„Mit der Marion und der Elke nicht, falls du das wissen willst. Die anderen Mädchen sind nicht in der Kirche."

Ein sehr tief gehender Blick trifft Gerd. Er fühlt sich plötzlich unwohl und schlägt die Augen nieder. Präsident Krause sagt nichts. Die Zeit verstreicht langsam.

Nach unendlich scheinenden Minuten sieht Gerd seinen Vater an. „Einmal mit der Marion. Wirklich nur einmal. Wir hatten uns dann vorgenommen, es nicht mehr zu tun und zu warten bis wir geheiratet haben. Es war auch nur über den Sachen und ganz kurz."

„Ist das jetzt alles?"

„Ja Papa, ganz bestimmt."

„Gerd, ich habe mich mit Präsident Dahlmann unterhalten. Es gibt die Möglichkeit, die Sache außergerichtlich zu regeln. Das bedeutet, du bekommst einige Auflagen, damit der Herr sehen kann, dass du dich wirklich ändern willst. Das sind nicht die Auflagen, die Präsident Dahlmann oder ich dir machen, sondern die Dinge, die der Herr von dir erwartet. In der *Bibel* steht, das wir die Gebote halten sollen."

„Welche meinst du damit?"

„Alle. Der Herr erwartet, dass wir alle Gebote halten sollen, denn er kann nicht mit der geringsten Nachsicht auf Sünde sehen."

„Papa, das schafft ja kein Mensch, alle Gebote zu halten."

„Ich habe nicht gesagt, dass der Herr von dir erwartet, dass du ab morgen vollkommen bist, sondern er erwartet, dass du alle Gebote hältst."

„Das verstehe ich nicht. Könntest du das mal erklären."

„Nach den Zehn Geboten zu leben ist eine Forderung an alle Menschen, darüber müssen wir nicht extra reden. Darüber hinaus erwartet er, dass du ab sofort deinen vollen Zehnten zahlst und alle Versammlungen besucht, die für dich wichtig sind, also die Abendmahlsversammlung und die Priestertumsklasse. Du darfst aber weder öffentlich beten noch dich an den Themen beteiligen. Dann kommt der wichtigste Punkt. Du darfst ab sofort weder Doris noch irgendjemanden anderen sexuell berühren. Hände bei dir behalten. Wenn ich dir raten darf, dann würde ich noch nicht einmal mehr alleine mit Doris zusammen sein, denn solche Gelegenheiten sind zu verführerisch. Ich betone noch einmal, nicht mehr die geringste sexuelle Berührung. Hast du das alles richtig verstanden?"

Gerd schluckt mühsam und würgt dann ein „Ja, Papa", heraus.

„Wenn du dich an all diese Dinge hältst, was ja eigentlich jedes Mitglied tun sollte, dann zeigst du dem Herrn, dass es dir wirklich ernst ist mit der Umkehr. Wir werden jetzt alle drei Wochen ein Gespräch miteinander haben. Wie sieht das aus, willst du deiner künftigen Frau die Sache erklären? Ich meine, die Einstellung, die das Evangelium lehrt oder soll ich mit ihr reden?"

Wieder schluckt Gerd mühsam. „Ich mach das schon. Ich habe mir das eingebrockt, ich regele das schon. Übrigens war ich in den letzten Tagen bei all den Mädchen, die ich näher kenne und habe endgültig Schluss gemacht."

Vater Krause lächelt. „Das ist gut, mein Sohn. Dann lass uns jetzt noch gemeinsam beten. Würdest du das bitte tun"

Kurze Zeit später kommen Vater und Sohn gemeinsam nach Hause. Walter hatte die Gelegenheit genutzt und einen Spaziergang zum Gemeindehaus gemacht. So konnte er mit Gerd zusammen nach Hause fahren. Unterwegs sah er hin und wieder seinen Sohn von der Seite an. „Ich sollte wirklich öfter Zeit mit ihm verbringen, ich wusste gar nicht so recht, was er so alles in seiner Freizeit macht", geht ihm durch den Kopf.

Monika sieht die glücklichen Gesichter ihrer beiden Männer. „Na ihr Rumtreiber, wo ward ihr so lange? Ich warte schon mit dem Essen auf euch."

Beide Männer küssen sie und setzen sich an den gedeckten Tisch. Natürlich haben sie sich vorher die Hände gewaschen, es soll ja niemand denken, sie wären Schweine.

*

Mit ernstem Gesicht empfängt Doris Krügner Gerd an der Wohnungstür. Er umarmt sie und sie küssen sich zärtlich. Suchend sieht Gerd sich um. „Wo hast du denn deine Sachen? Ich dachte, du hättest schon fertig gepackt, damit wir sofort abfahren können."

Doris setzt sich auf die Schlafcouch, die einen großen Teil des kleinen Mansardenzimmers ausfüllt. „Ich habe mir alles noch einmal durch den Kopf gehen lassen. Ich fahre nicht mit zu deinen Eltern. In eurer Religion gibt es zu viele Verbote. Mir ist nicht klar, warum ein Mensch nicht rauchen oder ein Gläschen Wein trinken soll. Ihr bringt die Leute doch nur in Gewissenskonflikte. Sieh doch mal dich an. Du bist Mitglied in der Kirche und rauchst trotzdem. Wahrscheinlich weiß in deiner Gemeinde keiner was du tust. Darfst du darüber reden? Nein, das kannst du nicht, weil du sonst Probleme bekommen würdest. Du hast mit mir geschlafen und das fanden wir beide sehr schön. Hast du eigentlich mit deinem Vater darüber gesprochen?"

„Ja, kirchlich ist alles geklärt. Ich habe versprochen, dass wir jetzt bis zur Hochzeit nicht mehr sexuell zusammen sind."

„Das ist doch idiotisch. Warum sollen denn zwei erwachsene Menschen nicht tun dürfen, woran sie beide Freude haben. Oder willst du behaupten, dass du keine Freude daran hattest. Dann hättest du mir aber etwas vorgespielt."

„Natürlich hat es mir auch sehr gut gefallen. Trotzdem gibt es ja Gesetze, nach denen wir als Menschen leben sollen und die Gott für uns aufgestellt hat."

„Das behauptest du oder eure Kirche. Ich kenne auch die Bibel und ich habe nichts darüber gefunden. Es steht, dass man keinen Ehebruch begehen soll. Wir zwei sind nicht verheiratet, also haben wir auch keinen Ehebruch begangen. Nirgendwo steht geschrieben, dass zwei Menschen sich nicht lieben dürfen."

„Ja, aber, es steht doch geschrieben, dass die Menschen rein in die Ehe gehen sollen."

„Willst du behaupten, wir wären nicht rein, weil wir miteinander im Bett waren und getan haben, was Millionen anderer Menschen auch tun. Mach dich doch nicht lächerlich."

„Ich kann dir das nicht so genau erklären. Ich habe mich nicht so sehr mit der Lehre auseinandergesetzt. Mein Vater könnte das erklären, deshalb wollte ich ja, dass wir zusammen zu meinen Eltern fahren."

„Bist du nicht selber erwachsen genug, um entscheiden zu können, was für dich gut ist? Wenn ich das schon höre *mein Vater hat gesagt, mein Vater könnte erklären.* Einerseits bedauere ich es sehr, dass wir eine Meinungsverschiedenheit haben, aber auf der anderen Seite lerne ich dich jetzt doch besser kennen und kann ein mehr erkennen, was wirklich hinter deinem süßen Reden und deinen Zärtlichkeiten steckt."

„Schatz, bitte hör auf."

Doris beruhigt sich etwas. „Ist ja schon gut, das musste geklärt werden. Wenn ich nicht ein Baby von dir bekommen würde, dann könntest du jetzt für immer nach Hause fahren. Auf ein Papasöhnchen könnte ich gerne verzichten."

„Was soll ich denn machen? Soll ich zu Hause auf den Tisch hauen und sagen, dass mir die Kirche egal ist?"

„Die Frage kann ich dir nicht beantworten. Da musst du schon selber hinter kommen. Puh, jetzt brauche ich frische Luft. Lass uns ein Stück spazieren gehen, dann sieht die Welt schon wieder anders aus. Ich wollte dir einen schönen Kinderwagen zeigen, den ich bei Werners im Schaufenster gesehen habe. Gehst du schon mal runter und nimmst den Müllbeutel mit und wirfst ihn auf dem Hof in den Eimer. Ich muss nur noch kurz zur Toilette und komme dann sofort nach."

Gerd nimmt wortlos den Beutel und geht die Treppe runter auf den Hof. Als er das Treppenhaus wieder betritt hört ein lautes Poltern und einen durchdringenden Schrei. Wie gestochen rennt er die Stufen rauf. Auf dem ersten Absatz findet er Doris liegend vor. Sie versucht gerade, sich aufzusetzen.

„Schatz, was ist passiert?"

„Ich bin weggerutscht und die Treppe runter gefallen. Ich glaube der Schreck war größer als der Fall." Sie bewegt die Arme und Beine. „Nichts passiert, siehst du."

Gerd hilft ihr auf die Beine. Plötzlich krümmt sich Doris. Sie hält sich den Bauch und stöhnt. Sie spürt, wie es warm an ihren Beinen runterläuft. Bleich stützt sie

127

sich auf Gerd. „Du musst mich sofort zum Krankenhaus fahren, schnell."

Wie erstarrt sieht Gerd sie an. Sie schreit ihn an: „Nun mach schon, oder willst du, dass ich hier verblute!"

Minuten später rast Gerd mit seinem Käfer durch die Stadt. Neben ihm stöhnt Doris immer wieder laut auf. Am Krankenhaus fährt er fast bis in den Eingang. Er springt aus dem Wagen und rennt in die Vorhalle. „Schnell, einen Arzt, meine Freundin braucht Hilfe!"

Tausendmal geübt funktioniert auch die Hilfe bei Doris. Die Ärzte und Schwester sind aufeinander eingespielt. Gerd fährt seinen Wagen auf einen Parkplatz und rennt zum Krankenhaus zurück. An der Pforte erhält er die Auskunft, dass Doris in der Notaufnahme ist. Er muss sich auf dem Flur gedulden.

Nach über zwei Stunden Wartezeit, die er rauchend auf dem Flur verbringt, darf er endlich zu Doris ins Zimmer. Sie liegt bleich und erschöpft in den Kissen. Tränen laufen über ihre Wangen.

Er setzt sich zu ihr auf die Bettkante und will ihre Hand nehmen. Aus umflorten Augen sieht sie ihn an. „Lass mich. Ich habe unser Baby verloren. Was ist das für ein Gott, der es zulässt, dass unser Baby nicht mehr auf die Erde kommen kann. Ich will nie wieder im Leben etwas über deine Religion hören und dich will ich auch nie wieder sehen. Du hast nur Unglück in mein Leben gebracht. Geh und lass mich alleine. Komm nie wieder."

Gerd laufen die Tränen über die Wangen. „Schatz. . ."

Doris unterbricht ihn. „Lass mich in Ruhe. Wir kommen aus zu unterschiedlichen Welten. Ich will dich nie wieder sehen. Nun geh endlich, bevor wir uns wieder streiten. Der Arzt hat gesagt, ich darf jetzt keine Aufregung haben."

An der Tür wirft Gerd einen letzten Blick auf das Mädchen, welches er zu lieben glaubte. Er kann Doris nicht mehr verstehen. Völlig ratlos steht er wenig später vor seinem Auto. Dann geht ein Ruck durch seinen Körper. Er steigt ein und fährt davon.

Spät abends klingelt es bei Evelyn an der Wohnungstür. Erstaunt sieht sie auf die Uhr. Dann zieht sie einen Morgenmantel über und öffnet. Gerd steht vor ihr und schaut sie aus rot geweinten Augen an. „Evelyn, ich brauche dich. Darf ich reinkommen?"

Sie zieht ihn am Arm in die Wohnung. „Setz dich und erzähl mal, was ist passiert."

Erst beginnt Gerd stockend und dann bricht es nur so aus ihm raus. Er erzählt Evelyn alles, was er an dem Tag erlebt hat. Sie fragt: „Hast du schon deine Eltern angerufen? Sie machen sich doch bestimmt Sorgen, wenn du mit Doris kommen wolltest und noch nicht da bist."

„Daran habe ich noch gar nicht gedacht. Habt ihr ein Telefon?"

„Ja, in der Bibliothek bei meinem Vater steht eines, da kannst du ungestört reden."

Wenig später ruft Gerd zu Hause an und erklärt seinem Vater mit kurzen Worten was passiert ist. Er schließt mit den Worten: „Papa, ich bleibe noch ein bisschen bei Evelyn. Sie ist eine wirklich gute Freundin. Ich muss noch ein bisschen mit jemandem reden, der in meinem Alter ist. Verstehst du das?"

„Ist in Ordnung, mein Sohn. Ich habe dich lieb. Komm nicht zu spät nach Hause."

„Danke Papa. Erklärst du Mama bitte alles."

„Mach ich. Tschüs."

Als Gerd in das Wohnzimmer zurück kommt, hat Evelyn für sie beide einen Tee gekocht. „Ich habe uns einen Tee mit einem Schuss Rum gemacht, der entspannt dich wunderbar. Du wirst dich bald wohler fühlen."

Zuerst will Gerd dankend ablehnen, dann winkt er ab und trinkt genüsslich. Schon bald spürt er die angenehme, wohlig entspannende Wirkung.

Es wird eine lange Nacht.

*

129

Verkatert erwacht Gerd morgens als der Wecker schellt. Als er Licht macht erkennt er, dass neben seiner Nachttischlampe ein Zettel liegt. Vater hat wieder mal eine Nachricht hinterlassen.

„Lieber Gerd,

seit fast drei Wochen versuche ich nun, ein Gespräch mit dir zu führen. Leider bist du bisher nicht zu erreichen gewesen und nachts wollte ich dich nicht aus dem Bett holen. Man kann vor einigen Dingen nicht weglaufen. Sei bitte heute um sechszehn Uhr im Gemeindehaus.

Liebe Grüße

Papa"

Gerd zerknautscht den Zettel und murmelt: „Mist. Na ja, was soll's, jetzt ist eh alles egal. Geh ich halt mal hin und höre, was er zu sagen hat."

Wie beim ersten Gespräch wartet Walter Krause schon im Gemeindehaus als Gerd ankommt. „Hallo Papa."

„Hallo Sohn. Lange nicht gesehen. Müde siehst du aus."

„Ich habe in der letzten Zeit ein bisschen wenig Schlaf bekommen."

„Darüber wollte ich mit dir reden. Wollen wir erst zusammen beten?"

„Nein, lass mal lieber. Komm zur Sache. Bringen wir es hinter uns."

„Mein lieber Sohn, das hört sich aber nicht gut an. Was ist los mit dir?"

„Ich habe mich nicht an die Auflagen gehalten. Um ganz ehrlich zu sein, ich bin lieber mit Freunden zusammen die nichts mit der Kirche zu tun haben, da haben wir mehr Spaß als mit den prüden Weibsen, die hier rumlaufen. Bist du jetzt geschockt?"

„Nein, eigentlich nicht. Ich hatte so etwas schon befürchtet, seit du nur noch nachts zum Schlafen nach Hause kommst. Du weißt, was das bedeutet?"

„Ja. Ich habe lange über das nachgedacht, was Doris mir gesagt hat. Sie hat in einigen Punkten Recht. In der Kirche gibt es wirklich keine Lebensfreude. Ich fand das immer toll, mit Mädchen zusammen zu sein und ich möchte nicht mehr darauf verzichten. Stell dir vor, du dürftest ab morgen nicht mehr mit Mama zusammen sein."

Krause schluckt schwer. „Lass uns nicht darüber diskutieren. Wenn ich dich richtig verstehe, dann schläfst du regelmäßig mit irgendwelchen Mädchen."

„Tut mir leid für dich Papa, aber so ist es. Jetzt wirst du mich wohl ausschließen müssen. Ich kenne die Passage aus *Lehre und Bündnisse* gut. Ich habe sie in den letzten Tagen oft gelesen. Schon in der Nacht als ich von Doris zurück kam und lange bei Evelyn geblieben bin, habe ich meinen Vorsatz gebrochen. Von da an war es mir egal, denn ich musste ja sowieso damit rechnen, ausgeschlossen zu werden. Dann kann ich auch die Freuden des Lebens richtig genießen."

Traurig sieht Walter Krause seinen Sohn an. „Gerd, es wird der Tag kommen, an dem dir alles leid tut, was du jetzt machst und dann wirst du weinen und darum beten und betteln, dass du wieder vor dem Herrn bestehen kannst. Das soll beileibe keine Drohung sein, sondern nur eine ganz nüchterne Feststellung. Ich denke immer an die Aussage *Sünde war niemals Glückseligkeit*. So wird es auch bei dir sein. Ich bedaure es sehr und es tut mir auch um Mama leid, die sehr darunter leidet, dass du nicht mehr in die Kirche gekommen bist. Trotzdem, mein Sohn, sollst du eines wissen. Was auch immer dir im Leben passiert, unsere Tür steht immer offen für dich. Wir haben dich lieb und du kannst jederzeit zu uns kommen."

Zum ersten Mal in diesem Gespräch zeigt Gerd eine Gefühlsregung. Er schluckt mühsam und wischt sich eine Träne aus den Augen. „Danke Papa. Das werde ich nie vergessen."

„Gerd, du wirst in den nächsten Tagen eine Einladung zu einem Kirchengericht bekommen. Ich hoffe, dass du kommen wirst."

„Das werde ich nicht. Ich habe heute mit dir gesprochen und damit hat es sich für mich. Ich werde mich auf gar keinen Fall noch vor einige Leutchen aus der Gemeinde hinstellen und darüber reden, was gelaufen ist. Das kannst du nicht verlangen."

„Gerd, nicht ich verlange das. . . ."

„Papa, lass es gut sein. Jetzt haben wir genug geredet", unterbricht Gerd seinen Vater.

Walter Krause steht auf und umarmt seinen Sohn, der ebenfalls aufgestanden ist. Vor dem Gemeindehaus trennen sie sich.

„Wann kommst du nach Hause?"

„Ich weiß noch nicht, Papa. Bestell Mama liebe Grüße und sag ihr, dass ich sie lieb habe. Ach, Susanschen kannst du auch schön grüßen. Sie soll schön artig bleiben, dann geht es ihr immer gut."

*

Erstaunt dreht Doris Krügner den Briefumschlag zwischen den Fingern. Absender ist Walter Krause.

Unschlüssig, ob sie ihn öffnen soll, legt sie ihn erst einmal auf den Wohnzimmertisch. „Vielleicht sollte ich ihn einfach ungelesen wegwerfen. Was kann der schon von mir wollen? Ob sein Sohn ihm die Ohren vollgeheult hat und ob er mich jetzt überzeugen soll, dass wir doch wieder zusammen sein wollen? Ach Quatsch, was habe ich noch damit zu tun. Die Sache ist für mich erledigt." Mit diesen Gedanken nimmt Doris den Brief wieder auf und wirft ihn auf den Müllbeutel, der ziemlich voll ist. Gleich wird sie ihn auf den Hof in die Tonne bringen. „Ende, vorbei das Kapitel Gerd."

Sie räumt ihre kleine Wohnung auf, geht dann in die Küche, um sich ein Essen zu bereiten. Ihr Blick fällt auf den Müllbeutel. „Den bringe ich gleich runter. Vielleicht sollte ich doch mal lesen, was der alte Krause von mir will?"

Sie beschäftigt sich wieder mit dem Essen. Ihre Gedanken bleiben aber bei dem Brief. Plötzlich nimmt sie den Brief und reißt ihn in der Mitte durch und wirft beide Teile auf den Beutel. „So, das war's, Schluss für immer."

Nach dem Essen zieht sie sich an, um Einkäufe zu erledigen. Wieder fällt ihr Blick auf den Brief, den sie mit dem Beutel wegwerfen will. „Was soll's, wenn ich ihn jetzt wegwerfe, werde ich mich wohl immer fragen, was darin gestanden hat. Vielleicht ist es ja doch etwas Wichtiges?"

Sie nimmt den Brief, holt ihn aus dem Umschlag und legt beide Teile nebeneinander auf den Tisch. Dann liest sie.

Mülheim, im August 1967

Liebe Doris,

ich hoffe, ich darf Sie so nennen, obwohl wir uns ja noch nie persönlich kennen gelernt haben.

Doris verzieht leicht säuerlich das Gesicht.

Gerd hat mir von Ihnen und dem Baby erzählt. Ich bedaure den Vorfall sehr, kann aber Ihre Entscheidung nachvollziehen und respektieren.

Erstaunt zieht sie die Augenbrauen hoch.

Mir ist nicht bekannt, welcher Religion Sie angehören. Ich weiß jedoch, dass es Religionsgemeinschaften gibt, die lehren, dass ungetaufte Kinder nicht selig werden können. Wir betrachten diese Lehre als unwahr. Außerdem gibt sie den hinterbliebenen Eltern nicht die geringste Hoffnung.

Doris wischt sich eine Träne fort.

Ihre Erlaubnis vorausgesetzt, habe ich nachstehend eine Schriftstelle aus einer unserer heiligen Schriften abgeschrieben.

Lehre und Bündnisse 29:46. Aber siehe, ich sage euch: Kleine Kinder sind von der Grundlegung der Welt an durch meinen Einziggezeugten erlöst;

Hier wird ganz klar und deutlich erklärt, dass kleine Kinder, also auch ihr ungeborenes Baby erlöst sind. Das bedeutet, dass es jetzt beim Vater im Himmel wohnt und dass es ihm sehr gut geht.

Doris laufen die Tränen die Wange runter und einige tropfen auf den Brief. Schnell wischt sie die Flecken fort.

Liebe Doris, ich weiß, dass der Vater im Himmel das Baby und Sie lieb hat.

Das wollte ich Ihnen schreiben.

Möge der Herr Sie behüten.

Liebe Grüße

Walter Krause

Noch einmal liest Doris langsam den Brief. Dann steht sie auf, holt Tesafilm und klebt ihn zusammen. Aus dem Bücherregal holt sie einen Ordner, auf dem steht *Kostbarkeiten*. Hier wird der Brief seinen Platz haben. Sie wird ihn noch oft lesen.

Sie holt sich Briefpapier, um Walter Krause eine lange Antwort zu schreiben. Sie will ihm erklären, wie sie sich gefühlt hat und wie es ihr jetzt geht, nachdem sie die tröstenden Zeilen gelesen hat.

Zwei Tage später öffnet Walter Krause den Brief, den Doris geschrieben hat. Er faltet das Schmuckblatt auseinander. Quer über das Blatt ist ein großes *Danke* geschrieben, sonst nichts.

Walter lächelt. Er weiß, dass es richtig war, seinem *Gefühl* nachzugehen und Doris zu schreiben.

*

„Hallo! Was treibt dich denn nach Oberhausen?"

Erschrocken dreht Marion sich um. Wolfgang steht vor ihr und strahlt sie an.

„Ich wollte ein bisschen Schaufenster ansehen, um auf andere Gedanken zu kommen", erwidert Marion.

„Und da kommst du ausgerechnet nach Oberhausen?"

„Ja, in Mülheim kenne ich ja fast alle Geschäfte, da gibt es doch nichts Besonderes."

„Das findest du gut, hier auf der Marktstraße zwischen all den Leuten und dann fährt noch ab und zu die Straßenbahn hier durch. Da hat man doch keine Ruhe."

„Mir gefällt das. Ich wollte ja Ablenkung haben. Was machst du denn hier?"

„Ich habe ein paar Tage Urlaub. Geld zum Wegfahren habe ich nicht, also laufe ich auch mehr oder weniger ziellos durch die Gegend. Na ja, ich wollte mir ein paar Bücher kaufen. Kommst du mit?"

„Ja, eigentlich ist es ja egal wo ich hingehe."

Wolfgang sieht sie erstaunt an. „Das hört sich aber gar nicht gut an. Was ist los mit dir? Ich habe mich schon gewundert, dass du in der letzten Zeit öfter nicht zur Gemeinde gekommen bist."

„Gerd und ich haben Schluss gemacht und da hatte ich keinen Nerv, in die Gemeinde zu gehen und ihn eventuell dort zu treffen."

„Dass ihr Schluss gemacht habt, habe ich gehört. Du brauchst aber keine Sorge zu haben, der kommt nicht mehr. Der ist wieder mit seinen alten Freunden zusammen und hat mit Kirche nichts mehr am Hut."

Marion hakt sich bei Wolfgang unter. „Ich bin drüber weg. Komm, lass uns in die Buchhandlunge gehen und danach können wir ja mal sehen, wohin der Wind uns treibt."

„Wind ist gut", lacht Wolfgang.

Plötzlich bleibt Marion stehen. „Was ist eigentlich mir dir und Susanne? Wieso bist du jetzt alleine unterwegs?"

„Es geht so lala. Die wird mir langsam zu heilig. Sie hat irgendwie den Bodenkontakt verloren."

„Wie meinst du das denn?"

„Ganz einfach. Seit das mit ihrem Bruder passiert ist, spricht sie andauernd davon, dass wir vorsichtig sein sollen, damit wir nicht sündigen. Schon bei einem kleinen etwas längeren Kuss blockt sie ab. Ständig will sie mit mir zusammen in den heiligen Schriften lesen und darüber reden. Ich bin doch noch kein Opa, so dass ich mich nur damit beschäftige. Ein bisschen Spaß am Leben muss man doch haben, mal ins Kino gehen oder in ein Tanzlokal. Aber das alles will sie nicht. Jetzt wollen wir erst mal für eine Zeit getrennte Wege gehen."

„Wenn ich dich richtig verstehe, ist sie genau das Gegenteil von Gerd."

„Genau so könnte man das sagen. Komm, lass uns jetzt von schöneren Dingen reden. Wann warst du eigentlich zum letzten Mal im Kino?"

„Mal überlegen. Ist schon eine Weile her. Lust hätte ich mal wieder. Weißt du wo sie etwas Schönes spielen?"

„Im *Bali* läuft ein lustiger Film."

„Wo ist das denn, und was verstehst du unter lustig?"

„Das ist das kleine Kino im Bahnhof, direkt vorne am Haupteingang. Wenn du reinkommst, dann sofort links in der ersten Etage."

„Ach ja, das kenne ich."

Wolfgang fährt fort: „Wie der Film heißt weiß ich nicht genau. Ein Kollege hat gesagt, dass er lustig sein soll. Mir steht heute der Sinn nach lustig. Wie ist es mit dir?"

„Normalerweise sehe ich ja ganz gerne Liebesfilme, aber zurzeit könnte ich auch mal was Lustiges gebrauchen."

Wolfgang zieht eine Grimasse: „Nimm mich, ich bin lustig."

Beide lachen. Marions Augen lachen nicht mit, sondern sehen eher nachdenklich, forschend auf Wolfgang.

Der Film *Dick und Doof und die Wüstensöhne* sagt beiden zu. Wolfgang kauft noch zwei Eiskonfekt. Schon sitzen sie gemütlich nebeneinander und sehen sich den Film an. Als Wolfgangs Eis alle ist, fragt Marion: „Möchtest du noch etwas von mir. Das ist ein bisschen viel."

Als Wolfgang nickt, beugt sie sich zu ihm und steckt ihm ein Stück in den Mund. Für einen Augenblick begegnen sich ihre Blicke. Das flackernde Licht des Projektors zaubert herrliche Sterne in Marions Augen.

Wolfgang legt den Arm um ihre Schulter, zieht sie näher an sich und küsst sie zärtlich. Für einen kurzen Augenblick zögert Marion, dann erwidert sie eben so zärtlich seinen Kuss.

Eng beieinander bleiben sie den Rest der Vorstellung sitzen. Vor dem Kino, wo es hell ist, stehen sie zusammen, halten sich bei den Händen und sehen sich an. Ihre Lippen treffen sich.

Wolfgang bricht das Schweigen: „Ich hatte plötzlich das Gefühl, als würden wir uns Jahre kennen und zusammen gehören. Ich musste dich einfach küssen. Bist du böse?"

„Dummkopf, hätte ich dich sonst auch geküsst? Ich weiß auch nicht, was passiert ist. Alles war plötzlich so selbstverständlich, so völlig klar", bestätigt Marion. Dann tritt sie einen kleinen Schritt zurück. „Ich möchte aber nicht, dass es so wird, wie damals bei Gerd, als er heimlich die Freundin in Goslar hatte. Du solltest bei Susanne für klare Verhältnisse sorgen, natürlich nur wenn du möchtest."

Wolfgang küsst ihre Nasenspitze. „Das versteht sich doch von selbst. Für solche Heimlichtuereien bin ich kein Typ. Wenn ich dich gleich nach Hause gebracht habe, werde ich sofort mit Susanne reden. Wenn du Lust hast, können wir uns ja danach noch einmal treffen."

Marion umarmt ihn spontan. „Ja, sehr gerne."

Schon eine halbe Stunde später klingelt Wolfgang bei Krauses. Monika Krause öffnet.

„Guten Abend Schwester Krause."

„Hallo Wolfgang, Susanne ist in ihrem Zimmer. Geh nur durch."

„Danke."

Wolfgang klopft an Susannes Tür.

„Herein!"

Er öffnet und tritt ein. „Hallo Susanne."

„Hallo Wolfgang. Setz dich, ich will nur kurz das Kapitel zu Ende lesen, das ist gerade so interessant."

Wolfgang setzt sich und wartet geduldig bis Susanne das *Buch Mormon* zur Seite legt.

Sie strahlt ihn an. „Ich habe gerade wieder die Passage gelesen, wo Christus nach Amerika gekommen ist und dort seine Jünger berufen hat. Das könnte ich tausendmal lesen. Ich stelle mir dann immer vor, wie es wohl sein wird, wenn er zum zweiten Mal auf die Erde kommt. Ist das nicht wunderbar?"

„Ja, schon. Ich wollte aber etwas mit dir besprechen."

„Warum guckst du denn so ernst? Raus mit der Sprache."

Wolfgang fasst sich ein Herz. „Vorhin war ich mit Marion im Kino. Wir haben uns einmal geküsst und hatten beide das Gefühl, als wenn wir für einander bestimmt sind. Ich will keine krummen Sachen machen und auch keine Heimlichkeiten, deshalb bin ich gekommen, um dir zu sagen, dass ich mit Marion zusammen sein möchte."

Völlig erstaunt sieht Susanne ihn an. „Das kann ich kaum glauben."

Wolfgang hebt entschuldigend die Schultern. „Ich weiß auch nicht, wie es passiert ist. Plötzlich hat es gefunkt und zwischen uns war alles klar."

Susanne lächelt ihn an. „Ich bin dir nicht böse. Ganz im Gegenteil, ich freue mich sehr für dich."

Wolfgangs Gesicht lässt nur noch staunende Verständnislosigkeit erkennen. „Das verstehe ich nicht. Ich dachte immer, du liebst mich und ich hatte heute so eine Angst davor, dir weh zu tun. Diese Reaktion hätte ich niemals erwartet."

Immer noch lächelt Susanne. „Ich will es dir erklären. Seit einigen Wochen habe ich im Herzen den Wunsch, auf Mission zu gehen. Ich hatte immer Sorge, dir weh zu tun, wenn ich dich für achtzehn Monate verlassen müsste. Außerdem wusste ich ganz genau, dass du sicherlich nicht so lange auf mich warten würdest. So dachte ich mir, dass es wohl besser wäre, wenn wir uns vorher trennen. In den letzten Wochen habe ich oft gebetet, dass der Herr mir helfen möge, diese Situation gut zu regeln. Jetzt kommst du und sagst, dass du mit Marion zusammen sein möchtest. Ist das nicht toll?"

Wolfgang schüttelt den Kopf. „Muss ich das verstehen?"

Susanne nimmt seine Hand. „Nein, das musst du nicht. Wichtig ist, dass der Herr mir geholfen hat. Ich wünsche dir und Marion alles Gute und den Segen des Herrn für eure Zukunft."

„Danke."

„Wolfgang sei mir nicht böse. Ich will dich nicht rauswerfen, aber ich muss noch ein bisschen studieren. Zwischen uns ist ja alles klar. Jetzt musst du aber gehen. Grüß Marion schön von mir."

Als Wolfgang wenig später vor der Haustür steht schüttelt er verständnislos mit dem Kopf. „Das fasse ich nicht. Das gibt es doch nicht."

*

Marion erwartet ihn schon neugierig. „Na, wie war's, wie hat sie reagiert?"

„Wenn ich dir das sage, du wirst es nicht glauben. Hätte ich es nicht selber erlebt, würde ich es auch nicht glauben."

Ausführlich erzählt er Marion, was sich bei Susanne zugetragen hat.

„Das kann ich wirklich nicht verstehen. Ich hätte völlig anders reagiert. Aber, was soll's, so ist es mir schon lieber, als wenn sie eine Szene gemacht hätte. Jetzt ist zumindest für uns alles klar und wir können jedem offen in die Augen sehen."

Zärtlich nimmt Wolfgang sie in den Arm. „Ich bin glücklich."

Sie strahlt ihn an. „Ich auch."

*

Goslar, den 16. Dezember 1967
Lieber Herr Krause,

jetzt haben Sie mir schon mehrere Briefe geschrieben, über die ich mich immer gefreut habe. Bis jetzt habe ich lediglich kleine Postkarten an Sie geschickt. Nun aber, wo Weihnachten vor der Tür steht, möchte ich mal einen etwas längeren Brief an Sie und Ihr Familie schreiben.

Nachdem ich mein Baby verloren hatte, ging es mir psychisch überhaupt nicht gut. Inzwischen glaube ich auch, dass ich Gerd in einigen Punkten Unrecht getan habe. Ich war einfach wegen der gesamten Situation total daneben. Ich hatte mich so sehr darauf gefreut, endlich wieder eine Familie zu haben, dass die Enttäuschung nach dem Unfall noch größer war.

Ich hoffe, dass es Gerd wieder etwas besser geht. Falls Sie ihn sehen, grüßen Sie ihn bitte recht lieb von mir. Inzwischen bin ich wieder so weit, das ich manchmal daran denken muss, wie er damals in unseren Laden kam und sagte `ich möchte Sie`.

Später haben wir oft darüber gelacht.

Damals war ich sauer, weil er mir in einigen Punkten nicht die Wahrheit gesagt hatte. Inzwischen habe ich oft darüber nachgedacht und muss zugeben, dass ich eventuell auch nichts von Ihrem Wort der Weisheit gesagt hätte, wenn ich geraucht hätte und es nicht tun dürfte.

Das hört sich aber jetzt ein bisschen verworren an, aber ich bin sicher, Sie verstehen mich. Ich bin überhaupt erstaunt darüber, dass Sie mich so gut verstehen, obwohl wir uns noch nie gesehen oder gesprochen haben. Vielleicht liegt es daran, dass Sie in einigen Punkten die gleichen oder zumindest ähnliche Ansichten haben, wie mein verstorbener Vater sie hatte. Ich habe eine Frage. In den letzten Monaten habe ich oft über Passagen aus Ihren Briefen nachgedacht und ich habe auch viel daran denken müssen, was Gerd mir über Ihre Religion gesagt hat. Mir hat besonders gut gefallen, dass Sie mir erklärt haben, dass es meinem (unserem) Baby jetzt gut geht und dass ich später das Baby betreuen kann, bis es erwachsen ist. Ich habe es zwar noch nicht ganz verstanden, wie das gehen soll, aber ich spüre in meinem Herzen, dass Sie mir die Wahrheit gesagt haben. Genau so spüre ich auch, dass es wahr ist, dass ich meine Eltern wieder sehen darf.

In Ihrem letzten Brief haben Sie davon geschrieben, dass ich sogar mit meinen Eltern zusammen leben kann, wenn wir bestimmte Voraussetzungen erfüllen. Das interessiert mich aber jetzt ganz besonders. Bitte schreiben Sie es mir ausführlich.

Dann habe ich daran gedacht, ob es nicht eine gute Idee wäre, wenn ich mal mit jemandem reden könnte, statt immer nur Briefe zu lesen. Ich will Ihnen nicht zu nahe treten, Ihre Briefe sind mir wichtig und wertvoll, aber manchmal ist es doch besser, wenn man sich mit jemandem unterhalten kann.

Können Sie für mich herausfinden, ob es hier in Goslar eine Gemeinde Ihrer Kirche gibt?

So, jetzt möchte ich für heute Schluss machen. Ich bin froh, dass wir uns schreiben. Ihre Briefe haben mir sehr geholfen.

Von ganzem Herzen wünsche ich Ihnen und Ihrer Familie ein frohes, aber auch besinnliches Weihnachtsfest und einen guten Rutsch in das Jahr 1968.

Liebe Grüße sendet
Ihre Doris

„Schatz! Schatz!"

Monika Krause kommt aus der Küche ins Wohnzimmer. „Was brüllst du denn so?"

„Doris hat geschrieben. Sie lässt schöne Grüße bestellen. Willst du den Brief mal lesen?"

„Nein, der ist doch an dich gerichtet."

„Da steht aber kein Geheimnis drin, den kannst du ruhig lesen."

„Das will ich aber nicht. Wenn Doris wollte, dass ich alles weiß, dann würde sie mir auch schreiben. Es reicht mir, wenn du ihr helfen kannst und wenn sie liebe Grüße an mich bestellt. Vielleicht können wir sie ja mal zu uns einladen. Jetzt wo Gerd ausgezogen ist, könnte sie ja in seinem Zimmer schlafen. Wenn Susanne in drei Wochen auf Mission geht, haben wir sogar noch mehr Platz für sie."

„Ich werde ihr schreiben und sie einladen. Auf jeden Fall freue ich mich, dass sie so lieb geschrieben hat. Sie möchte gerne, dass ich ihr die Adresse der Gemeinde in Goslar besorge. Ich hoffe nur, da gibt es eine. Gleich morgen werden ich meinen Führungssekretär beauftragen, die Adresse herauszufinden."

„Was meinst du, ob das Mädchen über Weihnachten alleine in ihrer Wohnung sitzt?", fragt Monika.

„Darüber habe ich noch gar nicht nachgedacht. Bis jetzt hat sie noch nie geschrieben, ob sie noch Verwandte hat. Gerd hat damals auch nie etwas gesagt."

„Der hat ja sowieso nicht viel von ihr erzählt."

„Warum hast du gefragt, ob sie alleine sitzt? Willst du sie zu Weihnachten einladen?"

Monika nickt: „Ja, daran habe ich gerade gedacht."

Walter gibt zu bedenken: „Meinst du nicht, das wäre noch ein bisschen zu früh? Wenn Gerd über die Feiertage auch zu Besuch kommt und sie treffen sich hier, dann könnte das peinlich werden. Vielleicht sollten wir damit noch eine Weile warten, bis wir genau wissen, wie die zwei jetzt zueinander stehen. Doris hat Grüße bestellen lassen. Ich werde sie Gerd ausrichten und dann hören, wie er darauf reagiert."

„Das ist eine gute Idee. So machen wir das", bemerkt Monika und geht in die Küche zurück.

*

Evelyn stellt ihre Tasse auf den Tisch und sieht Gerd an. „Weißt du, was mir aufgefallen ist?"

Gerd zuckt mit den Schultern. „Nein, wenn ich deine Gedanken lesen könnte, würde ich im Zirkus auftreten."

„Blödmann", lacht sie. „Nein ernsthaft. Mir ist in den letzten Tagen durch den Kopf gegangen, dass du mir wohl all deinen Kummer erzählt hast, aber du hast mir noch nie richtig erzählt, woran ihr eigentlich glaubt. Vor einiger Zeit erst hast du mir gesagt, dass du aus der Kirche ausgeschlossen worden bist. Was das bedeutet, hast du mir aber nicht gesagt. Weißt du, ich möchte nicht das

142

Gefühl bekommen, dass du mich nur zum Schmusen und zum Ausweinen benötigst. Ich mache es zwar gerne mit dir und ich habe auch immer ein offenes Ohr für dich, wenn du Kummer hast, aber ich möchte doch gerne mal wissen, was eigentlich hinter der ganzen Sache steckt."

Gerd staunt. „Ich dachte, Susanne hat dir schon alles erzählt, wo ihr doch schon so lange Jahre Freundinnen seid."

„Nein. Bei Susanne habe ich immer abgeblockt. Die macht mir oft so einen fanatischen Eindruck. Da habe ich keine Lust zuzuhören."

„Das kann ich verstehen", lächelt Gerd. „Was möchtest du denn gerne wissen?"

„Warum hat man dich ausgeschlossen? Oder willst du darüber nicht reden?"

„Doch, ist schon in Ordnung. Jetzt, wo genug Zeit vergangen ist, kann ich auch darüber reden. Das ist schnell erklärt. Wir glauben daran, dass die Ehe heilig ist und dass die Menschen die heilige Schöpfungskraft einzig und allein im Bund der Ehe anwenden sollen. Also kommt Geschlechtsverkehr außerhalb der ehelichen Bindung aus göttlicher Sicht nicht in Frage. Wie du weißt, hat Doris ein Baby von mir bekommen. Eindeutiger kann man nicht belegen, dass man miteinander etwas hatte."

Evelyn fragt sofort nach: „Und deshalb bist du sofort ausgeschlossen worden? Einmal Hopp und dann raus?"

„Nein, so ist das nicht. Als das damals war, hatte ich mit dem Gemeindepräsidenten ein langes Gespräch und ich bin Mitglied in der Kirche geblieben. Ich musste nur ein paar Auflagen erfüllen."

„Und welche waren das?"

„Ich hätte alle Versammlungen besuchen müssen. Den Zehnten zahlen und so weiter, was man halt so als guter Christ macht."

„Also hat man dich unter Druck gesetzt? Entweder du tust jetzt alles, was wir von dir erwarten, oder du fliegst?"

„So darf man das nicht sehen. Das sind einfach nur Sachen, die jeder verspricht, der sich der Kirche anschließt. Es wird ja niemand gezwungen, sich taufen zu lassen. Die Menschen werden belehrt und entscheiden dann, ob sie das Evangelium annehmen wollen oder nicht. Wenn man sich aber entschieden hat, dann muss man sich auch an die Regeln halten. Du kannst auch nicht bei einer Firma anfangen und dann deine Arbeit nach eigenen Regeln machen."

Evelyn nickt. „Das sehe ich ein. Wenn man dich nicht rausgeworfen hat, wieso bist du dann kein Mitglied mehr?"

„Es gibt in der heiligen Schrift eine Passage, da steht, dass man dem Sünder vergeben soll. Wenn er es aber wieder tut, dann soll man ihn ausschließen. Genau genommen wird in der Passage direkt von Ehebruch gesprochen."

„Was ist das denn für eine heilige Schrift?"

„Sie heißt *Lehre und Bündnisse* und enthält eine Sammlung von Gesetzen für die heutige Zeit. Glaub ich wenigstens, dass es so ist. Auf jeden Fall erinnere ich mich, dass dies Buch gerade für unsere Zeit geschrieben wurde."

„Weißt du, Gerd, ich könnte das ja nachvollziehen, wenn du verheiratet gewesen wärest und außerdem, was heißt Wiederholungsfall?"

„Ach, schon vergessen, was zwischen uns gelaufen ist, als ich aus Goslar zu dir gekommen bin?"

„Das meinte ich doch. Wir sind ja beide nicht verheiratet. Also können wir auch keinen Ehebruch begehen."

„Man, nun bohr doch nicht so, ich weiß das doch auch nicht so genau. Irgendwie wird das vor der Ehe Unkeuschheit genannt und das ist dann genau dasselbe wie Ehebruch bei Verheirateten."

„Nein mein Freund, das glaube ich nicht. Wenn zwei miteinander verheiratet sind, dann kann ich das nachvollziehen, dass euer Gott dafür sorgen will, dass die Familie intakt bleibt. Aber ich kann kaum einsehen, dass man vor der Ehe nicht seinen Spaß haben soll."

„Ich hab dir das doch vorhin schon gesagt, es geht darum, dass man sich nur innerhalb der Ehe sexuell betätigen soll. Sieh das doch mal ganz nüchtern, so ganz ohne Religion. Stell dir vor, eine Frau hat mit vielen Männern was gehabt, die will doch dann keiner mehr. Wer will denn so etwas heiraten, da glaubt doch keiner mehr, dass die einmal eine gute Mutter sein wird, wo die doch immer nur ihr eigens Vergnügen haben will."

Wie gestochen setzt Evelyn sich gerade. Ihre Blicke sprühen Funken. „Du bist doch wohl das Letzte. Was ist denn mit den Männern, die vor der Ehe rumgehurt haben? Sind das etwa die Braven, die dann ein unberührtes Frauchen haben wollen. Wer fragt denn die Frauen, ob sie solch einen Kerl haben wollen?"

Gerd beschwichtigt: „Das war doch nur ein Beispiel, wie man reden könnte. Ich habe doch gar nicht von dir gesprochen. Warum regst du dich denn auf?"

„Das wäre ja auch noch schöner, wenn du mich gemeint hättest. Wir sollten lieber das Thema wechseln, ich rege mich sonst noch richtig auf."

„Gute Idee. Reden wir vom Gefängnis. Was macht dein Vater?"

„Ja, tickst du nicht mehr richtig?"

Gerd hebt entschuldigend die Hände. „Das sollte ein Scherz sein. Nur ein Scherz. Ich wollte die Stimmung entkrampfen."

„Hast du noch mehr solch komischer Scherze auf Lager", fragt Evelyn spitz.

„Nee, habe ich nicht. Ich könnte dir höchstens einen Witz erzählen."

Evelyn lächelt schon wieder. „Lass hören."

„Die Elefanten und die Mäuse spielen gegeneinander Fußball. Die Elefanten stürmen. Einer tritt aus Versehen auf eine Maus. Sie rappelt sich mühsam auf und klopft den Dreck vom Trikot. Dem Elefanten ist die Sache fürchterlich peinlich. Er entschuldigt sich mehrfach. Sagt die Maus: ‚Macht doch nichts. Hätte mir doch auch passieren können."

Evelyn, die sehr gerne Mäuschenwitze hört, lacht herzhaft. Plötzlich wird sie wieder ernst. Ich habe da noch eine Frage: „Warum wird das in eurer Kirche so eng gesehen? In anderen Kirchen stellt man sich doch auch nicht so an."

„Musst du jetzt wieder damit anfangen? Ich dachte wir wollten das Thema wechseln."

„Können wir auch gleich wieder. Jetzt will ich das aber erst wissen und zwar ganz genau."

Gerd seufzt: „Na gut, aber ich weiß nicht, ob ich das so genau erklären kann."

„Egal. Versuch mal. Wir werden dann sehen, ob es mir genügt", lacht Evelyn.

„Also", beginnt er. „Erstens weiß ich ganz genau, dass in anderen christlichen Religionen auch davon gesprochen wird, dass man vor der Ehe nicht miteinander schlafen soll. Vor einiger Zeit haben Jürgen, Werner und ich mal darüber gesprochen. Außerdem war ich früher katholisch und die haben das auch gelehrt. Das sich da keiner dran hält, ändert nichts daran, dass es auch gelehrt wird."

„Das sehe ich ein", nickt Evelyn.

„Dann gibt es noch einen wichtigen Punkt. Wir glauben daran, dass die Familie in alle Ewigkeiten zusammen leben kann. Man muss bestimmte Voraussetzungen erfüllen und dann kann man für immer zusammen sein."

„Wie soll das denn gehen", gibt Evelyn zu bedenken.

„Ich habe doch gesagt, dass ich das nicht so ganz genau weiß. Gehen wir doch einfach mal davon aus, dass wir als Menschen ewig leben. Dann wäre es doch ein vernünftiger Wunsch und eine gute Sache, wenn man zusammen bleiben könnte, oder?"

„Natürlich, ich wäre auch gerne ewig mit meinen Eltern oder mit Freunden zusammen. Bis jetzt bin ich immer davon ausgegangen, dass alles vorbei ist, wenn wir sterben. Mein Vater sagte auch immer, dass alles vorbei ist, wenn man den Hintern zukneift. Man soll mitnehmen, was das Leben so bietet."

„Das sagt nicht nur dein Vater, das habe ich schon oft von irgendwelchen Leuten gehört. Wie gesagt, es ist ja auch eine Sache des Glaubens. Ich glaube auf jeden Fall daran, dass es möglich ist."

„Schön."

„Siehst du, du sagst auch spontan, dass es schön wäre."

Evelyn winkt ab. „Ich meinte nicht, dass es schön wäre, wenn es so wäre, sondern ich meinte, dass es schön ist, dass du es glaubst."

Gerd schüttelt den Kopf. „Mit Frauen kann man nicht logisch reden. Das ist eine Sache des Glaubens. Ich habe doch von vornherein gesagt, dass wir es so sehen. Ob du das glaubst oder nicht, steht doch auf einem anderen Blatt. Man schließt sich doch nur dann einer Religion an, wenn man daran glaubt oder wie siehst du das?"

„Da muss ich dir zustimmen. Ich würde mich nie eurer Religion anschließen."

„Das ist doch jetzt nicht das Thema. Außerdem weißt du viel zu wenig, um dir ein Urteil bilden zu können."

„Sag ich doch. Wenn ich dich dann bitte, mir das zu erklären, dann kannst du es nicht oder du wirst zickig."

„Boh, gleich krieg ich `ne Krise", fährt Gerd auf. „Nimm doch mal an, du würdest das glauben."

„Tu ich aber nicht."

„Wir wollen es doch nur annehmen, damit wir eine Basis haben."

„Haben wir aber nicht, weil ich nicht eurer Kirche angehöre."

Gerd steht auf und geht vor Evelyn auf und ab. „Du treibst mich noch in den Wahnsinn. Stell dir doch einfach nur mal vor, du würdest eine Religion angenommen haben, dann würdest du doch auch nach den Gesetzen leben wollen."

Evelyn nickt.

„Na endlich. Wenn du nach den Gesetzen leben wollen würdest. Man jetzt machst du mich auch schon fusselig. Also noch mal. Wenn du also daran glauben würdest, dass es ein Weiterleben nach dem Tod gibt und dass du

147

mit deiner gesamten Familie zusammen sein könntest, dann würdest du doch auch alles tun wollen, was dafür notwendig ist."

„Ja", stimmt Evelyn zu.

„Na toll. Also weiter im Text. Wenn es also notwendig wäre, dass du unberührt in die Ehe gehen müsstest, um das Ziel zu erreichen, dann würdest du das doch auch wollen.

Wieder stimmt Evelyn zu.

Gerd strahlt. „Jetzt kommen wir auf einen Nenner. Nehmen wir mal an, du hättest einen Fehler gemacht und mit jemand geschlafen. Stell dir vor, du dürftest dann nicht mehr darauf hoffen, jemals wieder mit deiner Familie zusammen zu kommen, wäre das nicht schrecklich?"

„Ja", nickt Evelyn.

Während des Sprechens ist Gerd nachdenklicher geworden. Er fährt fort: „Wenn dann einer käme und würde dir vorschlagen, ein paar Gesetze zu halten, die er dir gibt und zum Lohn könntest du dann doch noch mit deiner Familie zusammen kommen. Würdest du dann nicht gerne die paar Gesetze halten wollen?"

Nun hat er ein Kratzen im Hals. „Dann gibt es noch einen Punkt, der mir gerade klar geworden ist. Wenn jemand ausgeschlossen worden ist, hat Gott ihn aus seinem Bündnis entlassen. Er kann also nicht weiter gegen seinen Bund mit Gott verstoßen und hat Zeit, richtig Umkehr zu leben. Wenn er dann bereit ist, kann er Gott wieder darum bitten, dass er noch mal in sein Reich aufgenommen wird."

„Was verstehst du unter *Umkehr leben*?"

„Das man erstens nicht wieder den gleichen Fehler macht, so wie ich es getan habe. Zweitens muss man sich bemühen, durch sein Leben Gott zu zeigen, dass man jetzt alle Gebote halten will."

„Das kann ich nachvollziehen. Warum machst du das dann nicht? Ist dir deine Familie nicht so wichtig?"

„Der Hammer musste jetzt kommen. Das brauchte ich jetzt. Ich fühle mich sowieso schon bescheiden genug. Jetzt hack du auch noch auf mir rum."

„Hör mal zu, du kleiner Spinner! Jetzt werd ich aber sauer. Du hängst ständig mit einer miesen Laune hier rum und trompetest mir die Ohren voll. Dann erklärst du mir, wie man sein Leben wieder auf die Kette bekommen kann und dann regst du dich noch auf, wenn ich dich frage, warum du es dann nicht tust. Mal ganz ehrlich, irgendwo hast du doch eine kleine Schraube locker. Bis jetzt dachte ich immer, du wüsstest nicht, was du tun sollst. Jetzt sieht es so aus, dass du ganz offensichtlich genau weißt, was du tun könntest, um wieder mit dir und deinem Gott ins Reine zu kommen. Du scheinst das gar nicht zu wollen. Entweder bist du zu faul oder zu blöd dazu. Halt, noch eine Möglichkeit gibt es. Du findest dein Leben jetzt toll und möchtest so weiter machen, dann dürftest du allerdings nicht ständig so eine miese Stimmung haben. Habe ich Recht?"

Zerknirscht stimmt Gerd zu. „Du hast ja Recht. Ich habe auch schon oft darüber nachgedacht. Bis jetzt wusste ich selber nicht so genau, was ich wollte. Als ich dir vorhin alles erklärt habe, besser gesagt, versucht habe es zu erklären, da wurden mir einige Dinge erst richtig bewusst. Gleich morgen werde ich mal mit meinem Vater darüber sprechen."

„Wenn du weißt, was du willst, lass es mich wissen. Wenn du dich für die Kirche entschieden hast, dann werde ich dich in Zukunft rauswerfen, wenn du kuscheln willst. Das hilft dir mehr, als wenn ich mich darauf einlasse und versuche, dich aufzupäppeln. Dann musst du mal zeigen, dass du ein richtiger Mann bist und etwas durchstehen kannst."

„Du hast Recht. Ich hoffe aber, wir bleiben gute Freunde."

„Rede dir doch nicht selber was ein. Gute Freunde zwischen Mann und Frau ist doch Blödsinn. Irgendwann gibt es eine Situation, wo man alleine ist. Hat man dann einen Tag, wo einem so richtig danach ist, dann fängt doch der ganze Zirkus von vorne an. Es heißt entweder oder, alles andere ist Mist und bringt nichts. Du solltest dir mal angewöhnen, etwas richtig zu machen. Hättest du damals bei deiner Doris direkt mit offenen Karten gespielt, wärst du und vor allem auch sie, nie in die Situation gekommen. Bis jetzt habe ich immer zu dir gehalten, weil ich dachte, die Kirche wäre dir nicht so wichtig, denn sonst hättest du anders gelebt. Wenn dir das aber wichtig wird, dann ziehen wir eine klare Linie. Das soll keine Drohung sein, nur eine Hilfe."

Bedröppelt sieht Gerd sie an. „Ich glaube, ich geh jetzt wohl besser."

Evelyn steht auf. „Ja, das solltest du wirklich. Setz dich mal in dein Kämmerlein und geh in dich. Denk mal darüber nach, was du wirklich willst. Und vergiss nicht, lass mich deine Entscheidung wissen."

Sie umarmt ihn und begleitet ihn dann zur Tür.

*

Mülheim, den 14. Juli 1968

Liebe Susanne,

jetzt bist du schon einige Monate in Florida auf Mission. Manchmal staune ich, wie sehr schnell die Zeit vergeht.

Gibt es etwas, was ich dir schicken kann? Du schreibst nie, dass du etwas benötigst. Geht es dir gut? Kommst du mit deinem Geld aus? Was frage ich, du kommst bestimmt damit aus, denn du kannst ja gut wirtschaften.

Zuerst will ich dir mal die Neuigkeiten schreiben. Gerd ist wieder bei uns eingezogen. Vor einiger Zeit hatte er mit Papa ein Gespräch. Sie haben sich sehr lange unterhalten. Gerd raucht nicht mehr und er kommt schon eine ganze Weile wieder mit uns in die Gemeinde. Wir sind sehr glücklich darüber und wir glauben, dass der Vater im Himmel unsere Gebete erhört hat und Gerd beeinflusst hat.

Eine Freundin hat er auch nicht mehr. Das scheint kein Thema mehr für ihn zu sein. Ab und zu redet er mal von Doris. Die scheint doch etwas ganz Besonderes gewesen zu sein. Papa schreibt ihr regelmäßig und sie schreibt ihm auch regelmäßig.

In einigen Tagen fahren wir in den Harz, um dort Urlaub zu machen. Wir haben uns fest vorgenommen, auch ein paar Tage in Goslar zu bleiben, damit wir Doris persönlich kennen lernen können.

Ich bin mal gespannt ob sie so ist, wie ich sie mir vorgestellt habe. Papa sagt, dass sie ganz in Ordnung sein muss, weil sie so gute Briefe schreibt. Er hat ihr regelmäßig geschrieben, weil sie ja keine Eltern mehr hat. Papa wollte ihr helfen, über den Verlust des Babys hinwegzukommen.

Sie besucht auch schon seit einiger Zeit die Gemeinde in Goslar. Das wäre ja schön, wenn sie sich der Kirche anschließen würde.

Gerd haben wir nichts davon gesagt, dass wir sie treffen werden. Irgendwann wird Doris uns besuchen und dann schaun wir mal, wie sich die beiden inzwischen entwickelt haben.

Beinahe hätte ich es vergessen. Wolfgang und Marion haben geheiratet. Das ging aber schnell. Wenn ich es richtig bedenke, eigentlich kennen sie sich ja schon seit vielen Jahren. Auf jeden Fall hat Marion den Gerd und Wolfgang dich schnell vergessen. Ich freue mich für die beiden. Gerd war wohl auch noch nicht reif für eine richtige Beziehung. Ich hoffe und bete, dass er sich wieder fängt und eines Tages wieder getauft werden kann.

So, mein Töchterchen, jetzt will ich Schluss machen weil ich gleich zur FHV will. Dann kann ich auf dem Weg den Brief einwerfen. Ich bin froh, dass Papa immer Briefmarken zu Hause hat, dann kann ich ihm eine klauen.

Ich soll dich von ihm schön grüßen und du sollst nicht böse sein, weil er dir nicht so oft schreibt. Er sagte, dass Doris jetzt nötiger Briefe braucht als du und außer-

dem würde ich dir oft schreiben, so dass du sowieso schon alles weißt, was hier passiert.

Liebe Grüße

Mama

*

Nervös zupft Doris Krügner zum wiederholten Male die Tischdecke zurecht und stellt die Blumenvase ordentlich auf den schön gedeckten Kaffeetisch. Immer wieder sieht sie auf die Uhr. Heute ist der Tag, an dem sie die Eltern von Gerd Krause kennenlernen wird. Von Walter, dem Vater, weiß sie ja durch die vielen Briefe schon recht viel und sie glaubt, genau zu wissen, wie er sein wird. Von Monika Krause jedoch weiß sie nur wenig. „Habe ich alles richtig gestellt? Ist der Kuchen gelungen? Gerd hat gesagt, seine Mutter sei eine gute Hausfrau. Der wird wohl sofort auffallen, wenn ich etwas nicht richtig gemacht habe. Was mache ich mich eigentlich verrückt? Ich habe alles so gemacht, wie ich es immer mache, wenn Besuch kommt. Sollte etwas anders sein, dann muss sie sich eben umgewöhnen."

Sie wird in ihren Gedanken unterbrochen, weil es an der Tür schellt. „Das werden sie sein."

Schnell zieht Doris noch einmal die Tischdecke gerade. Dann eilt sie zur Tür, um zu öffnen. Gemächlich kommen die Krauses die steile Treppe herauf. Oben schüttelt Walter seiner Briefpartnerin die Hand. „Hallo Doris. Ich darf doch Doris sagen?"

„Ja natürlich", errötet Doris.

Walter macht Platz, damit auch seine Frau die Gastgeberin begrüßen kann. Auch die Frauen scheinen sich auf Anhieb zu mögen.

„Kommen Sie bitte rein, der Kuchen wartet schon."

Walter schiebt sich durch die Tür. „Habe ich das richtig verstanden, kommen *Sie* rein? Du bist ja beinahe so etwas wie eine Tochter für uns geworden. Sag mal ruhig *Du* zu uns."

„Mein Lieblingsgatte hat mir schon wieder den Text weggenommen", lacht Monika Krause.

Bei Hagebuttentee und selbst gebackenem Kuchen plaudern die Drei drauf los. Doris wird immer lockerer. Die anfängliche Unsicherheit fällt von ihr ab. Sie wird an die Zeit mit ihren Eltern erinnert und hat plötzlich Tränen in den Augen. Walter, der gerade einen seiner berüchtigten Scherze gemacht hat, fragt erschrocken: „Hallo, bin ich dir zu nahe getreten? Das wollte ich nicht."

Doris tupft sich die Augen. „Nein, nein, das war es nicht. Ich musste nur gerade an meine Eltern denken, die schon lange tot sind. Als sie noch lebten haben wir auch öfter so lustig zusammen gesessen. Ihr habt mich an die Zeit erinnert."

Walter rührt verlegen in seinem Tee. Monika steht spontan auf und drückt Doris an sich. Nun beginnt Doris richtig zu weinen. Monika streichelt ihr über den Kopf. „Wein dich aus. Bei uns kannst du das ruhig machen. Es war ja alles auch ein bisschen viel in den letzten Monaten."

Nach einigen Minuten beruhigt sich Doris wieder und steht auf. „Ich muss mal kurz ins Bad. Ich bin gleich wieder da."

Walter stehen die Tränen in den Augenwinkeln. „Armes Kind. Was können wir machen?"

„Schaun wir mal", sagt Monika in ihrer typischen Art. Vielleicht können wir sie ja ein paar Tage mitnehmen. Platz haben wir ja im Wohnwagen genug."

„Wie stellst du dir das denn vor? Soll ich dann in der Unterwäsche vor ihr rumhüpfen, wenn ich mich umziehen muss?"

„Meinst du, sie guckt dir was weg?", lacht Monika. „Nein, war eine blöde Idee. Was hältst du davon, wenn wir hier in der Nähe auf einen Campingplatz gehen und Tagestouren machen? Da können wir sie mitnehmen und das Schlafproblem ist gelöst, weil sie ja zu Hause schlafen kann."

„Wir planen schon und wissen noch gar nicht ob sie überhaupt Lust dazu hat und wenn sie Lust hat, dann stellt sich die Frage, ob sie überhaupt Urlaub bekommen kann."

Doris kommt wieder in das Zimmer. „Ihr müsst schon entschuldigen, es ist einfach so gekommen. Ich fühlte mich plötzlich in eurer Nähe so wohl."

„Ist doch in Ordnung", winkt Monika ab. „Komm setz dich. Papa hatte eine gute Idee. Was hältst du davon, wenn du ein paar Tage mit uns zusammen Urlaub machst? Wir dachten daran, Tagestouren zu unternehmen. Wir könnten dich morgens abholen und abends wieder hier zu Hause absetzen."

Wieder stehen Doris die Tränen in den Augen. „Nu heul ma nich wieder, so muss ich gleich schwimmen, um nicht zu ersaufen", grient Walter.

Trotz der Tränen strahl Doris. „Ihr macht mich richtig fertig. Ich komme mir vor wie Weihnachten."

„Na, watt is Mädchen?", hakt Walter nach.

„Ich habe noch Urlaub zu bekommen. Schön wäre das ja. Ich bin schon sehr lange nicht mehr aus Goslar weggekommen. Ja eigentlich das letzte Mal als meine Eltern noch lebten."

„Worauf warten wir denn dann noch? Vollgefuttert sind wir, also können wir zu deiner Firma fahren und fragen, ob du ein paar Tage frei bekommst. Wenn ja, können wir direkt planen."

*

Mülheim, den 23. August 1968

Liebe Susanne,

es ist nun schon über fünf Wochen her seit ich dir den letzten Brief geschrieben habe. Wie schon angekündigt, waren wir in Goslar und haben dort Doris getroffen. Sie ist noch netter als ich sie mir vorgestellt habe. Ich muss zugeben, sie ist die netteste von allen Freundinnen, die Gerd je hatte. Vielleicht habe ich nicht alle kennen gelernt, aber zumindest ist sie die netteste von denen, die ich kenne.

Wir haben uns sehr gut verstanden. Es war fast so, als hätten wir plötzlich noch eine Tochter dazu bekommen. Gleich am ersten Tag waren wir ein Herz und eine Seele. Wir wollten gerne mit ihr zusammen ein paar Tagestouren unternehmen. Sie hat auch wirklich sofort Urlaub bekommen können. So sind wir alle drei Wochen auf einem Campingplatz in der Nähe von Goslar geblieben. Morgens haben wir sie abgeholt und sind dann losgefahren. Wir haben sehr viel gesehen. Der Harz ist wirklich wunderschön. Besonders schön fand ich die riesigen Fichtenwälder und die vielen Stauseen. Ich wusste gar nicht, dass es sieben Stauseen im Harz gibt.

Was auch besonders interessant war, war die Holzkirche in Clausthal-Zellerfeld. Sie ist die größte Holzkirche Europas und hat 2200 Sitzplätze. Das sieht gewaltig aus, wenn man sie betritt.

Wir haben wirklich sehr viel gesehen in den drei Wochen. Wir waren auch in Fredelsloh. Das ist ein kleines Dorf, in dem Töpferarbeiten verkauft werden. Ich habe noch nie vorher so viele wunderbar getöpferte Sachen an einem Ort gesehen.

Natürlich waren wir auch viel spazieren und haben uns dabei mit Doris unterhalten. Wir haben sie eingeladen, recht bald mal zu uns zu kommen.

Ganz besonders beeindruckt hat mich auch die Zonengrenze. Das ist ja schrecklich, was die DDR-Politiker da gebaut haben. Ich werde nie verstehen, wie man Menschen so unterdrücken kann. Wir können froh und glücklich sein und dem Vater im Himmel wirklich jeden Tag danken, dass wir in Freiheit leben dürfen.

Wir haben auch eine Glasbläserei besichtigt. Wie der Ort hieß, weiß ich nicht mehr. Einmal waren wir sogar in einem kleinen See schwimmen. In den Wäldern gibt es überall kleine Seen. Aus denen hat man früher das Wasser durch die Stollen ablaufen lassen und damit das Erz transportiert. Wie das genau war, weiß ich nicht mehr. Es hat mich auch nicht besonders interessiert. Ich fand es nur erstaunlich, wie viele von diesen kleinen Seen *man hier angelegt hatte. Im gesamten Harz waren es über siebzig.*

Jetzt ist der schöne Urlaub vorbei und der Alltag hat uns wieder. Es ist aber auch schön, wieder in der Heimatgemeinde zu sein. All die vertrauten Gesichter haben mir doch gefehlt. Ich bin dankbar, dass wir die Kirche kennen gelernt haben und dass es in der Gemeinde wie in einer großen Familie ist.

Gerd geht es auch gut. Ich soll dich von ihm schön grüßen. Er ist gerade von der Arbeit nach Hause gekommen.

Jetzt muss ich aber schließen und für meine Männer das Mittagessen machen.

Liebe Grüße, auch von Papa,
sendet Mama

*

An einem verschneiten Sonntagmorgen, Ende November 1968 schellt bei Krauses das Telefon. Walter, der gerade aufgestanden war, sieht auf die große Standuhr im Wohnzimmer. Verschlafen wischt er sich die Augen und greift dann zum Telefonhörer. „Krause."

„Hier ist die Einsatzleitstelle der Feuerwehr in Oberhausen, Woldach. Guten Morgen, Herr Krause. In ihren Gemeinderäumen am Altmarkt hat es gebrannt. Von den Leuten, die über der Gemeinde wohnen haben wir die Nachricht und auch ihre Telefonnummer bekommen. Können Sie bitte kommen, damit wir unseren Einsatzbericht vervollständigen können und damit die Brandstelle abgesichert werden kann."

„Natürlich. Ich muss mich aber erst anziehen."

„Ist in Ordnung, wir haben ja auch noch eine Weile vor Ort zu tun."

Als Walter zurück ins Schlafzimmer kommt, fragt Monika: „Wer war das, so früh am Morgen?"

„Die Feuerwehr. Im Gemeindehaus hat es gebrannt. Ich muss sofort hinfahren. Ich will mal fragen, ob Gerd mitkommt. Wenn da viel passiert ist, dann müssen wir ja alle Geschwister benachrichtigen, dass die Versammlungen heute ausfallen."

„Mach du dich mal fertig, ich frage Gerd", sagt Monika und steht auf.

Eine halbe Stunde später werden Walter Krause und sein Sohn vom Einsatzleiter der Feuerwehr begrüßt. Sie gehen gemeinsam in die Räume. Im FHV-Raum, an der Stelle, wo der Ölofen gestanden hat, ist ein Loch im Fußboden. Der Feuerwehrmann, Herr Wimmer, fragt: „Wissen Sie wem die Räume unter Ihnen gehören? Wir mussten die aufbrechen, um den Ofen zu löschen."

„Die gehören auch uns. Die haben wir für besondere Veranstaltungen dazu gemietet."

„Ist in Ordnung, dann müssen wir uns ja nicht weiter darum kümmern. Ich habe schon den Einsatzbericht geschrieben. Wenn Sie hier bitte unterschreiben." Mit den Worten hält er Präsident Krause ein Klemmbrett hin, auf dem der Bericht festgemacht ist.

„Können Sie uns denn sagen, was die Ursache für den Brand gewesen sein könnte", fragt Walter.

„So ganz genau kann ich das nicht sagen. Wir vermuten, dass jemand in die Räume gekommen ist und Öl auf den Boden um den Ofen herum geschüttet hat. Dann wurde das Öl angezündet. Es sollte wohl so aussehen, als wäre ein Leck im Tank des Ofens."

„Dann hätte ja jemand einbrechen müssen."

„Als wir kamen, war die Tür zu ihren Räumen auf. Es muss also jemand hier gewesen sein. Wir haben natürlich in der Eile nicht darauf geachtet, ob das Schloss aufgebrochen worden ist." Herr Wimmer sieht sich das Schloss an. „Sehen Sie, hier direkt an der Falz hat jemand mit einem Schraubenzieher die Tür aufgehebelt."

Nachdem die Feuerwehrleute fort sind, sehen sich die Krauses ganz in Ruhe die Schäden in den Gemeinderäumen an. An den Wänden ziehen sich dicke Russspuren hoch. Die Teppiche sind mit einem fettigen Film belegt. In dem Raum, in dem der Ofen stand klebt der Löschschaum auf dem Boden.

Walter schüttelt den Kopf. „Da werden wir wohl alles renovieren müssen. Hier ist nichts mehr zu retten."

„Sollen wir die Mitglieder benachrichtigen, dass erst mal keine Versammlungen stattfinden"? fragt Gerd.

„Am besten wird sein, wenn wir einen Zettel an die Tür hängen, dass es keine Versammlungen gibt. Von zu Hause aus kann ich dann meine Ratgeber anrufen und die rufen die Heimlehrer an, die ein Telefon besitzen. Vielleicht können dann die Heimlehrer die Familien benachrichtigen, die sie betreuen. Wer dann noch hierher kommt, der ist leider umsonst gekommen. Aber ich denke, es wird sich schnell rumsprechen. Lass uns schnell nach Hause fahren."

Nachdem er seine Ratgeber und einige Familien angerufen hat stellt Walter das Telefon zur Seite. Monika sieht ihn mit einem undefinierbaren Blick an. Walter reagiert: „Ist was, Schatz?"

„Ich habe gerade darüber nachgedacht, wieso Gott zugelassen hat, dass es in unserem Gemeindehaus gebrannt hat. Das darf doch eigentlich nicht passieren. Er sollte doch sein Eigentum schützen können."

„Das würde mich jetzt auch interessieren", sagt Gerd und legt den Western zur Seite, in dem er gerade gelesen hat.

Walter Krause macht es sich in seiner Sofaecke gemütlich. „Das ist eine gute Frage. Ich kann zwar auf Anhieb nicht sagen, wo man etwas darüber lesen könnte, aber ich denke, dass es mit der Entscheidungsfreiheit des Menschen zusammenhängt. Ich glaube, dass die Entscheidungsfreiheit der Dreh- und Angelpunkt hier auf der Erde ist."

„Und was hat das jetzt mit Entscheidungsfreiheit zu tun? Wir haben uns doch nicht entschieden, dass es im Haus brennen soll", wirft Gerd ein.

„Wir nicht, aber irgendjemand und der hat dann das Feuer gelegt."

„Na gut, also doch eine Entscheidungsfreiheit", stimmt Gerd zu.

Walter fährt fort: „Lasst uns mal ein *Spielchen* machen. Wir stellen uns vor, wie wir leben würden, wenn Gott nicht gestattet hätte, dass unsere Gemeinderäume durch den Brand versaut wurden. Was wäre in unserem Leben anders als vor einer Woche? Nichts. - Jetzt stehen wir vor einer echten Herausforderung und müssen zusehen, wie wir innerhalb der kürzesten Zeit die Räume wieder so herrichten, dass wir sie für unsere Versammlungen benutzen können. Selbst wenn wir von der Mission das Geld bekämen, eine Firma zu beauftragen, dann würde bestimmt nicht alles in der nächsten Woche über die Bühne gehen. Die meisten Brüder müssen arbeiten und haben also wenig Zeit. Stellt sich die Frage, wie viel die Schwestern machen können. Also haben wir eine echte Herausforderung, die wir ohne den Brand nicht hätten. Ich bin sicher, dass wir die Sache schnell im Griff haben und das wir als Gemeinde dadurch wachsen. Wenn man es also so betrachtet, dann hat Gott zugelassen, dass wir Fortschritte machen."

Monika schüttelt den Kopf. „Eine komische Art, Fortschritte machen zu müssen."

Walter ergreift ihre Hand. „Sieh es doch mal so. Erstens gibt der Herr uns Freiräume, in denen wir uns bewegen können. Also können wir auch Fehler machen und daraus lernen. Zweitens könnten wir keine Erfahrungen sammeln, wenn er alles Unglück und Leid schon im Vorfeld von uns fernhalten würde. Denk mal an die Pioniere, die ständig vertrieben wurden und wo sogar der Tempel abgebrannt ist, den sie unter vielen Opfern gebaut hatten. Erst sah alles wie ein unüberwindbares Unglück aus. Später dann, als sie im Salzseetal waren, wurde klar, dass der Herr sie dort sehr segnete. Schau mal die Entwicklung der Kirche an. Sie ist riesig gewachsen. Damals haben die Geschwister gelitten und dennoch durchgehalten. Wir werden heutzutage nicht mehr vertrieben. Ich denke, wir bekommen auf andere Art und Weise unsere Prüfungen."

Gerd stimmt zu: „Das könnte eine Erklärung sein."

159

„Ich muss aber zugeben, dass der Herr sein Haus hätte schützen können, wenn er gewollt hätte. Ich habe neulich einen Artikel im *Stern* gelesen, da wurde von einem Gemeindehaus berichtet, welches mitten in einem Überschwemmungsgebiet lag und es ist kein Tropfen Wasser in das Haus gekommen. Ich denke, dass der Herr die Dinge so geschehen lässt, wie es für den Fortschritt der Geschwister am besten ist", fährt Walter fort.

Monika stimmt zu: „Ab und zu brauchen wir etwas auf die Nase, damit wir es richtig lernen."

*

Am kommenden Sonntag finden wie gewohnt die Versammlungen in den frisch renovierten Gemeinderäumen statt. Vier Brüder haben sich Urlaub genommen. Alle Schwestern haben die Schränke abgewaschen und die darin vorhandenen Sachen gereinigt, gebügelt und wieder eingeräumt. Die Stühle wurden gründlich gesäubert. Neue Teppiche wurden gelegt. Alles erstrahlt in neuem Glanz.

Zur Eröffnung der Versammlung singen alle das Lied Nr. 92 *Großer Gott, wir loben dich.*

Aus sechzig Kehlen schallt es wie der Chor von Engeln, die auf die Erde gekommen sind. Die Freude über die schönen Räume hallt im Gesang wider.

*

Goslar, den 4. Dezember 1968

Liebe Mama und Papa Krause,
es hat geklappt, ich habe Urlaub bekommen und kann über die Feiertage bis ins neue Jahr zu euch fahren.
Ihr könnt euch gar nicht vorstellen, wie sehr ich mich darauf freue, dass ich eure Einladung annehmen kann.
Ich bin sehr neugierig wie ihr wohnt und auch auf die Leute, mit denen ihr in der Gemeinde Umgang habt. Natürlich interessiert mich auch Mülheim sehr. Gerd hat

160

damals öfter von einigen Sehenswürdigkeiten gespro-
chen. Jetzt möchte ich gerne den Rathausturm, den Bis-
marckturm und die Blumenuhr sehen. Mit der Blumen-
uhr wird es wohl nichts werden, weil im Winter kaum
Blumen zu sehen sind.

Hoffentlich mache ich euch nicht zu viele Umstände.
Kann ich denn überhaupt noch bei euch bleiben, jetzt wo
Gerd wieder zu Hause ist. Mama Krause hat es mir ge-
schrieben.

Walter Krause lässt den Brief sinken. Er sieht Monika an, die neben ihm sitzt und der er den Brief vorgele-
sen hat. „Hast du wieder geplaudert? Wir wollten sie
doch damit überraschen."

„Ich habe noch mal in Ruhe darüber nachgedacht.
Das können wir nicht machen. Sie sollte wenigstens
wissen, was sie hier erwartet. Wir sollten von vornherein
ganz offen sein. Überraschung ist schön und gut, aber
wenn sie es anders versteht, dann sieht es wieder so aus,
als gäbe es Heimlichkeiten."

„Du bist mein Engel", lächelt Walter. „Ich hatte auch
schon daran gedacht, habe nur immer wieder vergessen,
mit dir zu reden. Es war zu viel in den letzten Tagen.
Das mit dem Feuer in der Gemeinde und noch viele
andere Dinge. Schön, dass du ihr schon geschrieben
hattest."

Monika grinst: „Wenn du mich nicht hättest. Nun lies
weiter."

Ihr habt ja gesagt, dass ich in Susannes Zimmer
wohnen kann. Habt ihr denn Gerd gefragt, ob es ihm
Recht ist, wenn ich komme?

Ich vertraue euch. Ihr werdet schon alles richtig ge-
klärt haben. Ich freue mich sehr. Könnt ihr mich am
Bahnhof abholen? Ich kenne mich ja in Mülheim nicht
aus und weiß nicht, welche Straßenbahnen zu euch fah-
ren oder wie ich sonst am besten zu euch kommen kann.

Jetzt will ich schnell den Brief zur Post bringen.

Es umarmt euch eure „Tochter"
Doris

Walter legt den Brief auf den Tisch. „Das wäre eine Schwiegertochter nach meinem Geschmack."

„Der Herr wird das schon regeln. Lass uns einfach tun, was wir fühlen", lächelt Monika.

*

Als Gerd am Nachmittag des 23. Dezembers das Wohnzimmer betritt, glaubt er, seinen Augen nicht zu trauen. Gemeinsam mit seinen Eltern sitzt Doris bei Tee und Kuchen am Tisch. Sie lächelt ihn an. Er steht stumm und bringt kein Wort heraus.

„Willst du unseren Gast nicht begrüßen", fragt seine Mutter.

„Ihm hat es die Sprache verschlagen", schließt Walter Krause sich an.

Gerd treten die Tränen in die Augen. Die Frau, die er immer noch liebt und die er für sich verloren glaubte, sitzt ihm gegenüber und lächelt ihn an. Vor Rührung übermannt verlässt er wortlos den Raum und geht ins Bad.

Doris macht den Ansatz, ihm nachzugehen. Monika hält sie fest. „Lass ihn. Er muss sich erst fangen. In der letzten Zeit kommen ihm immer recht schnell die Tränen, wenn er tief bewegt ist. Er hat in den letzten Wochen öfter von dir gesprochen und nun bist du hier. Das muss er erst einmal schlucken. Ich bin aber sicher, dass er sich riesig freut."

Vater Krause nickt dazu. „Wir hatten öfter Vater-Sohn-Gespräche und da hat er mir gesagt, wie gerne er dich hat und dass er dich wieder sehen möchte. Er wird sich wohl frisch machen und dann wieder kommen."

Als habe er nur auf das Stichwort gewartet, betritt Gerd den Raum. Doris steht auf, als er ihr die Hand reicht. Sie sehen sich lange an. Die Eltern sehen schweigend zu. Sanft zieht Gerd Doris an sich. Sie lächelt ihn an. Sie umarmen sich und Gerd gibt ihr einen zarten Kuss auf die Wange. „Du kannst dir gar nicht vorstellen, wie glücklich ich bin, dich hier zu sehen."

„Ich freue mich auch", haucht Doris.

Die Eheleute Krause werfen sich einen *Na-also-Blick* zu.

„Wolltest du nicht noch frischen Tee holen?" fragt Walter seine Frau. „Komm ich helfe dir."

Beide gehen in die Küche. Die jungen Leute bemerken das gar nicht. Sie setzen sich und halten einander bei den Händen.

„Ich habe dir so viel zu erzählen", bricht Gerd das Schweigen. „Je mehr Zeit vergangen ist, umso öfter musste ich an dich denken und an die Zeit, die wir miteinander verbracht haben. Immer wieder dachte ich daran, was ich alles falsch gemacht habe. Nachts träumte ich ab und zu davon, wie es wäre, wenn wir noch einmal von vorne beginnen könnten. Ich bin regelmäßig in die Kirche gegangen und habe wieder angefangen zu beten. In den letzten Wochen habe ich den Herrn immer darum gebeten, dass ich dich wieder sehen könnte und dass zwischen uns alles wieder schön werden würde. Jetzt sitzt du neben mir. Ich kann es noch nicht richtig fassen. Entschuldige, ich rede schon wieder nur von mir. Lieber sollte ich fragen, wie es dir ergangen ist und wie du dich jetzt fühlst."

Doris lächelt ihn an. „Ist schon in Ordnung. Damals war ich sehr enttäuscht von dir, weil du mich belogen hattest. Dann kam noch der Schmerz über den Verlust unseres Babys dazu und ich glaubte, dich zu hassen. Als ich vor Sorge und Kummer um unser Baby ganz am Boden war, kam der erste Brief deines Vaters."

Erstaunt sieht Gerd sie an. „Er hat mir nie gesagt, dass er dir geschrieben hat."

„War wohl damals auch besser", erklärt Doris weiter. „Auf jeden Fall fing ich an, in eine andere Richtung zu denken. Wir haben uns sehr viel geschrieben. Ich konnte mir alles von der Seele schreiben."

Gerd laufen die Tränen die Wange runter. Doris wischt sie zärtlich ab. „Ist ja schon gut. Es ist ja alles vorbei. In den letzten Wochen wurde mir klar, dass ich dich immer noch so lieb habe wie früher. Als deine Eltern mich eingeladen haben, habe ich gehofft, dich wieder sehen zu können."

Als die Eltern mit Tee und Kuchen zurück kommen, sitzen die beiden jungen Leute eng umschlungen auf dem Sofa. Gerd steht sofort auf und umarmt seinen Vater. „Danke. Ich danke dir."

Obwohl auch ihm die Tränen in die Augen steigen, antwortet Walter: „Ich wüsste nicht wofür. Ich habe ja nichts getan."

Dann holt er ein Taschentusch hervor und schnieft sich die Nase. „Blöder Schnupfen."

Alle lachen.

Es wird noch lange geplaudert. Plötzlich steht Walter auf. „Jetzt muss ich aber ins Bett. Mama und ich wollen morgen Vormittag einige Kranke Mitglieder besuchen. Wir wollen schon sehr früh raus. Im Gemeindehaus stehen ein paar kleine Geschenke bereit, die wir holen und dann abgeben wollen."

„Dafür müsst ihr doch nicht so früh aufstehen. Die Mitglieder sind doch alle hier in der Nähe", bemerkt Gerd.

„Fast alle. Wir wollen aber zuerst nach Kettwig in die Rehaklinik. Da ist Bruder Demgen und erholt sich von seinem Schlaganfall. Wenn wir von da zurück sind, ist gerade die richtige Zeit, um die anderen hier in der Nähe zu besuchen."

Gerd staunt: „Ich wusste gar nicht, dass er einen Schlaganfall hatte."

Nun steht auch Monika auf, um ins Bett zu gehen. „Das war in der Zeit, als du nicht in die Gemeinde gekommen bist. Aber jetzt lasst uns nicht mehr darüber reden."

„Was haltet ihr davon, wenn wir alle zusammen zur Nacht beten? Ich denke, wir haben heute allen Grund, dem Herrn zu danken", fragt Walter.

Gerd und Doris sehen sich an und stehen dann wie auf ein geheimes Kommando auf. „Wollen wir uns hinknien, so wie früher immer", fragt Gerd.

Walter nickt nur und kniet sich vor den Wohnzimmertisch. Als alle knien, spricht Walter Krause das Gebet.

„Lieber Vater im Himmel, unsere Herzen sind am heutigen Tage mit Dankbarkeit erfüllt. In dieser vorweihnachtlichen Zeit, da alle Menschen sich bemühen, liebevoll füreinander da zu sein, hast du uns beschenkt. Wir sind dankbar, dass nach einer Zeit der Trauer und der Sorgen der Friede wieder in unsere Familie eingezogen ist. Segne besonders unsere Kinder, dass sie die zweite Chance in ihrem Leben erkennen und nutzen. Segne sie, dass sie sich nun eine Basis schaffen, auf der sie bis in die Ewigkeit gehen können. Hilf ihnen und auch uns als Eltern, dass wir gemeinsam den Anfechtungen des Widersachers trotzen können. Hilf uns, dass wir vermehrt erkennen, wie wichtig es ist, als Familie zusammen zu halten und füreinander da zu sein.

Wir danken dir für die segnende Kraft deines Evangeliums und deines Priestertums. Wir bitten dich, hilf uns, dass wir uns dieser Kräfte immer bewusst sind und danach streben, sie in unserem Alltag anzuwenden. Wir sind uns unserer Schwächen und Fehler bewusst, wir wissen aber auch, dass wir sie mit deiner Hilfe überwinden und völlig ablegen können. Wir danken dir für das Sühnopfer Christi, welches uns die Umkehr ermöglicht hat.

Segne uns nun in der kommenden Nacht mit einem Schlaf ohne gesundheitliche Störungen, damit wir geistig und körperlich erholt am morgigen Tag wieder erwachen und voller Freude unsere Aufgaben erledigen können.

Dies alles sagen wir mit Dankbarkeit im Herzen. Im Namen Jesu Christi. Amen."

Alle Familienmitglieder stimmen in das Amen ein.

Nach einem kurzen Augenblick, in dem noch alle die Köpfe geneigt haben, erhebt sich Walter Krause. „So, ihr Lieben, jetzt gehen wir ins Bett. Ihr zwei jungen Leutchen plaudert nicht zu lange. Die Nacht ist kurz. Es kann sein, dass wir schon weg sind, wenn ihr aufsteht."

Als die Eheleute im Bett liegen fragt Monika: „Meinst du, dass es richtig ist, die zwei morgen früh alleine hier zu lassen?"

„Ich denke schon. Entweder sie haben es jetzt begriffen oder nicht. Wenn nicht, dann finden sie auch andere Möglichkeiten, um wieder zusammen zu sein. Ich bin aber überzeugt davon, dass unser Sohn seine Lektion gelernt hat und Doris macht auch einen sehr vernünftigen Eindruck auf mich."

„Jaa schoon, aber du kennst doch das Sprichwort *Gelegenheit macht Liebe*", zweifelt Monika.

„Frau Krause, Frau Krause, was haben Sie nur für Gedanken", lacht Walter und zieht seine Frau an sich.

Nur mit seiner Schlafanzughose bekleidet steht Gerd im Bad vor dem Spiegel und rasiert sich. Bei jeder Bewegung seines Armes sieht man das Spiel der Muskeln auf seinem Rücken. Er denkt an den Tag zurück, an dem er morgens beim Rasieren stand und sich vor seinem eigenen Spiegelbild ekelte. Es war der Tag, an dem ihm mit aller Deutlichkeit sein Lebensweg bewusst wurde. Es war der Tag, an dem er nach langer Zeit das Gespräch mit seinem Vater, dem Gemeindepräsidenten suchte. Es war der erste Tag seiner Umkehr.

Ein Lächeln zieht über sein Gesicht, als er daran denkt, dass sein Vater den Kontakt zu Doris gesucht und den Weg für den gestrigen Tag bereitet hat.

„Doris, meine Güte, bald hätte ich es vergessen. Ich soll sie ja wecken. Ich will ihr Mülheim zeigen", beendet er seine Gedanken.

Schnell beendet er die Rasur. Er zuckt zusammen, als das Rasierwasser auf der Haut brennt. Schwungvoll öffnet er die Badezimmertür. Beinahe hätte er damit Doris getroffen, die ins Bad wollte. Sie stehen voreinander. Er nur mit Schlafanzughose, sie im *Baby-Doll*. Sein Blick gleitet blitzschnell über ihre wundervolle Figur. „Meine Güte, sieht sie süß aus", jagt durch seine Sinne.

Doris denkt: „Muskulöser geworden ist er."

Gerd geht einen Schritt nach rechts, um sie vorbei zu lassen. Sie hatte gleichzeitig einen Schritt nach links gemacht, so stehen sie wieder direkt voreinander. Sie lachen.

Gerd nimmt sie in die Arme. „Guten Morgen, mein Schatz."

Für einen Augenblick stehen sie ganz eng aneinander gekuschelt da. Doris beginnt zu vibrieren. Gerd durchzieht es heiß. Plötzlich, als hätten Alarmglocken geschellt, drückt er Doris ein Stück von sich. Beide erkennen, dass sie sich gerne ganz wollen.

Heiser bringt Gerd heraus: „Wir sollten uns ganz schnell anziehen und spazieren gehen."

„Ja, das ist wirklich besser", nickt Doris.

Schon fünf Minuten später sind sie unterwegs. Sie haben auf das Frühstück verzichtet. Als sie Hand in Hand durch die Straßen gehen sagt Gerd: „Ich möchte dich immer noch heiraten. Willst du mich auch noch?"

Doris nickt. „Ja. Ich habe oft daran gedacht."

Gerd umarmt sie. „Diesmal fangen wir es aber anders an. Ich denke, wir sollten vermeiden, vor der Hochzeit noch einmal alleine zu sein. Was denkst du darüber?"

„Genau dasselbe habe ich vorhin in der Wohnung auch gedacht. Im ersten Augenblick war es mir egal, was nachher gewesen wäre, aber es war nur einen Augenblick. Jetzt bin ich froh, dass wir schnell gegangen sind. Ich habe dich lieb."

„Ich dich auch. Heute Mittag sagen wir es meinen Eltern, dass wir heiraten wollen."

„Lass uns lieber bis zur Bescherung unter dem Weihnachtsbaum damit warten", schlägt Doris vor.

Abends sitzt die Familie gemütlich zusammen. Die Geschenke sind verteilt. Der Duft der gebratenen Gans aus der Küche mischt sich mit dem der Süßigkeiten unter dem Tannenbaum. Gerd und Doris halten einander bei der Hand. Doris flüstert ihm zu: „Sag du es ihnen."

„Mama, Papa, wir wollen euch etwas sagen."

Die Eheleute sehen sich an. Walter lacht: „Jetzt werden wir ganz feierlich."

Gerd nimmt Doris in den Arm. „Mama, Papa, wir haben beschlossen, dass wir heiraten wollen."

Monika treten die Tränen in die Augen.

„Kommt das nicht ein bisschen plötzlich? Ihr habt euch ja so lange nicht gesehen?" fragt Walter.

„Wir kennen uns schon lange und wollten damals schon heiraten. Wenn nicht alles schief gelaufen wäre, hätten wir schon lange geheiratet und ihr wäret Oma und Opa. Wir sind uns einig. Das ist schon in Ordnung so. Wir haben heute Vormittag festgestellt, dass es für uns besser ist, wenn wir schnell heiraten, zumal wir es sowieso wollen."

„Das verstehe ich nicht", bemerkt Walter.

Gerd droht scherzhaft mit dem Zeigefinger. „Nun stell dich nicht so dumm, Papa. Wir waren heute Vormittag alleine hier und haben gemerkt, wie prickelig die Situation war. Diesmal wollen wir alles richtig machen."

„Ich dachte, du wolltest erst in der Kirche alles wieder in Ordnung bringen. Ich hatte auch gehofft, dass Doris sich taufen lässt und dass ihr dann irgendwann im Tempel heiratet. Jetzt kommt das alles so plötzlich."

„Papa, wir haben lange darüber gesprochen. Wir sind beide der Meinung, dass es für uns so besser ist. Wir wissen, wie sehr wir einander mögen und wie schnell es Situationen geben kann, die verlockend sind. Nein Papa, wir warten nicht. Wir werden heiraten und dann beide daran arbeiten, dass ich wieder getauft werden kann. Dann werde ich Doris taufen. Das ist unser Wunsch und so werden wir es machen."

„Mein Sohn, ich bin stolz auf dich. Jetzt redest du wie ein Mann. Du hast große Fortschritte gemacht."

„Natürlich sind wir auch auf dich stolz, Doris", sagt Monika.

„Das war doch klar, dass ich beide meinte", grinst Walter seine Kinder an.

Es wird noch ein schöner Abend.

*

Weihnachten 1973. Familie Krause sitzt im Wohnzimmer zusammen. Susanne, die 1969 ihre Vollzeitmission beendet hat, ist mit ihrem Mann gekommen. Sie haben im Januar 1970 geheiratet. Klaus-Dieter Töpfer, ihr Mann, arbeitet als Pfleger im Evangelischen Krankenhaus in Mülheim. Er stammt aus Freiburg und hat hier in Mülheim sein Praktikum gemacht. Anschließend ist er hier wohnen geblieben. Seine Familie wohnt in Freiburg.

Auch er hat eine Vollzeitmission erfüllt. Seine Großeltern hatten schon das Evangelium angenommen und auch seine Eltern waren von Kind auf aktive Mitglieder in der Kirche. Susanne ist schwanger. Das Baby soll im April kommen.

Auch Doris und Gerd sind da. Der kleine Walter, ihr erstes Kind, schläft in Gerds ehemaligem Zimmer.

Walter und Monika haben schon öfter darüber nachgedacht, eine kleinere Wohnung zu beziehen. Dann haben sie den Gedanken aufgegeben weil sie hoffen, dass später öfter die Enkelkinder bei ihnen schlafen werden.

Auch Doris ist wieder schwanger. Ihr Baby soll auch im April zur Welt kommen. Gerd und sie sind inzwischen getauft. Gerd trägt das Melchisedekische Priestertum. Er freut sich sehr darauf, sein nächstes Kind selber segnen zu dürfen. Der kleine Walter wurde von seinem Opa gesegnet, da Gerd noch nicht das Priestertum trug. Der Kleine oder das Mädchen wird schon im neuen und ewigen Bund geboren werden, da Gerd und Doris inzwischen auch im Tempel geheiratet haben. Sie haben am gleichen Tag wie Susanne und Klaus-Dieter im Tempel geheiratet. Es war ein großer Tag für die Familie Krause.

Auch heute, am heiligen Abend, kann man sich kaum eine glücklichere Familie vorstellen.

*

169

Glücklich steht die ganze Familie in der Entbindungsstation des evangelischen Krankenhauses vor dem Bett von Doris. Alle sehen das Baby an, welches Doris im Arm hält. Es ist wieder ein Junge geworden.

Zärtlich streichelt Susanne mit ihrem kleinen Finger die Hand des Knaben. „Na mein kleiner Spatz. Bald bekommst du einen Cousin. Nur noch wenige Tage, dann kommt er auch auf die Erde."

„Wie soll er denn heißen?" fragt Monika.

Gerd antwortet: „Heinz wird er heißen, genau wie sein Opa, der Vater von Doris."

„Gute Idee", nickt Walter.

Genau an dem Tag, als Doris entlassen wird, kommt Susanne auf die Station, weil die Wehen eingesetzt haben. Schnell wird sie in den Kreissaal gebracht. Klaus-Dieter wartet aufgeregt im Zimmer. Immer wieder geht er zwischendurch zu den Stationsschwestern und fragt, ob das Baby schon da ist.

Spät abends kommt der Stationsarzt, um ihn nach Hause zu schicken. Das Baby will einfach nicht kommen.

„Wenn es bis morgen nicht da ist, werden wir einen *Kaiserschnitt* machen", sagt der Arzt.

Schon früh am Morgen ist Klaus-Dieter wieder auf der Station. Wieder vertrösten ihn die Schwestern. Stunde um Stunde verrinnt, ohne dass es Neuigkeiten gibt.

Kurz nach dreizehn Uhr wird Susanne ins Zimmer gefahren. Sie sieht glücklich aber erschöpft aus.

Klaus-Dieter sitzt an ihrem Bett und hält ihr die Hand, als der Stationsarzt das Zimmer betritt. Er begrüßt Klaus-Dieter: „Guten Tag, Sie sind sicherlich Herr Töpfer. Ich bin der Stationsarzt, Doktor Weber."

„Guten Tag, Herr Doktor."

„Gut dass Sie hier sind, Herr Töpfer. Ich wollte Ihnen beiden etwas sagen. Leider habe ich keine guten Nachrichten. Ihr Baby ist nicht gesund. Nach den bisherigen Ergebnissen hat es einen schweren Herzfehler und wird außerdem nicht sehen können. Wir wissen noch nicht, ob wir es am Leben halten können."

Susanne schreit auf und vergräbt dann ihr Gesicht in den Kissen. Das Bett wird von ihrem Weinen geschüttelt. Klaus-Dieter steht wie versteinert.

Wenig später gibt der Arzt Susanne eine Beruhigungsspritze. Dann verabschiedet er sich: „Ihre Frau wird jetzt erst mal schlafen. Ich komme später noch mal wieder, dann haben wir ganz genaue Ergebnisse."

Hilflos setzt Klaus-Dieter sich zu seiner Frau. Zart streichelt er ihre Hand. Dann steht er auf und verlässt das Zimmer. Er will die Zeit nutzen, um den Jungen beim Standesamt anzumelden. Der Junge wird Leonard heißen.

Schnell sind die Formalitäten erledigt und Klaus-Dieter kann zum Krankenhaus zurück. Er betritt gerade in dem Augenblick das Zimmer als Susanne die Augen aufschlägt

Abends kommt der Arzt wieder zu ihnen und bestätigt die schreckliche Tatsache, ergänzt aber, dass sich die Lage stabilisiert hat. Als er fort ist, sitzen Susanne und Klaus-Dieter auf dem Bett und weinen.

Die Tür wird geöffnet. Walter und Monika Krause betreten das Zimmer. Polterig wie öfter fragt Walter: „Was ist denn hier los? Gibt es eine Beerdigung? Wo ist denn euer Baby?"

Strafend sieht Klaus-Dieter ihn an. „Vater, deine Scherze sind jetzt nicht angebracht. Die Ärzte wissen nicht ob Leonard am Leben bleibt und wenn ja, dann hat er einen schweren Herzfehler und kann außerdem nicht sehen."

„Entschuldigt, das konnte ich nicht wissen. Hast du das Kind schon gesegnet?"

Sprachlos sieht Susanne ihren Mann an. Der antwortet: „Daran haben wir in unserem Kummer noch gar nicht gedacht."

„Ich will euch nicht reinreden. War ja auch nur der erste Gedanke, der mir gekommen ist", entschuldigt sich Walter.

Susanne lächelt ihn an. „Ist schon in Ordnung, Papa. Wir waren zuerst so geschockt, dass wir das Naheliegendste vergessen hatten. Natürlich wollen wir unserem Baby einen Krankensegen geben lassen."

„Nicht wahr, Schatz", wendet sie sich an Klaus-Dieter.

„Natürlich. Ich gehe sofort und frage den Arzt, ob und wann wir kurz in die Intensivstation dürfen, um den Segen zu geben."

Als Klaus-Dieter auf den Flur kommt, verlässt der Stationsarzt, Doktor Weber gerade das Arztzimmer.

„Herr Doktor, haben Sie einen kurzen Augenblick Zeit für mich!", ruft Klaus-Dieter ihm nach.

Doktor Weber bleibt stehen. „Ja bitte?"

„Ich wollte Sie fragen, ob wir zu unserem Sohn dürfen, um ihm einen Segen geben zu können. Wir sind *Mormonen* und glauben daran, dass Kranken durch einen Krankensegen geholfen werden kann."

„Wenn es schnell geht und nicht zu viele Leute sind, bin ich einverstanden."

„Wir wären nur zu dritt, alles Familie. Mein Schwiegervater, mein Schwager und ich, das ist schon alles. Die ganze Angelegenheit dauert nur wenige Minuten."

Doktor Weber nickt. „Ist in Ordnung. Ich sage den Schwestern, dass Sie nachher kommen. Sie wollten doch nachher, oder?"

„Ja. Das wäre prima. Ich muss nur meinen Schwager telefonisch erreichen, damit er herkommen kann. Schönen Dank, Herr Doktor."

Klaus-Dieter geht ins Zimmer zurück und Doktor Weber betritt das Schwesternzimmer. „Schwester Gaby, nachher kommt Herr Töpfer mit seinem Schwiegervater und seinem Schwager. Ich möchte, dass Sie die drei Männer für einige Minuten auf die Intensivstation lassen. Sie möchten das Kind segnen. Ich will der Familie nicht

172

die Hoffnung nehmen. Wer weiß, ob das Kind morgen noch lebt."

„Wird gemacht, Herr Doktor."

Bald darauf betritt Gerd das Zimmer, in dem Susanne untergebracht ist. „Hallo zusammen."

Er beugt sich zu Susanne und gibt ihr einen Kuss auf die Wange. „Kopf hoch, Schwesterchen. Es wird schon wieder."

Dann begrüßt er die restlichen Familienmitglieder. Klaus-Dieter bittet Walter und Gerd: „Würdet ihr bitte mitkommen. Ich habe ganz hinten auf dem Flur eine gemütliche Besucherecke gesehen, die jetzt leer ist. Ich denke wir sollten uns unterhalten, bevor wir das Kind segnen. Gerd weiß auch noch nicht, worum es genau geht."

Draußen erklärt er Gerd welche gesundheitlichen Einschränkungen das Baby hat. Als sie sitzen, fährt Klaus-Dieter fort. „Vater, ich wollte dich bitten, den Segen zu sprechen. Ich könnte die Salbung mit dem geweihten Öl vornehmen und Gerd legt dann die Hände mit auf."

„Das ist meiner Meinung nach keine gute Idee", entgegnet Walter Krause. „Du bist der Vater. Du trägst das gleiche Priestertum wie wir auch. Ich denke, dass es deine Verantwortung als Ehemann und Vater ist, euer Kind zu segnen. Ich will mich nicht davor drücken, aber ich denke, dass das die richtige Art und Weise wäre."

Klaus-Dieter sieht hilfesuchend auf Gerd. Der nickt. „Ich denke auch, dass es so richtiger wäre."

„Wenn du möchtest, können Gerd und ich dich ja vorher segnen, damit der Herr dir die notwendige Kraft gibt. Ich denke aber, dass du es auch so schaffst", sagt Walter.

„Na gut, dann segne ich den Kleinen. Gerd würdest du bitte die Salbung machen?"

„Natürlich."

Die Schwester lässt sie auf die Station und in das Zimmer, in dem der Kleine liegt. Er ist an mehrere Schläuche angeschlossen und eine Kanüle ist im Kopf befestigt. Klaus-Dieters Hände beginnen zu zittern. Beruhigend nimmt Walter ihn kurz in den Arm. „Du schaffst das schon."

Gerd träufelt einen Tropfen geweihtes Olivenöl auf den Kopf des Babys und reibt es zart ein. Dabei spricht er die notwendigen Worte, die zur Vorbereitung der Siegelung dienen.

Nun legt Klaus-Dieter als erster die Hände sanft auf den Kopf des Babys. Die beiden anderen Priestertumsträger berühren das Kind an anderen Stellen, so dass zumindest ein Finger den Kopf berührt. Dann segnet Klaus-Dieter seinen Sohn und spricht durch göttliche Inspiration Verheißungen aus. Er schließt im Namen Jesu Christi.

Als sie zurück in das Zimmer zu den wartenden Frauen kommen, lächelt Walter ihnen zu. „Jetzt ist alles in Ordnung. Ihr müsst euch nur noch auf den Herrn verlassen. Sein Wille wird jetzt geschehen, wie Klaus-Dieter es vorhin gesagt hat. Der Junge wird ganz normal heranwachsen und seine körperlichen Einschränkungen werden ihn nicht daran hindern, an einem normalen Leben teilzunehmen."

Monika steht auf. „Jetzt sollten wir aber die Kinder alleine lassen. Es war ein anstrengender Tag."

Sie verabschieden sich und auch Gerd geht mit ihnen.

Sie sitzen gerade im Auto, da schimpft Monika schon los. „Das ist doch ungerecht. Unsere Tochter bekommt ein behindertes Kind und andere saufen und huren und bekommen völlig gesunde Kinder, so wie unsere Nachbarn im zweiten Stock. Ich fasse das nicht. Die Kinder haben doch alles getan, was der Herr wollte. Sie haben beide eine Vollzeitmission erfüllt und sind immer aktiv in der Kirche gewesen. Sie haben im Tempel geheiratet. Was also haben sie getan, dass sie ein behindertes Kind bekommen haben? Kannst du mir das mal erklären?"

174

„Können wir gleich zu Hause darüber reden? Jetzt während der Fahrt lenkt mich das zu sehr ab."

„Du willst dich nur drücken", bemerkt Monika.

Walter fährt rechts an den Straßenrand und stellt den Motor ab. Dann wendet er sich Monika zu. „Schatz, ich kann ja verstehen, dass du enttäuscht und traurig bist. Du solltest aber nicht ungerecht werden. Ich kann dir auch nicht sagen, warum unsere Kinder jetzt ein behindertes Baby bekommen haben. Das weiß nur der Vater im Himmel. Ich denke aber, dass es grundfalsch ist, die Lebensweise anderer Menschen zu beurteilen und daraus den Schluss zu ziehen, dass schlechte Menschen zwangsläufig auch kranke Kinder bekommen müssten, weil das eine Strafe für die Eltern sein soll."

„So meinte ich das doch nicht. Ich kann nur nicht verstehen, warum das passiert ist, wo die Kinder doch immer alles im Sinne des Herrn getan haben."

„Es gibt tausende von Menschen, die ein gutes Leben führen und die dennoch auch ein behindertes Kind bekommen haben. Nein, mein Schatz, ich glaube nicht im Geringsten daran, dass Gott Menschen auf diese Weise bestrafen würde."

Monika unterbricht ihn. „Was ist denn dann mit der Schriftstelle, dass der Herr die Menschen bis ins dritte und vierte Glied heimsuchen wird? Kannst du mir das mal erklären?"

Walter seufzt. „Schatz, jetzt wirfst du alles in einen Topf. Das ist eine Sache, die der Herr gesagt hat. Er kann beurteilen, wen er segnet und wen er straft. Das ist nicht unsere Sache. Außerdem, da fällt mir gerade ein, was ich mal gelesen habe: *Vergessen wir auch nicht: Der Mensch sieht den anderen immer so, wie er ihm erscheint und nicht wie er wirklich ist.* Wir können in der Tat die Menschen nur nach dem beurteilen, was wir von ihnen zu sehen bekommen, ob das jedoch genau das ist, wie sie wirklich sind, dass wissen wir nicht. Deshalb lass uns doch bei denen bleiben, die ein gutes Leben führen. Besser gesagt, die für uns offensichtlich ein gutes Leben führen. Ich habe schon öfter darüber nachgedacht, dass behinderte Kinder zu sehr guten Menschen geschickt werden. Das müssen Menschen sein, die ganz besondere Talente und Fähigkeiten haben, so dass sie einem solchen Kind viel Liebe und Zuneigung geben können. Wir als Menschen beurteilen oft die Dinge nach dem ersten Anschein. Ja, ich glaube wirklich, dass nur besonders gute Menschen solch eine Herausforderung bekommen. Ich denke, dass Susanne und Klaus-Dieter besondere Menschen sind."

„Da könntest du Recht haben", stimmt Monika ihm zu.

Am nächsten Abend sitzen Walter und Monika Krause zusammen im Wohnzimmer und studieren in den heiligen Schriften. Als es an der Wohnungstür klingelt, öffnet Walter. Klaus-Dieter steht vor der Tür. „Hallo Vater."

„Hallo Klaus-Dieter. Komm rein."

Monika wird herzlich von ihrem Schwiegersohn begrüßt. Dann zieht er den Mantel aus und setzt sich. „Ich habe eine gute Nachricht. Die Ärzte haben Leonard noch einmal ganz genau untersucht. Ein Herzfehler ist nicht festzustellen. Was mit den Augen ist, können sie auch nicht mehr genau sagen. Wenn der Junge etwas älter ist, sollen noch mal besondere Untersuchungen für die Augen durchgeführt werden."

Walter und Monika sehen sich an. „Die Macht des Priestertums hat gewirkt. Der Herr hat das Kind gesegnet", sagt Walter.

Klaus-Dieter stimmt ihm sofort zu. „Susanne und ich sind auch fest davon überzeugt, dass der Krankensegen geholfen hat. Jetzt sind wir sehr zuversichtlich, dass auch die Sache mit den Augen in Ordnung kommen wird."

„Ganz sicher", stimmen seine Schwiegereltern zu.

*

Als Monika das Wohnzimmer betritt schaut Walter kurz auf. Sie deutet auf den Ordner und die vielen über

176

den Tisch verteilten Schriftstücke. „Was machst du denn da?"

„Jetzt sind wir seit zwanzig Jahren Mitglieder der Kirche. Ich will endlich unser *Buch der Erinnerung* schreiben. Es wird Zeit, dass ich mal ein bisschen Ordnung in die gesammelten Unterlagen bringe."

Monika setzt sich zu ihm und nimmt ein Bild auf. „Guck mal, wie die Schwester Wollenweber hier noch aussieht. Von wann ist denn das Bild?"

Walter schaut auf die Rückseite. „Das war 1964."

„Was, so lange ist das her. Das sind ja gut zwanzig Jahre."

„Ja, die Zeit vergeht wie im Fluge. Jetzt sind wir schon über zwanzig Jahre Mitglieder der Kirche. Was haben wir nicht alles erlebt."

Er deutet auf die Papiere. „Hier liegen zwanzig Jahre unseres Lebens. Manchmal verwischt die Erinnerung die Fakten ein bisschen. Wusstest du, dass der Pfahl Düsseldorf schon fast zwölf Jahre alt ist?"

„Nein. Wann wurde denn der Pfahl Dortmund gegründet?"

Walter schiebt einige Papiere zurecht und liest dann vor: „Hier steht es. Am vierten Juni 1972 wurde der Pfahl Düsseldorf gegründet. Am neunzehnten September 1976 wurde dann der Pfahl Dortmund gegründet, also etwas über vier Jahre später."

„Wir hätten mal beim Pfahl Düsseldorf bleiben sollen, dann hätten wir heute nicht immer die Fahrerei über die zugestopfte Autobahn", ereifert sich Monika.

„Darauf, welche Gemeinde zu welchem Pfahl gezählt wird, hatten wir wirklich keinen Einfluss. Das wurde überregional entschieden. Vielleicht werden wir ja irgendwann mal einen Pfahl Essen haben, dann müssen wir nicht immer so weit fahren."

„Das wäre toll", bekräftigt Monika. „Kannst du dir vorstellen, nur noch zehn Minuten über fast leere Nebenstraßen und schon ist man da?"

„Natürlich kann ich mir das gut vorstellen. Du brauchst doch nur daran zu denken, wie die Kirche ge-

177

wachsen ist, seit wir Mitglieder sind. Erinnerst du dich noch an die erste Versammlung der *Zentraldeutschen Mission*, die wir hier in Mülheim in der Stadthalle hatten? Damals waren siebenhundert Mitglieder anwesend. Jetzt gibt es in dem gleichen Gebiet mehrere Pfähle mit jeweils zwei- bis zweieinhalbtausend Mitgliedern. Das ist doch wirklicher Fortschritt. Warum also sollen wir nicht eines Tages auch einen Pfahl Essen haben? Vielleicht wird es sogar mal einen Pfahl Mülheim geben, wer weiß das schon?"

Monika tippt sich an die Stirne. „Jetzt spinnst du mal wieder. Bleib auf dem Teppich."

„Lass mich doch *spinnen*, wie du es nennst. Ich nenne es *Visionen haben*. Hättest du 1963 gedacht, dass unsere Gemeinde mal so groß wird? Wir müssen unseren Glauben entwickeln, dann segnet der Herr uns auch entsprechend. Nur wenn wir Wachstum denken, werden wir auch Wachstum haben. Davon bin ich fest überzeugt."

Bevor Monika antworten kann klingelt es an der Wohnungstür. Gerd kommt unerwartet *auf einen Sprung* vorbei. „Hallo, ihr Lieben, was macht ihr denn hier?"

„Ich will unser *Buch der Erinnerung* auf den aktuellsten Stand bringen", antwortet Walter. „Gerade habe ich zu Mama gesagt, dass es möglich wäre, irgendwann einen Pfahl Essen zu haben. Ich denke, dass wir alles schaffen können, was wir in unsere Gedanken aufnehmen. Ich habe mal gelesen, dass vor jeder Tat ein Gedanke steht."

Gerd lacht und droht scherzhaft mit dem Zeigefinger. „Hast du spioniert, worüber ich am kommenden Sonntag spreche? Ich habe die Schlussansprache und mein Thema dreht sich um die Macht der Gedanken."

Er nimmt einen Artikel vom Tisch und *überfliegt* ihn. „Papa, mir ist vor kurzer Zeit eine Idee gekommen. Jetzt bin ich fast ein Jahr Bischof in Mülheim und es sind so viele Dinge passiert. Ich dachte, dass es schön wäre, einen *Geschichtsbericht der Gemeinde Mülheim* zu schreiben. Würdest du so etwas machen wollen?"

„Darüber muss ich mal nachdenken. Du weißt, dass der ganze Schreibkram und die Bürokratie nicht mein Ding sind. Ich muss mal in Ruhe darüber nachdenken. Wie hast du dir dass denn vorgestellt? Ich könnte sicherlich viele Dinge aus der Vergangenheit aufschreiben. Wenn ich alleine daran denke, wie sehr du dich verändert hast. Früher hatten wir oft große Sorgen um dich und heute bist du der Bischof unserer Gemeinde. Es ist schon ein Wunder, auf welche Weise der Herr uns zuweilen belehrt oder zurechtbiegt, ganz wie man es sehen will. Er wird auf jeden Fall seine Absichten verwirklichen. Auf diese Weise könnte ich über die Veränderung vieler unserer Geschwister schreiben. Sollte das jetzt ein Berufungsgespräch sein?“

„Nein, natürlich nicht. Solche Gespräche mache ich nur in meinem Büro in der Gemeinde. Ich habe auch nicht daran gedacht, die Veränderungen der einzelnen Mitglieder festzuhalten. Das ist viel zu persönlich für einen Geschichtsbericht der Gemeinde. Es geht mir um die Entwicklung der Gemeinde.“

„Aha. Schön, dass du jetzt ein Büro hast. Das war zu meiner Zeit oft blöd, weil man nicht wusste, wo man in Ruhe mit jemandem reden konnte.“

„Ja Papa, wir sind wirklich als Gemeinde sehr gesegnet worden. Ich wünschte, die Geschwister wüssten das manchmal mehr zu schätzen. Wir sind gerade mal vier Jahre in dem Haus und schon gibt es ein paar Schäden, die auf Unachtsamkeit zurückzuführen sind.“

Walter nimmt ein Blatt auf. „Hier habe ich es festgehalten. Am fünfundzwanzigsten Mai 1980 war der Eröffnungsgottesdienst in der Gemeinde. Damals gab es 236 Anwesende. Am vierten Dezember 1983 wurde unser Gemeindehaus eingeweiht. Da gab es 149 Anwesende.“

„Wo ihr gerade von Erinnerung sprecht“, wirft Monika ein. „Erinnert ihr euch noch an den Besucher, der so ein langes Gewand an hatte und der sich nicht auf einen Stuhl sondern zwischen die Reihen auf den Fußboden setzte?“

„Ja genau", stimmt Gerd zu. „Papa hat damals in seiner Ansprache über den Zehnten gesprochen. Als er sagte, dass man gerne geben sollte, da hat der Mann in die Tasche gefasst, Geld rausgeholt und es in die Luft geworfen. Das ist durch die ganze Kapelle gerollt."

Walter grient. „Ja, wir haben in den Jahren wirklich schon viele unterschiedliche Charaktere kommen und leider auch wieder gehen gesehen. Eigentlich ist es traurig, dass Menschen sich wieder von der Kirche abwenden, nachdem sie sich haben taufen lassen."

„Für manch einen ist das nicht so einfach, nach den Evangeliumsgrundsätzen zu leben", bemerkt Monika.

Gerd sagt: „Ich denke, dass jeder von uns, wir eingeschlossen, irgendeinen Punkt hat, an dem er so sein Knacken hat. Bei dem Einen ist es das *Wort der Weisheit*. Bei dem Anderen vielleicht die Ehrlichkeit. Ich glaube sogar, dass es unterschiedlich sein kann. Habe ich heute Probleme mit dem einen Gesetz oder Grundsatz, dann kann ich morgen schon an einem anderen knacken."

„Ja, ich denke auch, dass wir als Menschen Schwankungen unterliegen. Ich glaube, auch nur so ist Fortschritt möglich. Dieses ständige Auseinandersetzen mit immer neuen Situationen stärkt uns und bereitet uns auf höhere Aufgaben vor. Ich lese besonders gern den 122. Abschnit*t in Lehre und Bündnisse*. Darin wird gesagt, dass all die Dinge, die wir erleben, uns zur Erfahrung dienen."

Er nimmt das Buch vom Beistelltisch, schlägt auf und liest:

„. . . dann wisse, mein Sohn, dass dies alles dir Erfahrung bringen und dir zum Guten dienen wird.

Des Menschen Sohn ist hinabgestiegen unter das alles: bist du denn größer als er?

Das wurde zwar zu Joseph Smith gesagt, aber ich fühle mich dennoch auch angesprochen. Ich stelle mir oft die Frage, bin ich größer als er. Natürlich bin ich nicht größer. Wenn er also solche Dinge erleben musste, dann wird es für mich auch gut sein, Erfahrungen zu machen, die mir zum Guten dienen werden."

„Das ist eine sehr gute Betrachtungsweise der Dinge, Papa. Ich habe auch schon oft daran gedacht, besonders in Zeiten, da es mir wirklich nicht gut ging. Es gibt noch eine Passage, die ich dann immer gelesen habe. Sie steht in Jesus Sirach, im zweiten Kapitel. Hast du mal eine Bibel griffbereit?"

Walter reicht seinem Sohn die Bibel. Schnell findet Gerd die Stelle. Er liest vor:

„Mein Sohn, wenn du dem Herrn dienen willst, dann mach dich auf Prüfung gefasst!

Sei tapfer und stark, zur Zeit der Heimsuchung überstürze nichts!

Hänge am Herrn, und weiche nicht ab, damit du am Ende erhöht wirst.

Nimm alles an, was über dich kommen mag, halt aus in vielfacher Bedrängnis!

Denn im Feuer wird das Gold geprüft, und jeder, der Gott gefällt, im Schmelzofen der Bedrängnis.

Hier wird deutlich gesagt, dass wir uns nicht wundern müssen, wenn wir Prüfungen durchleben. Aber dann kommt direkt die wunderbare Verheißung.

Vertrau auf Gott, er wird dir helfen, hoffe auf ihn, er wird deine Wege ebnen.

Dann noch die Verse zehn und elf:

Schaut auf die früheren Generationen und seht: Wer hat auf den Herrn vertraut und ist dabei zuschanden geworden? Wer hoffte auf ihn und wurde verlassen? Wer rief ihn an, und er erhörte ihn nicht?

Denn gnädig und barmherzig ist der Herr; er vergibt die Sünden und hilft zur Zeit der Not."

Gerd gibt die Bibel zurück. „Ich habe lange gebraucht, bis ich das begriffen hatte. Natürlich habe ich auch schlechte Tage, da mir alles über dem Kopf zusammen zu schlagen droht. Dann lese ich Lehre und Bündnisse 122 und die Verse in Sirach. Dann geht es mir schnell wieder besser, weil ich die Dinge im rechten Licht sehe. Es ist ein gutes Gefühl, zu wissen, dass man sich in jeder Situation auf den Herrn verlassen kann."

Er steht auf. „Jetzt muss ich aber gehen. Ich wollte nur mal kurz Hallo gesagt haben und schauen, wie es meinen lieben Eltern so geht."

Walter lacht. „Schatz versteck unser Geld. Wer so lieb redet, der will etwas."

Alle drei lachen herzhaft.

Die Krauses bringen ihren Sohn noch zur Tür. „Tschüs Junge."

„Tschüs Mama, tschüs Papa. Ihr seid doch Sonntag da, wenn ich die Schlussansprache habe?"

„Wo sollen wir denn sonst sein, außer in der Gemeinde?" fragt Walter.

Gerd feixt: „Ich wollte es nur noch mal hören."

Walter zieht einen Hausschuh aus und droht damit. „Nun hau aber schnell ab, sonst lege ich dich übers Knie. Von wegen, seine alten Eltern auf den Arm nehmen."

Ihr Lachen schallt durch das Treppenhaus.

*

„Nach dem Zwischenlied werden wir die Schlussansprache von unserem Bischof Gerd Krause hören. Danach singen wir das Lied Nummer 82 *O Fülle des Heiles* und Schwester Elke Schipper wird das Schlussgebet sprechen." Bruder Wintjen, der erste Ratgeber in der Bischofschaft setzt sich wieder hin und Bischof Krause beginnt seine Ansprache.

Liebe Geschwister und Freunde!

Eine meiner Lieblingsschriftstelle steht in LuB 50:10-12.

Und nun kommt, spricht der Herr durch den Geist zu den Ältesten seiner Kirche, und lasst uns miteinander gründlich darüber reden, damit ihr es versteht; lasst uns darüber reden wie ein Mensch mit dem anderen, von Angesicht zu Angesicht.

Nun, wenn ein Mensch über etwas redet, so wird er von den Menschen verstanden, denn er führt Gründe an wie ein Mensch; und so will auch ich, der Herr, mit euch gründlich darüber reden, damit ihr es versteht.

Bischof Krause lässt seinen Blick über die Anwesenden schweifen und fährt dann fort.

„Wir haben während unserer Mitgliedschaft schon oft die Frage gehört: Warum tun wir oft etwas, was wir nicht wollen? Warum unterlassen wir oft etwas, was wir tun wollten oder auch sollten?

Im letzten Teil des 13. Glaubensartikels heißt es: *Wenn etwas guten Klang hat oder lobenswert ist, so trachten wir danach.*

Es gibt heute einige Zweige in der Wissenschaft, die einen guten Klang haben und wirklich lobenswert sind. So zum Beispiel auch die Wissenschaft der Ursachenforschung. Auf diesem Gebiet wurden gewaltige Erkenntnisse gewonnen. Es kann also auch für jeden einzelnen von uns ein Vorteil sein, wenn wir uns die Erkenntnisse dieser Wissenschaft zu Eigen machen.

Ursachen erkennen heißt --- Möglichkeiten erkennen.

Möglichkeiten durchdenken heißt --- richtige Lösungen finden.

Die Wissenschaft sagt: Vor jeder Tat steht ein Gedanke!"

Wieder schaut er die Anwesenden an.

Nun gut, daran glauben wir auch. Aber was bedeutet das für uns?

Diese wissenschaftliche These und auch die theologische Aussage sind in der Tat nicht neu für uns, das haben wir irgendwo, irgendwann schon einmal gehört. Zum Beispiel David O. McKay sagte einmal während einer Rede im Tabernakel, unter anderem:

Die Werkzeuge, womit sie ihre Persönlichkeit formen, sind ihre Gedanken. Was sie in diesem Augenblick denken, übt einen fast unmerklichen Einfluss auf die Entwicklung ihrer Seele aus, mag er auch noch so winzig sein. Sogar ihre Gesichtszüge werden davon geprägt. Die beherrschenden und ständig wiederkehrenden Gedanken wirken sich am nachhaltigsten auf uns aus. Aber selbst flüchtige und unnütze Gedanken hinterlassen ei-

nen Eindruck. *Mancher Baum, der dem Orkan standhalten kann, erliegt einem gefährlichen Schädling, der kaum wahrnehmbar ist, es sei denn, man betrachtet ihn unter dem Mikroskop. Ähnlich sind die größten Feinde des Menschen nicht immer die krassen Missstände in der Welt, sondern schleichende Einflüsse der Gedanken und bei den zwischenmenschlichen Beziehungen. Diese untergraben das Mannestum und das Frauentum unserer Zeit.*"

Bischof Krause rückt sein Manuskript gerade und spricht weiter:

„So gibt es noch zahlreiche Aussagen, die unsere Erkenntnis --- vor jeder Tat steht ein Gedanke --- bestätigen.

Es gilt also --- unsere Gedanken zu lenken.

Ich werde Ihnen keine Lösungsmöglichkeiten aufzeigen, sondern die Lösung unseres Problems darlegen. Hoffentlich hört sich das nicht zu vermessen an, aber ich bin fest davon überzeugt, dass es innerhalb des wahren Evangeliums Dinge, sprich Aussagen gibt, über die man nicht diskutieren kann oder sollte, sondern die es zu lernen gilt.

In dem Buch *Die Präsidenten der Kirche* steht auf Seite 34:

Der Mensch lebt davon, dass er an etwas glaubt, und nicht davon, dass er über alles Mögliche debattiert und streitet . . .

Wir haben unseren Verstand nicht bekommen, um damit zu nörgeln und zu zanken, sondern um etwas zu erfassen, an etwas zu glauben und es klar zu verstehen, worauf wir zur Tat schreiten sollten.

Wir haben nun erfasst und glauben, dass vor der Tat der Gedanke steht. Boyd K. Packer sagte einmal:

Die schwierigste Aufgabe, die einem Menschen, ganz gleich, welchen Alters, im irdischen Leben gestellt wird, ist die, dass man lernen muss, seine Gedanken zu beherrschen.

Es heißt, der Mensch sei, was er in seinem Herzen denke. Wer seine Gedanken in der Gewalt hat, der hat sich selbst besiegt.

Nun geht der Blick des Bischofs zu den einzelnen Jugendlichen der Gemeinde.

Hören wir, was Präsident Packer aus seiner Jugend berichtet.

Als ich ungefähr zehn Jahre alt war, lebten wir in einem von einem Obstgarten umgebenen Haus. Es schien, dass wir nie genug Wasser für die Bäume hatten. Zwar zogen wir die Gräben in jedem Frühjahr neu, doch füllten sie sich immer bald mit Unkraut.

Eines Tages, als ich an der Reihe war, mich um die Bewässerungsgräben zu kümmern, geriet ich in Schwierigkeiten. Als das Wasser die von Unkraut überwucherten Gräben hinabfloss, breitete es sich nach allen Richtungen aus. Ich rannte durch die Pfützen und versuchte, das Ufer aufzubauen. Sobald ich aber einen Durchbruch wieder befestigt hatte, kam das Wasser an anderer Stelle wieder durch.

Ein Nachbar kam mir zu Hilfe. Er beobachtete mich einen Augenblick und setzte dann ein paar Mal kräftig die Schaufel an, um den Boden des Grabens von Unkraut zu befreien. Dadurch ermöglichte er es dem Wasser, durch den Kanal zu fließen, den er freigeschaufelt hatte.

‚Wenn Du willst, dass das Wasser in der vorgeschriebenen Richtung fließt, musst Du ihm dort Platz schaffen, wo es entlang fließen soll,‘ sagte er.

Ich habe erfahren, dass auch die Gedanken wie das Wasser auf dem vorgeschriebenen Weg bleiben, wenn wir ihnen in der richtigen Richtung Platz schaffen. Tun wir es nicht, so gehen sie wie das Wasser den Weg des geringsten Widerstandes, und dies bedeutet, dass sie sich stets die niedrigste Ebene suchen.

Er sagte dann weiter:

„Man hat mir als Kind schon hundertmal oder öfter gesagt, dass man seine Gedanken beherrschen muss, aber niemand hat mir erklärt, wie.“

Wieder geht der Blick des Bischofs über die Anwesenden.

„Dann erklärt Präsident Packer wie wir lernen können, unsere Gedanken zu zügeln.

Ich möchte einige seiner Gedanken wiedergeben.

Der Geist des Menschen ähnelt einer Bühne. Außer wenn wir schlafen ist der Vorhang stets aufgezogen. Ständig wird auf dieser Bühne irgendetwas dargestellt. Es kann langweilig oder interessant, gut oder schlecht sein; aber unablässig spielt sich auf der Bühne des Geistes etwas ab.

Haben sie schon einmal gemerkt, wie sich mitten in einer Vorstellung, ohne das sie es wirklich wollten, von der Seite her ein fragwürdiger Gedanke einschleicht und die Aufmerksamkeit auf sich lenkt?

Diese Gedanken versuchen, uns gefangen zu nehmen. Wenn wir sie gewähren lassen, stellen sie auf der Bühne unseres Geistes alles dar, was wir zulassen. Wenn sie erst einmal die Bühne für sich haben, bieten sie, sofern Sie es gestatten, die raffiniertesten Argumente auf, um Sie dahin zu bringen, dass Sie weiter auf sie acht geben. Sie können das Böse interessant machen und sogar davon überzeugen, dass es harmlos sei, da es doch nur in Gedanken existiere.

Was tun sie in solch einem Fall, wenn die Bühne ihres Geistes von den schlechten Gedanken beherrscht wird, mögen es die grauen sein, die fast rein zu sein scheinen, oder die schmutzigen, bei denen jeder Zweifel ausgeschlossen ist. Wenn Sie ihre Gedanken im Zaum halten können, können Sie schlechte Gewohnheiten überwinden. Wenn sie lernen können, sie zu meistern, werden sie ein glückliches Leben führen."

Bischof Krause legt einige Manuskriptseiten zur Seite und fährt mit seiner Ansprache fort.

„Er schlägt dann vor, dass wir uns ein Lied aussuchen, welches uns besonders gut gefällt und wodurch wir unsere Aufmerksamkeit auf das Evangelium lenken. Dieses Lied können wir als *Notausgang* benutzen.

Immer dann, wenn Sie merken, dass sich die frag-
würdigen Schauspieler von der Seite her auf die Bühne
des Geistes schleichen, legen Sie sozusagen die Platte
auf. Wenn die Musik erklingt und sich die Worte in ih-
rem Geist formen, werden sich die unwürdigen Gedan-
ken schmachvoll davonstehlen. Dies wird die Stimmung
auf der Bühne des Geistes völlig verändern. Da die Mu-
sik erbauend und rein ist, werden die schlechten Gedan-
ken verschwinden. Während sich die Tugend nicht frei-
willig mit dem Schmutz verbindet, kann das Böse die
Gesellschaft des Lichtes nicht ertragen. Es bleibt ihm
keine Wahl. Zur gegebenen Zeit werden Sie feststellen,
dass bei schlechten Einflüssen von außen, die Musik
automatisch beginnt.

Joseph Smith spricht an einer Stelle von der *Macht*
und dem Wert guter Gewohnheiten.

Präsident Packer fährt fort.

Wenn sie gelernt haben, die Bühne ihres Geistes von
unwürdigen Gedanken freizuhalten, müssen sie sich
damit beschäftigen, dass sie lohnende Dinge lernen.
Dann müssen sie sich ständig mit rechtschaffenen Din-
gen beschäftigen.

Ich möchte Sie noch einmal an den Auszug aus dem
Buch *Die Präsidenten der Kirche* erinnern.

Der Mensch lebt davon, dass er an etwas glaubt, und
nicht davon, dass er über alles Mögliche diskutiert und
streitet. . . .

Wir haben unseren Verstand nicht bekommen, um
damit zu nörgeln und zu zanken, sondern um etwas zu
erfassen, an etwas zu glauben und es klar zu verstehen,
worauf wir zur Tat schreiten sollten. "

Bischof Krause legt sein Manuskript zur Seite.

„Ich möchte Sie auffordern, den Worten und Anregungen Boyd K. Packers Glauben zu schenken und sie in
Ihrem Leben anzuwenden. Wenn wir uns daran halten,
werden wir uns nicht mehr fragen müssen: ‚Warum tue
ich etwas, was ich nicht will und warum unterlasse ich
oft etwas, was ich tun wollte oder tun sollte?‘

Ich möchte Ihnen ein Beispiel von mir geben. Sie alle kennen mich. Viele unter Ihnen kennen mich schon lange.

Ich möchte Ihnen nicht erzählen, wie gut oder wie schlecht ich bin, aber ich möchte Ihnen bezeugen, dass der vorhin erläuterte Weg gut ist. Mein Notausgang ist das Lied *O mein Vater*. Wenn ich merkte, dass meine Gedanken in eine Richtung gingen, die ich nicht gut fand, legte ich diese Platte auf. Während der letzten Monate hat sich der Vorgang automatisiert. Bei Einflüssen von außen legte sich diese Platte selbständig auf und mir ging es sofort besser.

Diese Zufriedenheit ist die Basis für eine glückliche Familie und sie schafft eine gute Grundlage für die Einstellung meiner ganzen Familie zu den Evangeliumsgrundsätzen.

Es ist ein gutes Gefühl, in der Priestertumsklasse zu sitzen, mit der Gewissheit: Ich habe einen ehrlichen Zehnten gezahlt. Ich habe alle meine Heimlehrbesuche gemacht; mein *Buch der Erinnerung* und mein Tagebuch führe ich.

Ich weiß, ich habe noch vieles zu lernen, aber je mehr Aufgaben ich erfüllt habe, umso freier und aufnahmebereiter sind meine Gedanken, wenn es darum geht, Belehrungen während der Priesterschaftsklasse oder bei anderen Versammlungen zu empfangen.

Er lächelt den Anwesenden zu.

„Ich bin sicher, dass wir noch vieles lernen müssen, bevor wir zu unserem Vater zurückkönnen. Je mehr wir in diesem Erdenleben lernen, umso besser ist unsere Ausgangsbasis, wenn wir dermaleinst gestorben sind. Selbstverständlich sind unsere Taten darin eingeschlossen.

Eine besonders gute Hilfe stellt auch das Fasten für uns dar. Ich möchte jetzt nicht über den Grundsatz des Fastens sprechen, aber auf LuB 59:14 möchte ich doch aufmerksam machen.

Wahrlich, das ist Fasten und Beten oder mit anderen Worten Sichfreuen und Beten.

Dies ist die Einstellung, die uns zu unserem Vater bringt. Daran gilt es zu arbeiten. Die Zeit ist zu kurz, als das wir sie mit unnützen Dingen ausfüllen können.

Ich hoffe, ich habe Ihnen einen gangbaren Weg gezeigt. Wie Josef J. Cannon sagte:

Auch wollte ich ihnen den Wunsch einflößen, sich im Lebenskampf nie entmutigen zu lassen, sondern sich bis zum endgültigen Sieg voranzukämpfen.

Ich bezeuge Ihnen, dass das Evangelium wahr ist und dass dies, die Kirche Jesu Christi der Heiligen der Letzten Tage die einzige wahre Kirche auf der Erde ist.

Ich bezeuge Ihnen, dass unser Vater im Himmel lebt und dass er uns immer hilft, wenn wir ihn um Hilfe bitten.

Ich möchte zum Schluss dem Propheten David O McKay das Wort geben.

Das stärkste Zeugnis erlangt man dadurch, dass man den Willen Gottes tut. Mögen wir daher Freude darin finden, dass wir regelmäßig und getreu jeder Pflicht in der Kirche nachkommen. Lasst uns fortwährend im Verborgenen mit unserer Familie beten, unseren Zehnten bezahlen und andere Spenden leisten, Gutes voneinander reden und das Priestertum unterstützen. Lasst uns selbst unseren Feinden gegenüber ehrlich und freundlich sein. Mögen wir das Wort der Weisheit streng befolgen und uns von den Sünden der Unmoral rein und unbefleckt halten. Sofern wir diese einfachen Forderungen erfüllen, kann uns keine Macht auf Erden unserer Mitgliedschaft in der Kirche Gottes noch unserer Gemeinschaft miteinander und mit Christus, unserem Herrn, berauben.

Im Namen Jesu Christi. Amen."

Die Mitglieder stimmen laut und kräftig ein. „Amen!"

*

Erstaunt schaut Walter Krause auf den Absender. Gerade hat er Post aus dem Briefkasten geholt. Erich Jablonski, Karlstraße 17, 4200 Duisburg. „Das kann doch nicht wahr sein, der lebt auch noch", geht ihm durch den Kopf.

„Monika! Monika! Wo steckst du denn!?"

„Warum brüllst du denn so", antwortet seine Frau während sie das Zimmer betritt.

„Du wirst nie erraten wer geschrieben hat."

„Muss sich auch nicht, weil du es mir sicherlich gleich sagst."

„Der Erich Jablonski hat geschrieben. Von dem habe ich ja fast dreißig Jahre nichts gehört. Willst du hören, was er schreibt?"

„Was soll so ein ehemaliger Saufkumpan schon schreiben."

Walter schüttelt den Kopf. „Schatz, manchmal bin ich schon überrascht über deine Gedanken. Bist du schon mal auf die Idee gekommen, dass Menschen sich verändern können?"

„Jeder andere, aber der nicht. Ich weiß noch, wie oft der dich zum Saufen verführt hat."

„Jetzt übertreibst du mal wieder gewaltig. Ich habe nur ab und zu ein Bierchen mit ihm zusammen getrunken. Willst du jetzt hören oder nicht?"

Monika setzt sich zu ihrem Mann. „Du kannst ja mal vorlesen."

Duisburg, den 3. Januar 1993

Lieber Walter,

obwohl ich dich schon seit einer halben Ewigkeit nicht mehr gesehen habe, kann ich mir sehr gut vorstellen, wie erstaunt du jetzt aus der Wäsche guckst, weil du einen Brief von mir in der Hand hältst.

Zuerst einmal möchte ich mich bei dir entschuldigen. Du weißt bestimmt nicht wofür. Ich will es dir sagen. Damals, als du von den Mormonen gesprochen hast und dass du die Missionare regelmäßig zu dir kommen lassen hast, da habe ich gesagt, dass du spinnst und dass ich nichts mehr mit dir zu tun haben möchte.

Es tut mir leid, dass ich damals so reagiert habe. In all den Jahren habe ich immer wieder daran denken

190

müssen, wie gut wir uns verstanden haben und wie blöd ich mich dennoch benommen habe.

Nun will ich dir ein wenig aus meinem Leben berichten und hoffen, dass wir uns bald mal treffen können.

Inzwischen ist mir klar geworden, warum ich damals so reagiert habe. Mir wurde erschreckend bewusst, dass du etwas geschafft hattest, wozu ich nicht in der Lage war. Du hattest aufgehört zu rauchen, du sagtest, dass du auch keinen Alkohol mehr trinken würdest. Damals wollte ich nicht wahr haben, dass der Alkohol für mich schon mehr geworden war als nur hin und wieder ein schöner Abend. Jeden Abend trank ich ein paar Bier. Später trank ich dann Schnaps, weil ich durch Bier nicht mehr die gewünschte Wirkung erzielen konnte. Ich muss zugeben, dass ich jeden Tag besoffen war. Ich bin ja damals mit nach Meiderich gegangen. Irgendwann fiel den Kollegen auf, dass ich ein Alkoholproblem hatte. Ich bekam eine Verwarnung durch den Abteilungsleiter.

Du weißt ja, dass wir früher in den Pausen heimlich unser Bierchen getrunken haben. Durch den Schnaps war ich schon knapp nach Schichtbeginn neben den Schuhen. Ich wurde in eine andere Abteilung versetzt. Man legte mir nahe, eine Entziehung zu machen.

Vier Wochen war ich auf Entzug. Ich war gerade drei Tage im Betrieb, da hatte der Hermann Bayer Geburtstag und brachte eine Flasche Schnaps mit. Ich habe mich dagegen gewehrt, aber du weißt wie das geht. Die Kollegen haben gedrängt, ich solle doch wenigstens ein Gläschen mittrinken. Weißt du noch, wie ich dich gedrängt hatte, wenigstens eine Zigarette mit mir zu rauchen.

Ich konnte nicht nein sagen. Besoffen wie ich war, fuhr ich mit meinem Auto vom Parkplatz. Ich habe ein Kind auf einem Roller übersehen und angefahren. Zum Glück war es nur leicht verletzt.

Die Polizei kam und nahm mich mit zur Blutprobe. Sie hat mir den Führerschein abgenommen. Vor Kummer habe ich noch mehr getrunken und dauernd blau gemacht.

Es hat nicht lange gedauert, dann wurde ich rausge-
schmissen. Nun hing ich nur noch im Rausch zu Hause
rum. Mein ganze Dasein drehte sich nur noch darum, wo
ich meinen Schnaps bekommen konnte. Ich war allem
guten Zureden nicht mehr zugänglich.

Dann hat meine Frau mich vor die Wahl gestellt: Der
Alkohol oder ich. Ich habe den Alkohol gewählt und sie
lies sich von mir scheiden. Alleine kam ich gar nicht
mehr klar. Ich konnte meine Wohnung nicht halten und
landete bald auf der Straße. Für fast vier Jahre habe ich
unter Brücken oder in abbruchreifen Häusern geschla-
fen. Ich war ganz unten, sozusagen am Ende angekom-
men.

Walter lässt den Brief sinken und wischt sich über die
Augen. „Du meine Güte, was aus einem Menschen alles
werden kann. Der Erich machte auf mich immer den
Eindruck, als habe er sein Leben voll im Griff. Die waren nach dem Krieg hier her gezogen und haben sich
richtig was erarbeitet. Er hatte auch eine sehr fleißige
Frau. Meine Güte."

Auch Monika ist betroffen. „Das hätte ich ihm nicht
gegönnt. Lies weiter."

Walter nimmt den Brief wieder auf.

Eines Tages lag ich im Stadtpark in Köln auf einer
Bank. Frag mich nicht, wie ich dahin gekommen war.
Ich wusste oft nicht, wo ich war, weil ich im Suff weiter
gezogen war. Nun lag ich also da und schlief. Als ich
wach wurde bemerkte ich zwei junge Männer, die neben
mir auf der Bank saßen. Sie begrüßten mich recht
freundlich. Das war das erste Mal seit ich mich erinnern
konnte, dass jemand freundlich zu mir war. Als sie dann
noch zu mir sagten, dass wir einen Vater im Himmel
haben, der mich lieb hat, da fiel ich fast von der Bank.
Mir traten die Tränen in die Augen. Ich war von einem
Gefühl überwältigt, welches ich dir nicht beschreiben
kann. Dann sagten sie, dass sie Missionare der Kirche
Jesu Christi der Heiligen der Letzten Tage *wären und*
dass man sie unter dem Namen Mormonen *besser ken-*
nen würde.

192

Plötzlich war alles wieder da. Du standest fast real vor mir. Ich sah dich vor meinem geistigen Auge und ich hörte, was du mir damals gesagt hattest. Ich weinte und ich hatte den Wunsch, noch einmal anfangen zu können.

Die Missionare erzählten mir viel über die Kirche und luden mich in die Gemeinde ein. Ich schämte mich, hinzugehen, weil mir bewusst wurde, wie sehr ich herunter gekommen war. Ich erkannte plötzlich erschreckend, was aus mir geworden war. Die Missionare nahmen mich mit zum Gemeindepräsidenten der Kölner Gemeinde. Er ist Sozialarbeiter. Bei ihm nahm ich zum erstenmal nach fast zwei Jahre wieder ein Bad. Als ich aus der Wanne stieg, lagen neue Kleider für mich bereit. Ich war überwältigt. Noch nie zuvor hatte sich jemand so um mich bemüht.

Noch am gleichen Tag besorgte der Gemeindepräsident für mich eine Unterkunft. Er ging mit mir zu einer Klinik, in der ich dann für den Entzug vier Wochen bleiben konnte. Jeden Tag bekam ich Besuch von den Missionaren oder irgendwelchen Geschwistern. Ich hörte davon, dass Jesus Christus auch für mich gestorben war, damit ich von meinem Leben umkehren und ihm nachfolgen könnte.

Was schreibe ich lange. Eine völlig neue Welt eröffnete sich mir. Ein halbes Jahr nachdem die Missionare mich im wahrsten Sinne des Wortes gefunden hatten, wurde ich getauft. Der Herr segnete mich reichlich. Ich fand eine gute Arbeitstelle und konnte wieder als Schlosser arbeiten. Zwei Jahre später habe ich eine Schwester der Gemeinde geheiratet. Wir waren im Tempel und sind dort für die Ewigkeit aneinander gesiegelt worden.

Bis zu meiner Rente waren wir, meine Ingeborg und ich, in der Gemeinde Köln aktiv. Dann sind wir nach Duisburg umgezogen, weil Ingeborgs Vater noch dort lebte. Er kam alleine nicht mehr so gut zurecht und wir wollten ihm helfen.

Leider ist er vor einigen Wochen gestorben. Jetzt wollen wir gerne nach Mülheim umziehen. Ich möchte gerne wieder dort sein, wo meine Eltern beerdigt sind.

Du weißt, dass sie bald nach unserer Ankunft in Mül-
heim gestorben sind. Der Krieg und die Flucht und das
alles war für sie zu viel gewesen. Sie sind auf dem
Styrumer Friedhof beerdigt.

Dann habe ich sehr oft daran denken müssen, wie gut
wir uns früher verstanden haben und ich hatte gehofft,
dass du noch aktiv in der Kirche bist und dass wir ge-
meinsam mit unseren Frauen in die gleiche Gemeinde
gehen könnten.

Wenn du möchtest, kannst du mir schreiben. Ich wür-
de mich wirklich sehr freuen, wenn wir wieder Kontakt
zueinander hätten. Ich denke, dass sich unsere Frauen
auch sehr gut verstehen würden.

Für heute will ich Schluss machen. Der Brief ist
schon viel länger geworden als ich beabsichtigt hatte.
Irgendwie hatte ich aber das Gefühl, dir alles schreiben
zu müssen.

Möge der Vater im Himmel dich und deine Frau seg-
nen.

Ich hoffe auf eine Antwort.

Liebe Grüße, auch an deine Frau,

sendet

Erich

Beiden Krauses stehen die Tränen der Rührung in
den Augen. Walter legt den Brief zur Seite. „Den muss
ich nachher noch mal ganz in Ruhe lesen. Natürlich
schreibe ich ihm sofort."

„Du kannst auch liebe Grüße von mir bestellen und
schreiben, dass er und seine Frau uns recht bald mal
besuchen sollen."

*

Als Bischof Gerd Krause die Wohnung betritt wird er
schon von seiner Frau erwartet. „Hallo Schatz. Du möchtest bitte dringend bei Elke anrufen. Sie hat hier angerufen und war in Tränen aufgelöst. Wenn ich das richtig
verstanden habe, hat sich ihr Vater auf dem Dachboden
aufgehängt."

„Wie lange ist das denn her, seit sie angerufen hat?"

Doris schaut auf die Uhr. „Genau weiß ich das nicht mehr, aber ich schätze gute zwei bis zweieinhalb Stunden."

„Ich fahre gleich rüber. Jetzt wird Horst auch schon von der Arbeit zu Hause sein."

„Warum rufst du nicht erst an? Man weiß nie, was jetzt bei denen los ist."

Gerd küsst seine Frau. „Du bist ein Engel."

Er blättert im Telefonbuch seiner Frau. „Schatz, wo steht denn die Nummer von Schipper? Ich finde die nicht."

Doris kommt aus der Küche und nimmt ihm das Buch aus der Hand. „Wieso nimmst du denn meins?"

„Ich habe meinen Terminplaner im Gemeindehaus vergessen."

„Du wirst langsam alt. Hier steht doch die Nummer. Da, groß und breit *Elke*", sagt Doris.

Gerd staunt. „Da kann man sie auch finden, wenn du sie unter *E* wie *Elke* schreibst."

„Und, was ist daran auszusetzen? Sie heißt doch *Elke* oder nicht?"

Gerd wählt die Nummer. „Machst du mir bitte etwas zu essen?" Und einen Augenblick später hat er die Verbindung. „Hallo Horst."

„Tag Gerd."

„Doris hat mir gesagt, dass Elke angerufen hat, weil bei euch etwas passiert ist."

„Ja, das ist wahr. Mein Schwiegervater hat sich erhängt. Als Elke Wäsche aufhängen wollte, da hat sie ihn gefunden. Du kannst dir vorstellen, dass sie jetzt total daneben ist. Vorhin war ein Arzt hier und hat ihr eine Beruhigungsspritze gegeben, jetzt schläft sie. Die Polizei war mittags auch da und vorhin ist der Bestatter mit der Leiche abgefahren. Jetzt wird es wieder ein bisschen ruhiger."

„Ich wollte gleich mal zu euch rüber kommen, aber wenn Elke schläft, dann hat es wohl keinen Sinn."

„Da hast du Recht. Ich denke, dass sie jetzt bis morgen durchschläft. Was sie am meisten belastet, ist, dass ihr Vater jetzt nicht mehr zu Gott zurück kommen kann. Wir haben uns vorhin kurz darüber unterhalten, dass Selbstmord mit Mord gleichzusetzen ist. Das müssen wir jetzt erst einmal verkraften. Dabei kannst du uns auch nicht helfen."

„Horst, ich will jetzt wirklich nicht mit dir diskutieren, aber ganz so ist das nicht, wie ihr meint. Ich mache dir einen Vorschlag. Ich suche mal einen Artikel raus und wenn es recht ist, dann komme ich morgen nach Feierabend damit zu euch."

„Wann wäre das ungefähr? Weil wir gerne zusammen spazieren gehen, wenn wir mit ein paar Sachen klar kommen wollen. Ein Spaziergang an der frischen Luft tut uns dann besonders gut und macht den Kopf frei."

„Wie wäre es mit siebzehn Uhr?" fragt Bischof Krause.

„Das ist in Ordnung. Danke."

„Nichts zu danken. Tschüs, bis morgen."

Gerd legt den Hörer auf und legt seiner Frau den Arm um die Hüfte. Doris bringt ihm sein Essen und hat die letzten Worte mitgehört. „Und, was ist?"

„Du hattest richtig gehört. Der alte Bruder Wollenweber hat sich erhängt. Morgen komme ich von der Arbeit nicht nach Hause sondern fahre direkt zu Elke und Gerd."

„Gut, dann weiß ich Bescheid. Komm, jetzt iss erst mal."

*

Zur vereinbarten Zeit trifft Bischof Krause bei den Geschwistern Schipper ein. „Hallo Elke. Hallo Horst. Mein aufrichtiges Beileid."

„Danke. Komm rein, Gerd."

Als sie im Wohnzimmer Platz genommen haben bietet Elke etwas zu trinken an.

„Wenn es dir nichts ausmacht, dann hätte ich gerne einen Tee", sagt Gerd, während er in seiner Tasche nach Papieren sucht. „Ich habe euch etwas mitgebracht, was wir zusammen lesen können."

„Zeig mal, was hast du denn da", beugt sich Horst zu ihm rüber.

Eine Ansprache von Elder M. Russell Ballard vom Kollegium der Zwölf Apostel. Sie stand im *Stern* vom März 1988 und befasst sich mit Selbstmord. Ich denke, dass er euch helfen wird."

Elke Schipper kommt mit Tee und gießt allen etwas ein. Dann setzt sie sich zu ihrem Mann und hält seine Hand. „Ich habe schon gehört, dass Gerd einen Artikel aus dem *Stern* mitgebracht hat. Dann lies mal vor", nickt sie ihm zu.

Bischof Krause nimmt den Artikel zur Hand. „Ich habe die Passagen angestrichen, die wichtig sind. Der ganze Artikel wäre zu viel. In der ersten Passage geht es um einen Sohn, der seinen Vater verloren hat. Und dort heißt es:

Die Bemerkung des jüngsten Sohnes drückte die Verzweiflung aus, die sie alle empfanden: "Es gibt für Vater jetzt keine Hoffnung mehr", sagte er. Das war eher eine Feststellung als eine Frage. "Alle guten Werke, die er während seines Lebens getan hat, zählen nicht mehr. Jetzt, wo er sich das Leben genommen hat, wird er für alle Ewigkeit in der telestialen Herrlichkeit sein." Dann weinte er.

Elke beginnt zu weinen. Ihr Mann legt den Arm um ihre Schultern. Bischof Krause räuspert sich und liest weiter.

Die Gefühle, die jene Angehörige aussprachen, bewegen Heilige gewöhnlich, wenn sie versuchen, mit dem Selbstmord eines lieben Angehörigen oder eines Freundes fertig zu werden. Sie erleben Qual und Ungewissheit; das tut sehr weh und ist schwer.

Bedauerlicherweise taucht dieses Problem im Leben vieler Menschen auf, sowohl bei Mitgliedern der Kirche als auch bei Nichtmitgliedern.

197

Sich das Leben zu nehmen ist wahrhaftig eine Tragödie, weil diese eine Tat so viele Opfer hinterlässt: Erst einmal denjenigen, der stirbt, dann Dutzende anderer - Familie und Freunde -, die zurückgelassen werden und von denen einige über viele Jahre großen Kummer leiden. Die lebenden Opfer kämpfen oft verzweifelt gegen ihre Gefühle an. Zu Gram, Zorn, Schuld und Ablehnung, die die Opfer in einer solchen Familie empfinden, tragen Heilige eine zusätzliche Bürde.

Er hält inne, weil Elke sich die Nase putzen muss. Dann tupft sie die Augen trocken.

Wir wissen, dass der Zweck des Erdenlebens darin besteht, uns zu bewähren, damit wir zu Gott zurückkehren und im celestialen Reich leben können. Manche meinen, dass sich jemand, der Selbstmord begeht, diese Möglichkeit nimmt, da er sich selbst dem telestialen Reich zuordnet.

Stimmt das wirklich? Was ist die Wahrheit über den Selbstmord?

„Das fragen wir uns auch, seit du mir gesagt hast, dass du einen Artikel mitbringen willst", sagt Horst.

„Dann lesen wir am besten weiter."

Die Propheten haben uns einige wichtige Grundsätze über Selbstmord vermittelt, aber möglicherweise haben einige von uns sie missverstanden. Lassen Sie uns einige Grundlehren der Propheten zu diesem Thema besprechen.

Präsident Spencer W. Kimball hat 1976 eine genauso strenge Erklärung abgegeben. "Es ist ein furchtbares Verbrechen, wenn jemand sich anschickt, sein Leben durch Selbstmord zu verkürzen."

Elke schluchzt laut auf. „Habe ich doch gesagt."

„Lass Gerd doch erst mal weiter lesen, dann können wir immer noch unsere Meinung dazu sagen. Liest du bitte weiter."

Diese Erklärungen scheinen keinen Raum für Hoffnung zu lassen. Obwohl sie betonen, wie schwerwiegend ein Selbstmord ist, wird jedoch nichts über den endgülti-

gen Bestimmungsort derjenigen gesagt, die sich das Leben nehmen.

Der verstorbene Elder Bruce R. McConkie, ein früheres Mitglied des Rates der Zwölf, hat das in Worte gefasst, was viele Führer der Kirche gelehrt haben:

"Selbstmord besteht darin, sich freiwillig und absichtlich das Leben zu nehmen, insbesondere dann, wenn der Betreffende zurechnungsfähig ist und einen gesunden Verstand besitzt. . . Ein Mensch, der großen Spannungen ausgesetzt ist, kann die Selbstkontrolle verlieren und soweit verwirrt werden, dass er für seine Taten nicht mehr verantwortlich ist. So jemand wird nicht deswegen verdammt werden, weil er sich das Leben genommen hat. Man soll sich auch daran erinnern, dass der Herr es ist, der Gericht hält; er kennt die Gedanken, Absichten und Fähigkeiten des Menschen, und er wird in seiner unbegrenzten Weisheit alles in der angemessenen Weise regeln."

Aufmerksam lauschen die Geschwister Schipper ihrem Bischof, der die Ansprache von Elder Ballard weiter liest.

Kürzlich wurde ich gebeten, auf der Beerdigung eines lieben Freundes zu sprechen, der Selbstmord begangen hatte. Weil ich die Person und die Umstände so gut kannte und über die Lehre zu diesem Thema forschte, hatte ich einige Schwierigkeiten, als ich mich auf meine Rede vorbereitete. Ich fand erst Frieden, als ich erkannte, dass nur der Herr gerecht richten kann. Er allein kennt alle Fakten, und nur er konnte die Herzensabsicht meines Freundes kennen. Der Gedanke versöhnte mich: Wenn der Herr über das Leben eines Menschen richtet, wird er es gewiss berücksichtigen, wenn jemand sein Leben lang anderen liebevoll gedient hat. Gemäß der Barmherzigkeit des Herrn werden vielleicht Almas Worte zutreffen:

Ich sage dir, mein Sohn, dass in der Gerechtigkeit Gottes der Plan der Wiederherstellung erforderlich ist; denn es ist erforderlich, dass alles in seiner rechten Ordnung wiederhergestellt wird und

dass jeder Teil des Leibes für sich wiederherge-
stellt wird.

Und es ist in der Gerechtigkeit Gottes erforder-
lich, dass die Menschen gemäß ihren Werken ge-
richtet werden; und wenn ihre Werke in diesem
Leben gut waren und die Wünsche ihres Herzens
gut waren, dann werden sie am letzten Tag auch
wiederhergestellt werden, nämlich zu dem, was gut
ist. (Alma 41:2,3)

Ich glaube, dass der Richterspruch über eine Sünde
nicht immer so einfach ist, wie manche von uns zu den-
ken scheinen. Der Herr hat gesagt: "Du sollst nicht
morden." (siehe Exodus 20:13) Bedeutet das, dass jeder,
der mordet, verdammt wird, ohne Berücksichtigung der
Umstände? Ich glaube, dass der Herr die Unterschiede
in Absicht und Umständen kennt: War derjenige, der
sich das Leben genommen hat, geistig krank? War er so
sehr depressiv, dass er völlig aus dem seelischen
Gleichgewicht geraten war? War der Selbstmord ein
tragischer, bejammernswerter Hilferuf, der zu lange
unbeachtet geblieben war oder sich schneller entwickel-
te, als das Opfer wollte? Hat er die Schwere der Tat
nicht richtig begriffen? Hat er an einer Störung seines
biochemischen Gleichgewichts gelitten, die zu Verzweif-
lung und dem Verlust der Kontrolle über sich selbst
führte?

Offensichtlich kennen wir nicht alle Begleitumstände
eines Selbstmordes. Der Herr allein kennt alle Einzelhei-
ten, und er wird unsere Taten hier auf Erden beurteilen.

Wenn er uns richtet, wird er meiner Meinung nach
alles in Betracht ziehen: unsere genetische und chemi-
sche Zusammensetzung, unseren Geisteszustand, unsere
Verstandesfähigkeit, die Belehrungen, die wir empfan-
gen haben, die Überlieferungen unserer Väter *(siehe*
Enos 1:14), unseren Gesundheitszustand, usw.

Elke horcht auf. „Papa war doch schon seit Monaten
nicht mehr richtig gesund. Er hat ja nie darüber gesprochen. Es könnte doch sein, dass er Funktionsstörungen
hatte."

Ihr Mann stimmt zu. „Natürlich könnte das sein. Wer weiß was sich in seinem Körper abgespielt hat. Auf jeden Fall ist er in den letzten Monaten immer eigenartiger geworden. Wir dachten, dass es nur am zunehmenden Alter gelegen hätte. Das ist ja interessant. Liest du bitte weiter, Gerd."

„Ich kann euch den Artikel auch kopieren."

„Wenn du das machen würdest, das wäre nett. Wir möchten aber trotzdem, dass du ihn jetzt zu Ende vorliest."

Bischof Krause fährt fort.

Dankenswerterweise hat der Prophet Joseph Smith den folgenden erhellenden Lehrsatz verkündet:

"Während aber ein Teil der Menschheit den anderen ohne Gnade be- und verurteilt, blickt der erhabene Vater des Universums liebevoll und mit väterlicher Fürsorge auf alle Menschen hernieder . . . Die richterliche Gewalt ist in seiner Hand: Er ist ein weiser Gesetzgeber und wird alle Menschen richten - nicht nach den engstirnigen Vorstellungen der Menschen, sondern gemäß dem Guten oder Bösen, das er im irdischen Leben getan hat, sei es, dass es in England oder Amerika, in Spanien oder in der Türkei oder in Indien getan wurde. . . Wir brauchen an der Weisheit und Intelligenz des großen Jehova nicht zu zweifeln; er wird einer jeden Nation nach ihrem Verdienst Verurteilung oder Barmherzigkeit zumessen, je nachdem, wie sie Intelligenz erlangt hat, nach welchen Gesetzen sie regiert worden ist, was für Möglichkeiten sie hatte, richtige Erkenntnis zu erlangen - alles in seiner unergründlichen Absicht in bezug auf das Menschengeschlecht. Wenn die Absichten Gottes einmal offenkundig werden und die Zukunft sich enthüllen wird, dann werden wir schließlich alle bekennen müssen, dass der Richter über alle Erde recht getan hat." (Lehren des Propheten Joseph Smith, Seite 223)

Ich ziehe eine wichtige Schlussfolgerung aus den Worten des Propheten: Selbstmord ist eine Sünde - eine schwerwiegende Sünde -, dennoch wird der Herr denjenigen, der diese Sünde begeht, nicht streng nach der Tat allein richten. Der Herr wird die Umstände, in denen er sich befand, und den Grad seiner Verantwortlichkeit zum Zeitpunkt der Tat berücksichtigen. Natürlich gibt uns das keinen Grund für eine Ausrede an die Hand, wenn wir sündigen, auch wird der Herr uns keine Entschuldigung lassen, wenn ich es recht verstehe. Wir müssen uns unablässig bemühen, unser Bestes zu tun, um dem Beispiel des Erlösers in jedem Lebensbereich zu folgen. Lassen Sie uns aber zugleich daran denken, dass man "Zeile um Zeile" geistig wächst (siehe 2 Nephi 28:30), dass der Schlüssel - sowohl in der Geisterwelt als auch auf Erden - darin liegt, auf dem rechten Pfad weiter voranzuschreiten.

Aber es ist klar, dass es Hoffnung gibt. Präsident Joseph F. Smith hat den folgenden wichtigen Grundsatz erfahren, als sich sein langes Leben des Dienstes in der Kirche dem Ende näherte. In einer Vision sah er das Errettungswerk unter den Verstorbenen voranschreiten und schrieb:

"Ich sah, dass die getreuen Ältesten unserer Evangeliumszeit nach ihrem Hinscheiden aus diesem irdischen Leben mit ihrer Arbeit fortfahren, indem sie das Evangelium der Umkehr von Sünde und der Erlösung durch das Opfer des einziggezeugten Sohnes Gottes verkündigen - denen nämlich, die in der großen Welt der Totengeister in Finsternis weilen und Gefangene der Sünde sind.

Die Toten, die umkehren, werden erlöst werden, sofern sie den Verordnungen des Hauses Gottes gehorsam sind.

Und sobald sie ihre Übertretungen abgebüßt haben und reingewaschen sind, werden sie gemäß ihren Werken ihren Lohn empfangen; denn sie sind Erben der Errettung." (LuB 138:57-59)

„Seht ihr, ihr Lieben, ich denke, dass es eurem Vater doch noch gut gehen wird und das er in seine Erhöhung eingehen wird."

Die Geschwister Schipper sehen sich an. „Ja, das denke ich jetzt auch", bekräftigt Horst.

Elke stimmt ihm zu. „Ja, jetzt glaube ich es auch. Gerd, ich danke dir, dass du gekommen bist und uns geholfen hast, die Situation besser zu verstehen."

„Nichts zu danken. Dann will ich mich jetzt mal auf den Heimweg machen. Wollen wir noch zusammen ein Gebet sprechen?"

Die Eheleute stimmen zu.

*

Mülheim, den 6. Januar 1993

Lieber Erich,

ich muss schon gestehen, dass ich ziemlich platt war, als ich deinen Brief gelesen habe. Irgendwie ist das Leben schon eigenartig. Gerade in der letzten Zeit habe ich öfter zu Monika gesagt, was du wohl machst und wie es dir ergehen mag.

Wir freuen uns wirklich sehr, dass du auch den Bund mit dem Herrn gemacht hast. Ganz bestimmt freuen wir uns auf einen Besuch vor dir und einer lieben Frau. Ruft bitte kurz an, damit wir Zeit haben.

Vorab will ich dir kurz berichten, wie es uns so ergangen ist. Susanne und Gerd sind inzwischen schon lange verheiratet. Susanne und ihr Mann Klaus-Dieter haben einen Sohn, der Leonard heißt. Er hat sehr gute Fortschritte gemacht. Nach der Geburt sagten die Ärzte, dass er kaum Überlebenschancen hat. Er hatte einen schweren Herzfehler. Die Jungen und ich haben ihm einen Krankensegen gegeben. Später konnte dann kein Herzfehler mehr festgestellt werden. Auf solche oder ähnliche Weise haben wir im Laufe der vielen Jahre, die wir nun Mitglieder in der Kirche des Herrn sind, schon oft die Macht des Herrn und seines Priestertums spüren dürfen.

Gerd ist auch glücklich verheiratet. Seine Frau, Doris, kommt aus Goslar. Die beiden haben zwei Söhne. Walter ist nach mir benannt, er ist der ältere. Heinz wurde nach Doris Vater genannt. Ihre Eltern sind leider verstorben. Das war aber schon bevor die beiden sich kennen gelernt haben. Natürlich wurden schon im Tempel die Verordnungen für Verstorbene gemacht.

Wir haben sehr viel Freude an unseren Kindern und Enkelkindern. Gerd ist schon seit vielen Jahren der Bischof in unserer Gemeinde.

Wir wohnen immer noch in der gleichen Wohnung wie früher. Das hast du ja schon daran merken können, dass dein Brief zugestellt wurde. Uns gefällt es hier sehr gut. Es ist zwar ein alter Bau mit hohen Decken und großen Räumen, aber recht groß. Für die Miete, die wir hier zahlen, bekommen wir keine vergleichbare Wohnung. Das Zimmer von Gerd habe ich mir als Büro eingerichtet und das Zimmer von Susanne haben wir so gelassen. Da kann jemand schlafen, wenn mir mal Besuch bekommen. Wir haben nur die alte Couch gegen eine Schlafcouch ausgetauscht.

So verbringen wir jetzt unser Leben zwischen realem Leben, vor allem mit der Familie und in der Kirche, und Nostalgie, wenn wir abends gemütlich in unserer Wohnung sind.

So, mein Lieber, jetzt werde ich Schluss machen. Ich gehe davon aus, dass wir uns recht bald hier treffen.

Liebe Grüße an euch beide sendet
Walter

PS. Natürlich soll ich auch von Monika grüßen. Sie ruft gerade aus der Küche, dass ich ja nicht die Grüße vergessen soll.

*

„Hallo Opa, wie geht es dir? Ich wollte nur mal kurz sehen, wie es dir geht. Ich habe Oma kurz vorm Bahnhof getroffen und sie hat mir gesagt, dass du alleine zu Hause bist."

Walter Krause lächelt seinen gleichnamigen Enkel an. „Wie viel brauchst du?"

„Opa, was denkst du denn von mir? Ich komm dich doch nicht nur besuchen wenn ich mal Geld brauche."

204

Dann strahlt er seinen Großvater an. „Wenn du aber schon innerlich darauf eingestellt bist, will ich dich auch nicht enttäuschen."

Walter Krause holt seine Geldbörse. „Wie viel brauchst du denn?"

„Na ja, ich weiß nicht so recht."

„Red nicht drum herum. Raus mit der Sprache. Reichen zwanzig Mark?"

„Ich habe kein Benzin mehr im Tank und bis zum Monatsende ist noch eine Weile hin."

Opa steckt die Börse wieder ein. „Ich habe eine gute Idee. Was hältst du davon, wenn wir nachher zusammen Oma abholen fahren und auf dem Rückweg tankst du dann voll?"

Walter junior strahlt. „Opa, du hast doch immer die besten Ideen. Wann wäre das denn?"

„Sie ist mit der Bahn nach Essen gefahren, um eine Schwester im Krankenhaus zu besuchen. Punkt fünf Uhr wollte ich am Krankenhaus stehen und sie wieder abholen. Wir haben also noch gute zwei Stunden Zeit. Hast du Lust, mal wieder ein Partie Schach zu spielen?"

Junior lacht. „Opa, ich muss dich warnen, ich habe in den letzten Wochen geübt. Heute ziehe ich dich ab. Du musst mir aber vorher versprechen, dass wir trotzdem tanken fahren wenn ich gewinne."

„Ein Wort bleibt ein Wort", antwortet Opa Krause und holt das Schachspiel.

Nach vier Zügen ist Senior Kraus matt. „Opa, willst du mich jetzt gewinnen lassen? Du hast mir den *Schäferzug* beigebracht und jetzt fällst du selber darauf rein. Da stimmt doch was nicht."

„Entschuldige, ich war gerade in Gedanken und nicht bei der Sache. Ich habe mir die Frage gestellt, warum dein Freund Markus Stachelhaus in der letzten Zeit nicht mehr in die Gemeinde kommt. Weißt du vielleicht was mit ihm los ist?"

„Müssen wir jetzt davon reden? Ich dachte, du wolltest Schach spielen."

„Na gut, spielen wir und schweigen dabei."

„Jetzt übertreibst du aber, Opa. Wir können ruhig reden. Ich möchte bloß nicht über Freunde reden."

„Ich dachte ja nur, dass ich ihm eventuell helfen könnte."

„Der hat Zoff mit seiner Regierung und die Ansprachen in der Abendmahlsversammlung öden ihn an."

„Wieso Regierung?"

„Ja, halt mit seinen Eltern."

„Aha. Ich wunderte mich schon, denn wir sollen ja unserer Regierung untertan sein. Dann kann man auch keinen Zoff bekommen."

„Wo steht denn das? Das habe ich ja noch nie gehört."

„Dann lies mal den 134-zigsten Abschnitt in *Lehre und Bündnisse*. Wenn ich mich recht erinnere steht das im Vers fünf. Warte mal, wie war das denn noch gleich. Ach ja, jetzt hab ich es.

Wir glauben, dass alle Menschen verpflichtet sind, die Regierung, unter der sie leben, in ihrem Amt zu stützen und zu tragen, solange sie durch die Gesetze dieser Regierung in ihren angeborenen und unveräußerlichen Rechten geschützt werden, . . .

und so weiter und so weiter. Wenn der Markus also Probleme hat, dann könnte es daran liegen, dass er *seine Regierung* nicht richtig unterstützt."

„Das ist klar, dass die alten Leute zusammen halten. Siehst du Opa, deshalb wollte ich nichts sagen."

„Walter, das hat gar nichts damit zu tun, ob jemand zusammen hält oder nicht. Ich kenne die Eltern von Markus nicht gut genug, um mir ein Urteil bilden zu können. Es ist einfach eine Tatsache, dass es Gesetze gibt, nach denen wir leben sollten. Tun wir das, dann geht es uns gut. Tun wir das nicht, dann geht es uns nicht gut. Das ist schon alles und das sage ich, ohne die Hintergründe für den *Zoff* zu kennen."

„Man kann aber doch nicht alle Gesetze im Kopf haben. Das geht doch gar nicht, Opa."

206

„Als ich noch ziemlich jung war", erklärt Opa Krause, „da habe ich mal mit einem sehr klugen Mann gesprochen. Der hat mir einen Spruch gesagt, an den ich mich mein Leben lang gehalten habe. *Positive Gesetzeskenntnis erleichtert die Rechtsfindung.* Das bedeutet im Klartext: Je besser du dich in den Gesetzen auskennst, umso leichter ist es für dich, richtige Entscheidungen zu treffen. Jeder kann sich aussuchen, wie viel er lernen möchte. Es darf sich aber niemand beschweren, er habe nichts gewusst, wenn er in Wirklichkeit zu faul war, die Dinge nachzulesen."

„Opa, manchmal bist du schon knallhart."

„Weißt du, mein Junge, ich habe mein Leben lang nichts davon gehalten, um den Brei herum zu reden. Fakten auf den Tisch, dann weiß jeder genau wo er dran ist. So einfach ist das.

Kommen wir noch mal auf Markus zurück. Wenn er lernt, seine Eltern nicht als *Regierung* sondern als die Menschen zu betrachten, die ihm geholfen haben, auf die Erde zu kommen, dann hat er schon eine ganze Menge Fortschritt gemacht. Natürlich bedeutet das nicht, dass sie nicht weiterhin ihre Meinungsunterschiede haben werden, aber es wird wahrscheinlich so sein, dass er sich mehr Mühe gibt, die Argumente seiner Eltern zu verstehen."

„Wenn ich dich so reden höre, Opa, dann glaube ich fast, dass du nie jung gewesen bist."

„Das liegt bestimmt daran, dass zu unserer Zeit die Eltern bestimmt haben, was gemacht wurde und fertig aus. Es kam überhaupt niemand auf die Idee, es dann anders machen zu wollen. Na ja, ein bisschen mehr Gehorsam würde euch Burschen schon gut tun."

„Opa, ich will nicht mit dir diskutieren. Lassen wir das Thema. Nein, doch noch nicht ganz. Ich habe mal eine Frage. Markus und ich haben darüber gesprochen, ob man sich von seinen Eltern trennen kann, wenn man im Bund geboren oder angesiegelt worden ist. Bei einer Ehe geht das ja, da kann die Ehe annulliert werden. Geht das auch, das man als Kind sagt, dass man nicht mehr zu seinen Eltern gehören möchte?"

Walter Krause überlegt einen Augenblick und antwortet dann: „Nein, das geht nicht. Man kann sich ja seine Eltern auch nicht aussuchen. Man bleibt, ob man will oder nicht, ein Leben lang das Kind seiner Eltern. Wie dann später in der Ewigkeit das Zusammenleben aussieht, das kann einzig und allein der Herr entscheiden."

„Wollen wir jetzt spielen, Opa?"

„Darf ich noch einen Punkt klarstellen? Du hast gesagt, dass ihn die Ansprachen anöden. Ich habe früher auch hin und wieder Ansprachen gehört, die mir nicht so gefallen haben. Manchmal habe ich mich gelangweilt und gehofft, dass die Zeit endlich vorbei sei. Dann habe ich irgendwann mal darüber nachgedacht, dass man eigentlich von jedem Menschen etwas lernen kann, weil jeder bestimmte Dinge kann, die ich nicht kann und weil jeder das Evangelium auf eine Weise sieht, die sich von meiner Sichtweise unterscheidet. Von da an habe ich mir während der Ansprachen immer Notizen gemacht. Da ich nicht so schnell schreiben kann, konnte ich immer nur das aufschreiben, was mir besonders gut gefallen hat. Vorige Tage habe ich meine alten Aufzeichnungen gelesen und mich an den Worten erfreut, die ich alle in unserer Gemeinde hören durfte.

Es liegt also sehr viel an der Einstellung, die der Zuhörer hat. Kommt jemand in die Gemeinde und bringt die Bereitschaft mit, etwas lernen zu wollen, so kann er das auch. Hat aber jemand von vorne herein eine negative Einstellung zu den Ansprachen und den Sprechern, so könnten vorne Engelschöre singen und reden, er würde sich dennoch langweilen und käme nicht auf seine Kosten, weil sein Gehirn schon auf *negativ* eingestellt ist.

Das hat jetzt nichts damit zu tun, dass ich viel älter bin als du. Versuch mal am kommenden Sonntag, die positiven Punkte einer Ansprache festzuhalten und du wirst schnell feststellen, dass du viele hören und aufschreiben wirst.

Na ja, das kannst du deinem Freund Markus ja mal sagen. Jetzt lass uns aber spielen."

*

Monika hat den Tisch schön gedeckt. Ein Blick zur Uhr sagt, dass in wenigen Minuten Erich Jablonski und seine Frau kommen werden. Walter kommt aus dem Bad.

„Willst du nicht wenigstens eine ordentliche Hose anziehen, wenn wir Besuch bekommen", fordert Monika ihn auf.

„Was gefällt dir an meiner Hose nicht? Sie ist für mich gut genug, dann ist sie auch für andere gut genug. Wem sie nicht gefällt, der kann ja wegsehen oder muss mich nicht besuchen. Außerdem, wenn der Erich noch so ist wie ich ihn in Erinnerung habe, dann stört ihn die Hose ganz bestimmt nicht."

„Der kommt ja nicht alleine", unternimmt Monika noch einen Versuch, ihn zum Umziehen zu bewegen.

„Wenn das eine Frau ist, die zu ihm passt, dann stört sie meine Hose auch nicht."

Es klingelt an der Wohnungstür. Monika winkt ab. „Mach doch was du willst. Jetzt ist es sowieso zu spät, da sind sie schon."

Die Begrüßung zwischen den Männern fällt herzlich aus, so als hätten sie vorgestern erst noch miteinander gesprochen. Auch die Frauen scheinen sich auf Anhieb gut zu verstehen. Ingeborg ist so wie Walter sie sich vorgestellt hat. Mit ihrem sanften, liebevollen Wesen ist sie genau die richtige Partnerin für den zuweilen polterigen und aufbrausenden Erich. Sie nimmt ihn wie er ist. Poltert er mal los, was nie böse gemeint ist, so lächelt sie ihn an. „Komm du mal nach Hause."

Dann lachen beide und die Sache ist wieder in Ordnung.

Schnell ist bei einem Stück Kuchen ein lebhaftes Gespräch in Gang. Es werden Erinnerungen ausgetauscht und recht bald, wie es bei Mitgliedern der Kirche üblich ist, kommt das Thema auf das Evangelium und das Gemeindeleben.

Ingeborg sagt: „In der letzten Zeugnisversammlung habe ich ein wunderbares Zeugnis gehört. Ein Bruder hat davon gesprochen, dass er mit seinem Auto auf einen hohen Berg fahren wollte, um die herrliche Aussicht genießen zu können. Es hatte gerade geschneit. Mehrere Autos standen am Straßenrand und kamen den Berg nicht rauf. Sein Wagen war gut ausgerüstet, so dass er vor der ersten kräftigen Steigung Schneeketten aufziehen konnte. Dann fuhr er an vielen Fahrzeugen vorbei, den Berg hinauf.

Er sagte, dass er oben den herrlichen Ausblick über das Tal genießen konnte. Dabei kam ihm der Gedanke, wie gut es doch ist, wenn man richtig ausgerüstet ist. Er zog den Vergleich, dass der Vater im Himmel uns auch mit allen guten Werkzeugen ausgerüstet hat, damit wir sicher an das Ziel gelangen können. Es liegt einzig und allein bei uns, ob wie die Werkzeuge und Ausrüstungsgegenstände, wie zum Beispiel die heiligen Schriften, die Priestertumsverordnungen oder die Versammlungen zu unserem Wohle benutzen.

Ich fand das Beispiel prima."

„Wenn man richtig hinhört, kann man in Ansprachen oder bei Themen wunderbare Anregungen bekommen", stimmt Monika zu. Ich habe im Bekanntenkreis eine Frau, die mit Angstzuständen Probleme hat. Für mich war es immer schwer, nachzuvollziehen, was sie hat und wie man ihr helfen könnte. In einem FHV-Thema habe ich mal gehört wie man mit der Angst fertig werden kann. Es war natürlich nur ein Tipp von vielen, aber er hat mir so gut gefallen, dass ich ihn aufgeschrieben und weiter gegeben habe. Die Frau hat sich riesig gefreut und später gesagt, dass es ihr geholfen hat."

„Schatz, wenn du uns jetzt noch sagen würdest, was du weiter gegeben hast, dann könnten wir das besser nachempfinden", fragt Walter nach.

Monika holt einen Zettel aus ihrer Handtasche und liest vor:

„Ich bin der Hauptmieter, meine Angst ist der Untermieter und ich kann meinen Untermieter jederzeit rausschmeißen."

„Das ist prima. Kann ich mir das mal abschreiben?" bittet Ingeborg.

Monika reicht ihr den Zettel. „Du kannst den haben. Walter hat mir den Spruch mehrfach kopieren lassen."

„Als ich im Anfang das Evangelium kennen lernte, hatte ich noch öfter Tage, an denen es mir nicht gerade gut ging. Die Jahre der Trinkerei und das Leben auf der Straße knabberten doch zuweilen ganz schön an meinen Knochen und auch an meinen Nerven", erklärt Erich. „Den Spruch mit der Angst als Untermieter finde ich gut. Wenn ich ihn damals schon gekannt hätte, hätte er mir bestimmt ein Stück helfen können. Ich habe vor einiger Zeit mit einem Freund gesprochen. Und der hat mir einen tollen Spruch gesagt, als ich ihn fragte, wie es ihm geht. *Es kann nicht immer blendend gehen, dann wird man ja blind.* Ich habe schon oft darüber nachgedacht und bin zu dem Schluss gekommen, dass es sehr wichtig ist, Höhen und Tiefen zu durchleben. Ich glaube, man würde wirklich blind, geistig gesehen, wenn es einem immer nur blendend ergehen würde."

Monika sieht ihren Mann an. „Walter, du hast bis jetzt kaum etwas gesagt. Was ist los?"

„Das ist mir auch aufgefallen", stimmt Erich Jablonski zu.

„Nichts ist los. Ich habe nur darüber nachgedacht, was ihr so gesagt habt. Dabei ist mir etwas eingefallen, was ich mal in *Lehren des Propheten Joseph Smith* gelesen habe. Der Satz war: *Der Satan versucht durch Krankheiten, die Menschen davon abzuhalten, Gutes zu tun.*

Ich denke, dass es gut für uns wäre, wenn wir uns öfter mal bewusst machen würden, woher einige Probleme kommen."

„Willst du damit sagen, dass alle Krankheiten von Satan kommen?" fragt Erich nach.

211

„In Grunde schon, denn es heißt ja in den Schriften, dass alles Gute von Gott kommt und dass alles Böse von Satan kommt."

„Das finde ich ein bisschen zu einfach", bemerkt Monika.

Ingeborg stimmt ihr zu. „Das finde ich auch."

Walter erläutert: „Das meinte ich auch nur vom Grundsatz her. Natürlich ist nicht gleich jede Erkältung ein Angriff Satans und ein Beinbruch ist sicherlich auch nichts dergleichen. Aber, wenn wir an Hiob denken, so ist es doch sicherlich so, dass Satan auch gestattet bekommt, uns zu versuchen, sprich zu verführen."

„Ja sicher ist das so, dennoch dürfen wir nicht vergessen, dass Satan nur so weit gehen kann, wie wir ihm erlauben", unterstützt Erich die Aussage von Walter.

„Bedeutet das, dass ich ihm einfach nicht zuhören soll, wenn ich auf dem rechten Weg bleiben will?", fragt Ingeborg.

„Genau so", stimmt Walter zu. „Satan hat keine Macht, uns zu etwas zu zwingen, ebenso wenig hat Gott die Macht, uns in seine Richtung zu zwingen. Wir haben die Entscheidungsfreiheit. Es liegt allein an uns, für welchen Weg wir uns entscheiden. Beide Seiten bieten uns ihre Möglichkeiten an. Allerdings können wir merken, dass Gott uns sagt, welche Segnungen wir bekommen, wenn wir bestimmt Gebote halten. Satan hingegen lässt die Menschen sehr oft im Unklaren über seine wirklichen Absichten. Erst wenn sie sich in seinen Stricken gefangen haben, dann wird es ihnen bewusst, was passiert ist. Meist ist es ein sehr beschwerlicher Weg umzukehren und einen anderen Weg einzuschlagen."

Nachdenklich bemerkt Erich. „Ja, ich habe es am eigenen Leibe erfahren. Man findet alles so schön und kann so wunderbar viel Spaß haben. Plötzlich merkt man, dass man nicht mehr frei sondern abhängig geworden ist. Dann wird es schlimm. Ich bin wirklich so dankbar, dass ich das Evangelium kennen lernen durfte."

„Erich, du sagst es. Dem könnte man nichts hinzufügen. Trotzdem ist mir noch ein Gedanke gekommen, der mich schon sehr lange beschäftigt. Wenn wir mal davon ausgehen, dass alle Menschen, die sich haben taufen lassen, ein Zeugnis von der Wahrheit des Evangeliums haben, dann frage ich mich, warum so verhältnismäßig viele wieder von der Kirche weg gehen."

„Das ist doch einfach", sagt Monika. „Die hatten kein richtiges Zeugnis, als sie sich haben taufen lassen."

„Das glaube ich nicht", wirft Ingeborg ein. „Außerdem würdest du ja allen, die nicht mehr regelmäßig oder die gar nicht mehr kommen indirekt unterstellen, dass sie kein richtiges Zeugnis hatten. Ich denke schon, dass alle zum Zeitpunkt der Taufe fest von der Wahrheit überzeugt sind. Wer würde sich denn schon taufen lassen, wenn er nicht von der Wahrheit des Evangeliums überzeugt wäre? Das würde doch kein normaler Mensch machen. Das wäre ja völlig unlogisch."

Monika kontert: „Ich kenne welche, die haben sich taufen lassen, weil sie sich in einen Missionar verliebt haben. Ich kenne auch jemanden, der hat sich der Kirche angeschlossen, weil er ein Mädchen so toll fand und ihr imponieren wollte."

„Das sind ganz bestimmt Ausnahmen. Natürlich wird schon mal jemand aus einem ähnlichen Grund in die Kirche gekommen sein, aber der Regelfall ist doch, dass die Menschen ein Zeugnis von der Wahrheit des Evangeliums erlangt haben."

„Ich denke, dass Ingeborg Recht hat", stimmt Erich zu.

„Das denke ich auch", fügt Walter an. „Dann gibt es eigentlich nur eine Möglichkeit, warum sie wegbleiben. Irgendwann ist ihnen das frühere Leben oder neue Verlockungen wichtiger geworden als der Weg zur Kirche."

„Das sehe ich auch so", stimmt Erich zu. „Die Menschen sind begeistert und freuen sich, dass sie ein neues Leben beginnen können. Dann stellen sie fest, dass Freunde sich von ihnen abwenden. Sie stellen fest, dass die anderen Mitglieder in der Kirche auch nur Menschen sind. Manch einer stellt fest, dass es doch nicht so einfach ist, im Kreis von anders denkenden Freunden nach dem Wort der Weisheit zu leben und nicht zu rauchen oder zu trinken. Dann wird irgendwann der ersten Zigarette zugestimmt oder dem ersten Bier. Manch einer trifft auch die Freundin oder den Freund aus früheren Zeiten wieder und stimmt anderen Dingen zu. Dann fühlt man sich nicht mehr wohl in einem Kreis von Menschen, die nicht rauchen oder die andere Dinge nicht tun. Wenn man sich irgendwo nicht mehr wohl fühlt, gibt es zwei Möglichkeiten. Entweder man kehrt um oder man geht nicht mehr hin. So sehe ich das."

„Ja, wahrscheinlich hast du Recht", bestätigt Walter Krause die Erklärung von Erich Jablonski.

„Man müsste die neuen Mitglieder besser eingliedern, damit sie fester stehen, wenn es geistig stürmisch wird."

„Erich, da bin ich mit dir einer Meinung, doch leider ist das gar nicht so einfach. Sie werden zwar sofort durch Heimlehrerpaare betreut, aber sie in der Kirche zu aktivieren ist manchmal schwieriger. Ich denke noch an meine Zeit als Gemeindepräsident und an dem Problem wird sich nichts geändert habe. Da haben wir zum Beispiel einen Bruder, einen ausländischen Mitbewohner, der nicht so besonders gut deutsch spricht. Um ihn zu fördern wurde er berufen, die Priestertumsklasse zu unterrichten. Für ihn ist es ein gewaltiger Schritt nach vorne. Manch einer der *Schüler* langweilt sich und kommt zum nächsten Unterricht des Bruders nicht mehr. Natürlich könnte man jetzt sagen, diejenigen, die nicht mehr kommen, haben einen schlechten Geist oder das Evangelium noch nicht richtig begriffen. Das ändert aber nichts an der Tatsache, dass sie wegbleiben. Allen Recht zu machen geht nicht, also muss man Schwerpunkte setzen. Was ist zurzeit wichtiger, dass der Eine Fortschritt macht oder dass mehrere durch bessere Lehrer stabilisiert werden, um dann ihrerseits andere zu stärken? Das ist ein Punkt, den man nur mit der Hilfe des Geistes entscheiden kann."

Erich bekräftigt das: „Also kommen wir wieder auf den wesentlichen Punkt zurück. Alle müssen sehr darauf bedacht sein, dass sie die Führung des Heiligen Geistes von der Taufe an immer bei sich haben."

„Genau. Das ist der wichtigste Punkt. Wenn man durch den Geist geführt und geleitet wird, dann kann man Lösungen für jedes Problem finden und die Gemeinde, sprich das Reich Gottes wird große Fortschritte machen."

„Wo du das gerade sagst, Walter, denke ich daran, dass es auch für gestandene Mitglieder manchmal nicht einfach ist, alles zu verstehen, was sich in der Kirche abspielt. Etwas, was mir sehr geholfen hat, war, dass ich gelernt habe, zwischen Evangelium und Verwaltung zu unterscheiden. Im Anfang hatte ich da so meine Probleme wenn ich gesehen habe, was da zuweilen verzapft wird. Die haben zum Beispiel damals in vielen Gemeindehäusern im Eingangsbereich Teppichboden verlegen lassen. Als dann später die Böden öfter ausgewechselt werden mussten, ist man dazu übergegangen und hat Fliesen legen lassen. In unserem Gemeindehaus wurden sofort Fliesen gelegt. Unser Bischof hat dem Fliesenleger einfach gesagt, dass wäre so vorgesehen. Es hat zwar mit der Verwaltung etwas Palaver gegeben aber unser Haus ist das einige im gesamten Pfahl, in dem im Flur noch nichts erneuert werden musste. Manchmal ist es besser, man denkt nicht drüber nach."

Walter nickt. „Besser wäre, wenn man nachdenkt und dann sagt, dass auch dort nur Menschen arbeiten und wo Menschen arbeiten, werden nun mal Fehler gemacht. So hat man auch seinen Frieden."

„Gut, du hast Recht."

Ingeborg stößt ihren Erich an. „Meinst du nicht, es würde langsam Zeit für uns? Es ist schon spät geworden."

Erich schaut auf seine Uhr. „Meine Güte, ich hätte nicht gedacht, dass es schon so spät ist. Die Zeit ist nur so verflogen."

Wenig später verabschieden sich die Ehepaare voneinander. Erich Jablonski bestätigt noch einmal, worüber sie lange gesprochen haben. „Es bleibt dabei, ihr helft

uns bei der Wohnungssuche, damit wir bald nach Mülheim umziehen können."

*

Walter und Monika Krause liegen im Bett. Monika
hat sich in seinen Arm gekuschelt. „Schatz, du bist so
still. Woran denkst du?"

„Mir ist gerade noch mal der Nachmittag und der
Abend durch den Kopf gegangen. Erich ist noch genau
so geblieben, wie ich ihn von früher in Erinnerung hatte.
Wir haben früher viel zusammen erlebt. Dann habe ich
darüber nachgedacht, wie sehr der Herr uns doch in all
den Jahren gesegnet hat. Was hat Erich alles durchleben
müssen, bis die Missionare ihn gefunden haben."

Monika setzt sich etwas aufrecht. „Das ist schon rich-
tig, aber meinst du, er wäre früher bereit gewesen, das
Evangelium anzunehmen? Ich glaube, dass es für jeden
Menschen den richtigen Zeitpunkt gibt."

„Ja, da könntest du Recht haben. Ein paar Jahre früher hätte ich sicherlich auch noch nicht mit mir reden
lassen. Manchmal, in ruhigen Minuten, so wie jetzt, geht
mir so durch den Kopf, was wir alles in den über dreißig
Jahren erlebt haben, die wir jetzt der Kirche angehören."

„Früher hat mir einiges besser gefallen", bemerkt
Monika. „Irgendwie gab es mehr Nähe unter den Geschwistern. Manchmal glaube ich, es geht allen viel zu
gut und je besser es ihnen geht, umso weniger Zeit haben
sie füreinander. Früher hatten wir sonntags zweimal
Versammlungen. Dienstags gab es die GFV, donnerstags
die FHV und die Priestertumsversammlung. Mittwochs
gingen wir immer mit den Kindern in die PV. Wenn ich
daran denke, wie oft wir zur Kirche gelaufen sind, weil
du zu irgendeiner Versammlung gewesen bist. Heute hat
jeder ein Auto und manche sind zu bequem zur Kirche
zu kommen."

„Mein Engelchen, ich denke, das du nur zum Teil
Recht hast. Sicherlich sind einige sehr darauf bedacht,
materielle Güter zu sammeln und haben deswegen wenig

216

Zeit für die Kirche. Man darf aber nicht vergessen, dass sich im Berufsleben auch vieles geändert hat. Alles ist hektischer geworden. Wenn wir früher in der Freetz-Moon-Anlage Nachtschicht hatten, dann konnten wir als Schlosser im Pausenraum schlafen, das hat niemanden gestört. In den letzten Jahren hat sich das schon geändert, da hat der Vorarbeiter uns ein Getriebe oder ein anderes Teil hingestellt und das mussten wir dann nachts reparieren. Da war nichts mehr mit schlafen. Ab und zu haben wir auch Muscheln gekocht. Jetzt muss gearbeitet und über jede Minute Rechenschaft abgelegt werden. Nee, nee, man muss schon ehrlich sagen, dass es die jungen Leute heute auch schwerer haben als wir damals. Da kann ich schon verstehen, dass sie weniger Zeit haben."

„Ich wollte ja niemanden angreifen. Ich habe nur das Gefühl, als wenn einiges anders ist. Früher hatte keiner viel Geld und alle haben zusammen gehalten. Heute gibt es doch Unterschiede. Das fängt schon damit an, wie stolz einige auf ihr großes Auto sind. Oder die Aktivitäten haben sich auch verändert. Früher gingen wir zusammen in den Uhlenhorst zum Grillen. Heute muss man zum *Pfannkuchenhaus* oder zum *Chinesen* gehen und das kostet richtig viel Geld. Keiner denkt daran, dass es eventuell Geschwister gibt, die sich das nicht erlauben können. Das meinte ich."

Walter drückt seine Frau etwas fester in den Arm. „Mein lieber Schatz, das ist schon so seit die Erde existiert. Geht es den Menschen schlecht, dann denken sie mehr an Gott und der Zusammenhalt ist größer. Geht es ihnen gut, dann denken sie an materielle Güter und viele fallen vom Glauben ab. Ich denke, dass es ganz, ganz wichtig ist, dass jeder Einzelne immer wieder darüber nachdenkt, was in seinem Leben wirklich wichtig ist. Da steht vorne an Christus und die Familie. Wenn man sich bemüht, Christus in sein Leben einzubeziehen, dann konzentriert man sich ganz automatisch auf die wichtigen Dinge. Man schaut auf ewige Werte, die man in seine Erhöhung mitnimmt.

Wir können nicht das Leben anderer Menschen leben und niemand kann unser Leben leben. Ich denke gerne an die vergangene Zeit zurück. Wir haben uns bemüht in unseren Handlungen dem Herrn zu gefallen. Wir haben unsere Kinder nach bestem Wissen und Gewissen erzogen. Wir haben wunderbare Kinder. Der Herr hat uns als Familie gesegnet. Weist du noch, wie wir immer Sorge um Gerd hatten, ob er wohl den Weg zur Kirche zurück findet und jetzt ist er Bischof unserer Gemeinde. Alle unsere Kinder und Enkelkinder sind aktiv in der Kirche. Unsere Kinder haben im Tempel geheiratet. Unsere Enkelkinder sind eine große Freude für uns. Alleine die Tatsache, wie Leonard sich entwickelt hatte, um den wir doch bei seiner Geburt so große Sorgen hatten, ist schon ein Wunder für sich. Ich denke oft daran, dass der Herr uns in all den vielen Jahren auf wunderbare Weise gesegnet hat.

Manchmal bin ich ein bisschen traurig wenn ich darüber nachdenke, wie viele Menschen unglücklich oder verzweifelt sind. Sie könnten alle glücklich sein, wenn sie die wunderbaren Segnungen des Evangeliums empfangen würden. Leider verstehen viele nicht wovon wir reden sondern betrachten zum Beispiel das Halten des *Wortes der Weisheit* als Einschnitt in ihre persönliche Freiheit, dabei ist genau das Gegenteil der Fall. Je besser man Gesetze hält, umso freier wird man. Unsere Gesellschaft ist schon so eingestellt, dass sich nur noch wenige Menschen zu Gott bekennen, geschweige denn ihr Leben nach seinen Gesetzen ausrichten. Das ist wirklich sehr schade. Wenn sie nur verstehen würden, dass wir alle einen Vater im Himmel haben, der uns liebt, der auch sie liebt und der möchte, dass sie hier auf der Erde glücklich sein können und dass sie nach ihrem Tode in alle Ewigkeit bei ihm wohnen können.

Was wäre es schön, wenn der Einfluss des Evangeliums alle Menschen erfassen würde. Wir hätten wahrhaftig den Himmel auf Erden. Es ist wirklich wunderbar, ein Mitglied in der *Kirche Jesu Christi der Heiligen der Letzten Tage* zu sein. Ich bin jeden Tag aufs Neue dankbar dafür, dass die Missionare uns damals gefunden haben und vor allem bin ich dankbar, dass sie wieder gekommen sind, obwohl ich nicht gerade freundlich zu ihnen gewesen bin. Schatz, ich bin wirklich sehr glücklich. Ich bin auch sehr glücklich, mit dir verheiratet sein zu dürfen."

Er beugt sich etwas nach vorne, um das Gesicht seiner Frau sehen zu können. „Schatz, schläfst du schon?"

„Mmmh, erzähl weiter. Das ist so schön."

220

Lightning Source UK Ltd.
Milton Keynes UK
UKHW020714090819
347691UK00011B/1474/P